ヘル・オア・ハイウォーター 1

幽霊狩り

S・E・ジェイクス

冬斗亜紀〈訳〉

Catch a Ghost

by S.E.JAKES

translated by Aki Fuyuto

Monochrome Romance

Hell or High Water book1:

CATCH A GHOST

by SE JAKES

CATCH A GHOST

Hell or High Water 1
ヘル・オア・ハイウォーター

「幽霊狩り」

S・E・ジェイクス
[訳]冬斗亜紀 [絵]小山田あみ

S.E.JAKES
translated by Aki Fuyuto
illustrated by Ami Oyamada

CHARACTERS

プロフェット
元海軍特殊部隊。
CIAの工作員でもあった。
188センチ、31歳。

トム・ブードロウ
195センチ、36歳。
元FBI、元保安官補。

フィル・バトラー
EE社の創立者。
もと海兵隊員。

ジョン・モース
プロフェットの
幼なじみ。

ＪＨへ。すべてはあなたからはじまった。

人は、何のために生きているのか知らない。自分が何のために死ねるか知るまでは。
マーティン・ルーサー・キング・ジュニア

すべての聖人に過去があり、すべての咎人《とがびと》に未来がある。
オスカー・ワイルド

暗号化されたそのメールは、トム・ブードロウの私用メールアドレスに送りつけられていた。送り主は特定不能。添付の映像を見ても、その中に映る二人のどちらかが送ってきたわけではなさそうだ。

動画の日付は十年も前。粗い画質。うす暗いが手ぶれはなく、固定カメラで少し見下ろす位置から撮影したようだ。捕虜の軍人を尋問しているところらしい。

映っているのは小さな部屋。中央を区切るように置かれたテーブルをはさんで座る、二人の男。一人は迷彩の野戦服を着た男で、顔は影になっている――おそらく意図的に。向かいに座るのは若い男で、はっきり顔が映り、手首には手錠。その手錠をつなぐ鎖は、テーブルに取り付けられた鉄環に通されていた。

その若い男の金髪は汗と血でよじれて乱れ、鼻は折れていた。目の周りも黒ずみはじめている。上半身は裸で肋骨に固定用のテープが巻かれ、胸元に認識票《ドッグタグ》だけが下がっていた。全身を覆う傷に、並みの男なら倒れているだろう。

だがこの男は倒せない。

身じろぎもせず座り、動揺も怯《おび》えも見せない。尋問官の問いを黙って聞きながら、男の顔にはかすかな、愉《たの》しげにすら見える表情が浮かんでいた。

「国境にいた目的は？」

「命令は誰から？」

「お前は工作員か？」

次々と問いを浴びせられながら、捕虜は口の中で歌のようなものを口ずさみはじめた。歌詞もメロディも、トムにはよく聞きとれない。

尋問とは、いかに相手の心を折るかだ。だがこの捕虜の若者は――十九歳そこらに見えたが

──平然と、逆に尋問官の心をかき乱していた。それが相手をますます怒らせる。尋問官はテーブルを叩き、質問をくり返したが、捕虜は歌ともハミングともつかないものを口ずさみつづけるだけだ。今回は、いくつかトムにも言葉が聞きとれた──「世界」そして「生きて」。この二人は両方ともアメリカ人だ、とそれで悟る。

もしかしたら、ただの訓練か？

訓練にはかなり暴力的なものもある。とりわけ特殊部隊であれば。

尋問官が短い言葉を激しく浴びせ──何度集中して聞き直しても内容はわからなかった──テーブルごしに手をのばすと、相手の胸元に下がる認識票をむしり取った。鎖がちぎれる瞬間、若い捕虜の体が前にのめったほどの力だった。

「貴様は罪のない人間を殺したんだぞ！　誰が貴様など助けに来るか！」

尋問官がその認識票を部屋の隅《すみ》へ放る。その行方は映っていなかったが、ガチャッと、落下の音が聞こえた。

捕虜の目の奥で何かが変化する。トムの血が凍った。その変化は尋問官の言葉のせいではない。違う。認識票を奪われた瞬間に生じていた。

続く動きは、あまりにも一瞬だった。捕虜が手錠を固定されたままテーブルを持ち上げ、尋問官に叩きつけた。床に倒れた尋問官の喉にテーブルの脚をくいこませて動きを封じる。数人の男たちが口々に怒鳴りながら部屋へ駆けこみ、数秒、二人の姿がカメラから隠れた。

やっとカメラの前が開けた時、若い捕虜の頭には銃が突きつけられ、だがそれでも動こうとしない。彼の膝はテーブルにのしかかり、尋問官がやっと呼吸できるだけの絶妙なバランスを保っている。もしわずかでも力をこめれば……。

周囲の男たちは動こうとしなかった。尋問官の首がへし折られるのを恐れてか。

捕虜の若者が顔を上げ、カメラを見上げた。歯を剝き出す。猛々《たけだけ》しく嘲笑《あざわら》った。

次の瞬間、映像が切れた。

1

一月後。

プロフェットは、じっと座っているのが嫌いだ。じっとしていなければ殺すとでも言われない限り、静かになどしていられるか。それも脅しや軽口は無駄で、文字通り命に危険がある時だけだ。

本当なら、おとなしくオフィスでデスクワークのお時間。だが書類仕事は昔から大嫌いだし、片手どころか両手をギプスで固められているのに何をしろと？　クソが、とプロフェットは両手首から二の腕までを覆う青いギプスを憎しみの目で見下ろし、机に叩きつけたい衝動をこらえた。一度やってはみたのだ――あの時は真っ二つに割れたが、新しいギプスは材質が違う。医者《ドク》のやることだ、グレネードを撃ちこんだってヒビも入るまい。

左のギプスにはプロフェットがＫＡ－ＢＡＲ《ケイバー》ナイフで切り裂こうとした痕《きず》が残っていたが、ギプスは少しささくれただけで、結局鬱陶《うっとう》しさだけが倍増した。それでも、書類仕事の鬱陶しさよりはマシだ。

まあ、書類を一掃する方法なら考えてある。オフィスから人が減り次第――火災報知器を切って、マッチと金属製のゴミ箱を用意し……。

電話が鳴った。プロフェットは目つきで黙らせられるかのように、にらみつけた。デスクワークは得手《えて》ではないし、ましてや電話番など面倒そのもの。こんな目に遭《あ》っているのは腕の負傷のせいもあるが（初めての怪我でもなし）、主には、前回の任務でやらかした、プロフェットにすれば些細《ささい》な規則違反のせいだった。

上司は、些細と見なしてはくれなかったようだが。たしかに二十人のガードと最新のセキュリティに守られたビルに、増援を待たず、おまけにここの社員でもない――あの時点では――泥棒をつれて突入したのは事実だ。とは言え、人的被害なしという点はもっと評価してくれてもいい。大体もう長いつき合いだ、上司のフィルだってプロフェットがルール通りに動くわけがないとわかっていた筈だろう。

　ムカつくことに、電話は鳴りつづけ、プロフェットはやむなく受話器を取って「ああ？」と出たが、途端に耳元で相手がわめき立てた。ふざけるな、やってられるか。

　受話器を置くと、たちまち電話はまた鳴り出した。呼出音を消し、プロフェットは腕のギプスに落書きを始めた。昨夜のバーで誰かが書きこんでいった電話番号を囲っていた時、上司のフィル・バトラーが挨拶もノックもなくずかずか入ってきて、デスクにドサッとファイルの山を置いた。

「ふざけんなよ」プロフェットはファイルをパラパラめくる。「ちゃんと片付けたろうが」

「不完全だ」

「あのな、あんたの下で働きゃ、こんなつまんねえ仕事はしなくていいんじゃねえのかよ」

　プロフェットのぼやきにも、フィルは微笑しただけだった。プロフェットにもわかっている、この男はプロフェットを訓練しようとしているのだ——このエ《E》クストリーム・エ《E》スケープ社を託す後継者として。だがフィルだってそんな年寄りではないし、まだまだ現役で居座る筈だ。

　まあ、書類仕事のつまらなさを味わえるのも命あってのことだ。多分。そこはありがたがっとくか。

「そのファイルを仕上げたら、昼飯をおごってやろう」

　フィルが言った。

プロフェットはうなずきそうになったが、椅子に座ったままドンと床を蹴った。椅子がガラガラと後ろにすべり、壁にぶつかってやっと止まる。

「何が狙いだ？」

「疑り深いな」

プロフェットはフィルに指をつきつけた。

「あんたが昼飯をオゴろうなんて時は、下らないことを企んでやがる時だろ。夕飯なら、誰かが死ぬ」

フィルはぐっと唇を結び、鼻の付け根を親指と人さし指でつまんだ。お前を殺さないように我慢してやる、というポーズ。それから言った。

「お前を、パートナーと組ませる」

「はあ？」

フィルが声を張り上げた。

「お前をパートナーと――」

「聞こえてるよ。目はともかく耳は元気でね」

「お前がジョークを言うとは、やるじゃないか」

罵《ののし》る余裕もなかった。パートナー？　何だと？

「今さらか？　もう一年経つぞ」

「ああ、お前のパートナー探しは楽じゃなくてな」

「なら放っとけよ」

プロフェットは低く凄《すご》む。

「パートナーと組むのが我が社のルールだ」

「ここはあんたの会社だろうが。ルールもあんた次第だ」

「たしかにな」

フィルは二本の指で顎をさすりながら、プロフェットの言葉を考慮している様子だったが、ふっと笑った。

「しばらくこのルールでやってみろ。お前をオフィスに置いといても、備品の注文ひとつろくにできないしな」

「うまくいきゃしねえよ」

「うまくやるんだ」

「あんた、まさかまた捨て犬を拾ってきたのか?」

プロフェットの問いに、フィルは肩をすくめただけだった。

「おいおい、よせよ、どこの犬だ? 特殊部隊上がりピチピチの、自分を不死身と信じこんだ自信過剰野郎か?」

「まるでお前の話を聞いてるようじゃないか」

　プロフェットは指をつきつけた。

「うまいこと言ったつもりかよ、フィル。それで、どうなんだ？」

　フィルはデスクに腰をもたせかけながら、結局認めた。

「ああ、彼の最後の職歴は、ニューオーリンズでの郡保安官補だ。その前はＦＢＩのエージェント」

　プロフェットはうなってデスクに突っ伏し、ゴンゴンと額を軽く机に打ちつけた。

「よりにもよってケイジャン？　おまけにクソＦＢＩ野郎？　そんなのより、使えそうな前科者は一人もいねえのか。あいつらの方がまだ一つ二つは学べるってもんだ」

　ケイジャンは、ニューオーリンズ南西部を中心に今でも独自のコミュニティを持っているフランス系移民の流れだ。

「前科者はブルーだけだし、彼にはもうパートナーがいる」とフィルが指摘した。「何もそう悲劇ぶることもないだろう」

「ぶってねえ、悲劇だ」プロフェットは真顔で返した。「なあ、仕事は一緒にやる。だが、決まったパートナーってのはどうもな……」

「どうしてお前をパートナーと組ませたいのかはわかってるだろ」

　プロフェットは背すじをキッとのばした。

「何だ、そいつは俺の盲導犬かよ？　どうせなら本物の犬にしとけ。あんただってその方がカ

「犬にパラシュートをつけて飛行機から一緒に飛び下りてもらうか?」

「俺は問題ない、フィル。今はな。問題があったら任務を受けたりしない」

「わかっている。医療記録には目を通している」

「それに、もし俺の目が——」

「あらゆる事態に備えているだけだ」フィルが、プロフェットの口癖(くちぐせ)を真似して応じた。「お前を失うつもりはない。パートナーの件はもう決定事項だ」

これ以上の言い争いは無駄だと、経験からわかった。プロフェットは指先で顎をさすり、伸びすぎたひげに気付く。自分の、スウェットとボロボロのTシャツ姿を見下ろした。トレーニングからそのまま、シャワーとか、靴を履くとか、その手の瑣末なことはすっとばしてここに来たのだ。

「わかったよ」ぼそっと呟いた。「だが仲良くするとは期待すんな」

フィルが、脇にかかえていたファイルをプロフェットに手渡した。

「次の任務だ。それとな、お前に何を期待するべきか、もはや俺にはわからんよ。お前のパートナーはもうすぐ来る」

「すぐって、十秒ぐらいでか？」

またもフィルは鼻の付け根をつまむポーズを取ると、ぼやきながら歩き去っていった。プロフェットに関わった相手の典型的な反応だ。シャワーや着替えの時間はない。お洒落してみせるような相手でもなし。うまくいけば相手の男がプロフェットを服も買えない哀れな男だと思って、パートナー変更を要求してくれるかもしれない。

最大限に反抗的な溜息をつくと、プロフェットは任務のファイルを片手にオフィスを出て、お気に入りの鉛筆をあさりに備品棚へ向かった。机に向かえと言うなら、せめて好きな備品をよこせ。彼好みの鉛筆を常備しておくのがそんなに大仕事だとでも？

どうやら、そうらしかった。そしてプロフェットには備品の注文の仕方もわからない。やむなくクリップの箱をつかみ、プロフェットは共用のコピー機を直しにかかった。トナー部分のパネルを開け、目に落ちる髪を苛々とはねのける。一般的にももう長すぎるし、プロフェット自身も正直鬱陶しかったが、許されているからという理由だけで伸ばしっ放しにしている。かつての束縛と規律からもう自由だという、日々の象徴でもあった。

だが結局のところ、逃げ切れはしない。世界を滅ぼす隕石のように、いつか彼めがけて落ちてくる運命の一撃からは。

(目が見えなくなったって、世界の終わりじゃない)

本当に？　終わりかもしれない。プロフェットにとっては。

誰も知らないことだ、フィル以外は。プロフェットがフィルに目の病を話したのも、それを聞けばあの男がうるさいスカウトをあきらめて去ると思ったからだ。

勿論《もちろん》、そううまくはいかなかった。フィルは社内でもそのことを秘密にし、ただ医者《ドク》のみに教えて、プロフェットを診る専門医への支払いを会社の医療保険でカバーできるよう手を回した。社の同僚にいつ知らせるか、知らせるかどうかの判断は、プロフェットにゆだねられている。誰にも言う気はなかった。同情などまっぴらだ。新しいパートナーからは、尚更《なおさら》。

昼飯を食いに出ようかとも思ったが、まずは新しいパートナーが定刻通りに来るかどうか見てやろう。遅れてきたら怒鳴りとばすし、時間きっかりなら上司にシッポを振る軟弱者と見下してやる。

ぞく、と不吉な予感が背を這《は》った。へばりついて消えない。

ちらりと時計を見上げ、戻した視線で、プロフェットはフィルが一人の男をつれて角のオフィスへ入っていくのを見た。

定時ぴったり。

クソ野郎。

気をまぎらわそうと、コピー機によりかかり、さっき渡された任務のファイルに目を通した。あのムカつくパートナーとエリトリアに行かされるようだ。エリトリアにはＥＥ社の支部がある。大体は偵察任務中心で、日に二回の定時連絡を入れつつの待機。もし運が良ければ——あるいは悪ければ——実際の任務に駆り出されることも。

もっともプロフェットは、常にエリトリアで何かの騒動にぶち当たる。暑く、治安も悪い。あそこに行くなら武器と現金が山ほど要る。ガキどもにバラまくTシャツとキャンディも。新しい山刀《マチェット》も買うか、なにしろ前のは最後のエリトリア派遣で駄目にした。あれはなかなかの旅だった――旅の土産は、雨の日に痛む肘と、首を切り落とされかけた時のうなじの傷。プロフェット自身のマチェットで。

やはり、マチェットはない方がいいか？

エリトリアのオフィスにはエリオットがいて、この三ヵ月、銃撃の傷を癒《いや》している。プロフェットも手首が治るまでエリトリアへやられるのだろう――それと、新しいパートナーと親睦を深めるために。

けっ。

ひょいと顔を上げ、プロフェットはフィルのオフィスから出てきた男の姿をとらえた。医者《ドク》なみに背が高い、ということは一九五センチくらいか。髪は黒っぽい焦茶色、肩幅が広い。その肩は、ここからでもわかるほどに固くこわばり、怒りがにじんでいた。

プロフェットは両腕のギプスを見下ろし、溜息をついた。ギプスの端をつまむ。どこかの救急病院《ER》に駆けこみ、痛いと泣きついて外してもらうか、と思ったが、そう言えば手近な二つのERからは出入り禁止をくらっている。ポケットから携帯電話を引っぱり出し、三十キロ以上離れたERをグーグルマップで検索する。候補にフラグを立てていた時、目の前に影が落ちた。

あのデカ野郎に違いない。ゆっくり、プロフェットは顔を上げると、ギプスに包まれた右手をつき出した。

「プロフェットだ」

「預言者《プロフェット》？　マジで？」

「どうしてだ。まさか、てめえの名前はジーザスか？」

相手の男はニコリともしなかった。男の片目は緑色、もう片目はほぼ茶色で、それがどこか危うい雰囲気を醸し出している。プロフェットが昔飼っていたジャーマン・ショートヘアード・ポインターのようだ。あの犬は狩りが上手だったが、この人間は？

「俺はトム・ブードロウだ」

さし出した手を無視されて、プロフェットはその手を引っこめた。フィルが数歩向こうから様子をうかがっている。何の心配だ、プロフェットがオフィスのど真ん中でこの男を叩きのめすとでも？

「会えて嬉しいね、トミー」

ニッコリと、愛称で言い返してやる。男はうんざりと目で天井を仰いだ。はっ、笑える。プロフェットはうなじの傷を指でなぞった。マチェットで首を切り落とされる方がまだ楽しそうだと思いつつ、ここは半分でも文明人らしく振舞おうと気力を振り絞る。

「そういう話はしない。最初のデートまではな」

母音を甘ったるくのばしたしゃべり方は、完全に南部の、それもケイジャン訛《なま》りだ。なめらかな、どこか歌のような抑揚《よくよう》を聞くと、この男を椅子で殴り倒したくてたまらなくなる。多分、この手の訛りがプロフェットを抗《あらが》いがたく惹《ひ》きつけるせいだ。この男だけは例外だが。

まあ――少しだけなら、こいつにも。南部のクソ野郎。

(犬なみには使えるか?)

プロフェットは歩み寄りを試みる。

「得意分野は何だ」

「そっちは?」

「いいか、俺はてめえとここでどっちがムカつくかコンテストをやるほどヒマじゃねえんだ」

トムが目を細めて聞き返した。

「パートナーと組まされるのは?」

「けっ、お断りだ」

「こっちこそ。お互い立場がはっきりしてうれしいね、俺もパートナーはいらない」

「よく聞こえたよ、トミー」

「トムだ」と淡々と訂正される。

「経歴は?」

「だから？」

「二人とも気が合いそうだな」

フィルが、二人にというより、自分に言い聞かせるように割って入った。

「よしクソガキども、うちでは全員がパートナーと組む。うまくやれよ。でなきゃ後悔させてやる、お前たち二人ともな」

疑う余地もない。フィルは元海兵隊員《マリーン》で、一八〇センチそこその身長ではあるが、がっしりとたくましい。プロフェットはとうの昔に、体の大きさが必ずしも勝敗を左右しないことを──プロフェットにとってもありがたいことに──学んでいた。

別にプロフェットが小柄というわけではない。だが一八八センチは、一九〇センチ越えの連中がうろつく職場では小人扱いだ。

「用があるんで、じゃあな」

彼はトムにそう告げ、くるりと背を向けてコピー機へ屈みこんだ。ペーパートレイがびくともしないので幾度かギプスで殴りつけると、なんと数日ぶりにコピー機が息を吹き返した。

「こりゃボーナスもんだろ」

フィルに声をかける。フィルが言い返した。

「ボーナスはもうやっただろう」

「まさか、こいつのことか？」プロフェットはトムを指さした。「いらねえよ」

2

あの映像の男と、対面する。それだけのことに、こうも心が動揺してしまうとは。

(勘が鈍ってるぞブードロウ、現場から離れすぎた)

自分をののしり、すぐに調子を取り戻せるよう、トムは祈った。自転車の乗り方と同じように。もっとも今は、自転車から落ちた上に轢《ひ》かれた気分だ。

一体何の目的で、新しいパートナーの尋問映像などが送り付けられてきた？　メールの送り主は、この男がトムのパートナーになると一月も前にどうやって知った？

大きな二つの疑問が解けるまで、あの映像の存在はプロフェットにも黙っておく方がいいだろう。映像でも見たとおり、あの男はイカれてる——その上、凶暴で、危険。どれも生き抜くために磨いてきた資質かもしれないが。

(もしくは、ただの生まれつきか)

プロフェットはトムより数センチ小柄で、一回り細身だ。両目に凄惨な戦いの火が燃えている。それが誰にでも見えるものか、普通は粗削りな外見に魅了されて奥までは見通せないのか、トムにはわからない。プロフェットは、まるでベッドから転げ出てきたばかりのように寝乱れて見えた。それも、睡眠の後というわけではなく。

だが、注意深く見ればわかる。プロフェットのまなざしが周囲のすべてをとらえていることが。獲物にしのび寄る足取りと、何ひとつ見逃さない警戒心が。

この男は、危険そのものだ。視線でとらえられた瞬間、釘付けにされたようだった。素裸でクリスマスパレードにでも放りこまれた方がまだ自然体でいられただろう。トムもたやすく気《け》圧《お》されたりしない方だが、プロフェットの存在は、人生最大のトラブルになりかねない予感があった。

立ち去るプロフェットを見送りながら、トムは首の後ろをさすり、あの男の仕種につられている自分に気付いて毒づいた。

「上出来だな」とフィルが、トムをつれて大きなオフィスへ入りながら言う。

「そのうちあいつも打ち解けてくるさ、とか俺に言うところですか？」

「まさか、そんなわけないだろ」

少なくとも、フィル・バトラーは率直な男だった。プロフェットと引き合わせる五分前、彼はトムに言ったものだ。「うちの会社のモットーは、自分で何とかしろ、だ。パートナーのことも任務のことも、誰もお前の手を引いちゃくれん」と。

この上司から聞き出せたのは、プロフェットの年齢だけ――トムの三十六歳に対してプロフエットは三十一歳。それと、あの男がまぎれもなく、フィルの知る最高のエージェントであること。「高い能力を持ち」「実行力があり」「実地での経験が豊富」という言い回しを、フィルは使った。

このEE社は、自社のエージェントたちが必要とするものを何でも与えると、前評判が高い。フィルいわくの「創造性を発揮する自由」も含めて。訓練も厳しく、トムもこの一ヵ月みっちりしごかれてきた。教官役のエージェントから新たな格闘術や武器の扱いを叩きこまれ、破壊活動や爆発物の扱いなど、すべてのスピードを上げるよう要求された。それもとりあえずの訓練で、フィルによれば任務の間にまたしごかれるらしい。

「ほかにプロフェットについて知っておいた方がいいことは？」トムはたずねてみた。「本名とか？」

だがフィルはその問いを無視して返事をした。

「仕事は社でしても、家でしてもいい。ほとんどの連中は用がある時しかここに来ないがな。初任務の情報をしっかり読んでおくことだ。細かいことは暗号化メールで送ってある」

デスクにぽつんと置かれたノートパソコンを指して、フィルはオフィスから出ていった。

メール。成程《なるほど》。トムがそのパソコンを開くと、画面に彼のファーストネームと、色々なパスワード一覧が表示された。手早く、指示通りにすべてのパスワードをリセットして再設定していく間もメールを読みたくてうずうずしたが、このオフィスで、あのイカれたパートナーがいるそばで、読むつもりはなかった。これでも故郷のケイジャン連中の中で生きのびてきたのだ、どんな厄介だろうと慣れたつもりでいた――だが、とんでもなく甘かったのか？

開け放たれたドアを、誰かがコンと叩いた。向き直ると、さっき顔を合わせたばかりのサポート部門の女性社員、ナターシャが立っていたので、トムは中へ手招きした。背が高くほっそりした女だが、見た目に惑わされてはいけないタイプに思える。フィルいわくこの会社では後方支援の社員でさえも「ケツの蹴りとばし方くらい心得てる」のだ。

ナターシャの仕事は、トムたちが任務中の情報収集や装備品の手配だ。そして今のところ、社内で唯一のトムの味方らしい――というのも、彼女の方から切り出してきたからだ。

「何が知りたいの？」

　ナターシャの唇には、いたずらな微笑があった。

「全部」

ちらりと肩ごしに背後をうかがい、ドアを閉めるかわりに、ナターシャはトムへ近づいた。秘密めかして囁く。

「プロフェットは何年もここで働いてる。私が見るに、フィルがEE社を始めた時引き抜いてきた最初のエージェントだと思うけど、どこにも個人ファイルがないからわからない。パートナーは皆、ファイルを見たがるんだけど。あと特殊部隊出身――それも多分、海軍特殊部隊《SEALs》」

「そりゃまた……」

「でしょ。それにきっと、ＣＩＡにもいたことがある」

最悪。いや、最悪よりなお悪い。トムはデスクに額を叩きつけたくなった。ナターシャはそれを察したらしい。

「彼、そこまでひどくはないって、トム」

ほう。本当に？

「あいつの本名は？」

ナターシャは今回はニッコリ微笑んだ。

「自分で聞いたら？」

そこまでして知りたくはない。

「わかった」トムはふっと黙った。「ああそうか――君も知らないのか、そうだな？」

ナターシャが肩をすくめた。

「でも、あんたが一年かかって聞き出せる以上のことはもう教えてやったじゃない」

それでもトムはもうひとつ、質問を返す。世の中の誰より、彼に聞く資格のない問いを。

「あいつ、どうしてパートナーとうまくいかないんだ？」

「言っておくけど、相手の方はいつも、彼と組みたがってたのよ。切るのはいつもプロフェットの方から」

ほう、ここに来てやっと興味深くなってきた。

「ここまで俺に話したのがバレたら、あいつに殺されるだろ」

「まあね。でも彼、私の備品発注を二度も台なしにしてくれたから。覚悟しろって言ってあるもの」

　オフィスを出ていくナターシャの言葉に、トムはつい笑いをこぼしていた。どうなることかと思ったが、意外とこの会社でうまくやっていけるかもしれない。

　ドアを閉めに立った時、広いオフィスの奥に鎮座している塊が、実はもうひとつのデスクらしいと気付いた。シートか何かで全体を覆われている。

　数秒後、プロフェットがドアを蹴り開けた。ドアの両面下部が黒く汚れていた謎がこれで解けた。プロフェットはファイルの上にコーラの缶とドーナツの箱を危なっかしくのせていた。そのすべてを、ドンとトムのデスクに投げ出す。

「この部屋はあんたと共有なのか？」

「正確には、俺のオフィスにてめえが居座ってんだよ」とプロフェットが言い返す。

「俺と組む間、ずっとそう喧嘩腰でいるつもりか」

　プロフェットはニヤついた。

「俺は常々《つねづね》〝権威に反抗的〟って分類されるクチの男なもんでね、トミー」

「それは何より。それと、トムだ」

「だがお前は権威には足りねえな。つまりはお前がお行儀よくしてりゃ、お互い仲良くやってけるかもな？」

「本気でぶっ殺すぞてめえ」トムはそう言い放ってから、口の中で呟いた。「たとえ死体を隠しそこねても、刑務所に行く価値はあるさ」

ドーナツを手に出ていきながら、プロフェットが肩ごしに声をかける。

「聞こえてんぞ」

「わざとだよ！」

かくして、トムはこのクソ野郎とめでたくパートナーになった、というわけだ。特殊部隊出身、戦争捕虜の経験があり（あの映像が根拠）、元ＣＩＡ、今や行く手を遮《さえぎ》るものをぶっ壊し放題の傭兵稼業。

だがその同じ男が、人命も救っている。任務を通して、脱け出せない苦境にいる人々を助けてきた筈だ——と、トムは思い直す。ＥＥ社の仕事はたしかに金になるが、意義もあるし、国の利益に反する案件も扱わない。

つまりは、あの男は謎と矛盾の塊。

とにかく今は、あの男と組んで任務を片付けることだ。トムの実力をフィルに示し、それからパートナー変更を言い出せばいい。どうせ、あのお偉いプロフェットもパートナー替えを要求するに決まっているし。

そこまで悪い話じゃない。その筈だ。

メールが一通届いているのに気付いて開き、トムは、ぽんと画面に表示された、初任務用の飛行機チケットを見つめた。

エリトリア行き。

プロフェットと二人で。

狭いオフィスで。

三ヵ月間？

やはり悪い話だ。まさに最低、いやそれより悪い。メールの本文に目を移すと、いきなりこう来た――〈詳細はプロフェットに聞くこと〉。

めでたい。何しろプロフェットは、当然のごとく、すでに消えていた。

メールにはほかにろくな説明もなく、ただ〈長期滞在のために持参する物〉の仰々《ぎょうぎょう》しいリストと〈個人の武器は持参不可〉という行だけがあった。トムはノートパソコンの蓋を乱暴に閉め、コードとまとめてつかむと、ＥＥ社を出て自分のハーレーへ歩みよった。ひとっ走りすれば気も晴れる。

とにかく、やりとげるだけだ。後戻りは不可能。

選択の余地はない。

時にはその方が――どれほど最悪の道であっても――人生は楽に思えた。

丸腰で行け？　だがプロフェットは自分の得物《えもの》を持たずに遠出したことなどない。エリトリアのオフィスには国ごと吹っとばして余るほどのプラスチック爆弾があるが、そんなのは関係ない。武器の常時携帯は彼の流儀だし、セラミック製のナイフならセキュリティゲートを楽にパスできる。

3

出張用のバッグは常に準備済だ。家とオフィスの両方に。没収されるには勿体《もったい》ない武器をバッグから出して片付けると、プロフェットは飛行機の時間まで準備に専念する心構えをした。出発は今夜だが、経験上、物事は常に流動するものだ。

新しいパートナーはもう帰宅していた。プロフェット宛に〈飛行機で会おう〉とメールを残して。どうでもいいってのに。任務の中身についても聞かれたので、プロフェットは渋々ナターシャにファイルを持って行かせた。どれほど厳重なセキュリティがかかっていようが、できるだけメールで情報を渡さないのがここの流儀だ。フィルの現役時代はメッセンジャーがファイルを届け、後で焼き捨てていた頃だが、あの男はまだその手のやり方を好む。

ＥＥ社の立地が郊外なのも、フィルの方針による。ＥＥ社のメインオフィスは、マンハッタンから数時間離れた邸宅にあった。ここは一年を通して気候もおだやかだし、あちこちの地方空港や大きな国際空港へのアクセスもいい。日中と夜間を通じて十人のスタッフが常駐し、普段も数人のエージェントが廊下をうろついている。さらに、プロフェットの知る限り、フィル・バトラーが常時いる。

サポートが必要な場合のために、待機要員も常に控えていた。ＥＥ社の仕事は昼も夜もなく、サポートスタッフは前線のエージェントと同等に重く扱われている。なんと言っても、現場のエージェントがたよれるのは、デスクの前で彼らを支えるサポートだけなのだ。

フィルは近頃、二人組《バディ》システムを徹底させようとうるさい。たしかに普通はその方が安全なのだろうが、プロフェットはチームだの相棒だのからは手を引いたのだ。時おり誰かを援護するのはいい。だが自分自身は、もう二度と、誰にもたよる気はなかった。

（じき、誰かにたよらなきゃ生きていけなくなるのにか？）

フィルがいつも、思い出させたがるように。

家に帰るかわりに、プロフェットは二階にあるベッドルームの一つへ引きこもった。任務のファイルはとっくに四度も読み返したし、あの新人野郎じゃあるまいし、あの地域なら自分の手のひらなみによく知っている。現場に早く戻りたい気持ちはあっても、エリトリア行きには正直、まったく、気乗りがしなかった。

閉じこめられたライオンのようにうろうろ歩き回りながら、プロフェットは左右のギプスのテープの端をかわるがわる引っぱった。両手のギプスが何トンもの重さに感じられたが、任務のためだと言い張ってもドクは外してくれやしない。

「付けたままでも銃は撃てるだろ？　両手で握りゃいい。それかナイフを使え。パ、、、、、ートナーに助けてもらってもいいぞ」

あの医者め、そう言った。くそったれが、プロフェットがパートナーなど必要としないことも、ギプスを付けていようが、格闘も汚れ仕事も自力で充分こなせることもわかっているくせに。生きるために磨いた能力。

そのことを、最大の不快感をこめて言い返してやったが、ドクは平然と返した。

「つまりギプスを外す必要はないってことでいいな？」

「はっ、こいつは神の試練か何かのノリか？　俺の趣味じゃねえよ」

プロフェットがそう文句を言っても、ドクはただうなっただけだった。

夜中の一時頃、プロフェットは肘までビニール袋で覆ってシャワーを浴びたが、どこもかしこもやたら洗いにくい。デスクから持ってきたくたびれた『将軍《SHOGUN》』のペーパーバックとパソコンを荷物に詰めこみ、一杯飲みに行くかと考えたが、酒のかわりに晩飯にした。食いすぎで倒れそうなほどの食い物を店で注文し、四十歳も年上のウェイトレスにいちゃつきかかって頬をつねられる。

ノートパソコンを開き、携帯電話を通じて高セキュリティのＷｉ－Ｆｉ接続をすると、自宅の監視システムのパスワードを打ちこんだ。半年前に仕掛けられたこのシステムのおかげで、外にいても部屋がモニターできる。プロフェットの住まいは大きなロフト付き、エレベーターなしの建物だ。以前は企業が入っていたビルの上二階分を買ったのだ。階下の二階分はとある海外投資家の所有で、つまりは諜報員ということだろうと、プロフェットは見ていた。その男、キリアン――勿論プロフェットはいかにもアイルランド人丸出しの名前をからかい済みだ――の方も、プロフェットが何者か知っている。二人はこうして互いの部屋と建物に目を配り合う関係で、しかし実際に顔を合わせたことは一度もなかった。

それどころか、あの男がプロフェットの部屋にカメラと警報装置を仕掛けたことすら、ある夜、キリアンがインスタント《I》メッセージ《M》で話しかけてくるまで、プロフェットは知らなかった。

〈気を害さないでもらいたいのだが、いくつか君の気付いていないセキュリティの穴を発見したのでね。これがアラームとカメラにアクセスできるリンクだ〉

〈普通はそんな真似をする前に、気を害するかどうかお伺《うかが》いを立てるもんだろうが〉とプロフェットはメッセージを打ち返した。

〈事前の許可より事後承諾。君もそういうモットーだろ？〉

〈いいモットーだ。言うのが俺ならな。ま、悪くない警報システムだ〉

プロフェットはそう認めた。

それ以来、二人はＩＭでやり取りするようになった。中身は、じゃれあいや、誘惑のようなもの。一度などチャットセックスまでいきつきそうになった。エリトリアでプロフェットが死ぬほど退屈していた時だったが、本格的に盛り上がる前に部屋の外で爆発が起こった。ムードぶち壊しだ。

キリアンはここ一週間ばかり留守にしている——彼の最後のメッセージを信じるなら。彼の部屋には何の変化もなかった。ただ一つ、プロフェットが盗んでおいたランプが戻されているほかは。

見かけたことがあるのはキリアンの、きっちりしたビジネスマン風のスーツ姿だけだ。黒髪で身だしなみのいい男、としかわからない。身ごなしからして、イギリスの陸軍特殊空挺部隊《SAS》出身だろう。

動きににじむものなのだ。

プロフェットはメッセージを打ちこんだ。

〈ランプを取ってったのか〉

数秒して、キリアンからメッセージが戻ってきた。

〈さぞや怒り狂っているだろうね〉

〈俺の部屋に侵入しやがったな〉

〈何度も。しかし思い返せば、君が俺の部屋からランプを盗んだのが先だろう？〉

〈昔のことは忘れた方が人生は楽だぞ〉次に狙っているのはてめえのカウチだ、と教えてやりたかったが、プロフェットはこらえた。〈しばらく出かける〉

〈新しい案件か？〉

〈案件も、パートナーもな〉

どうしてそこまでキリアンに教えているのか、プロフェット自身にも謎だった。

その情報を聞き流すほど、キリアンも鈍くはない。

〈パートナーの話を君がするのは初めてだな〉

〈これまでだって何人もいたぞ〉

〈だろうね〉

〈仕事のパートナーだ、キリアン。下半身絡《がら》みじゃなくてな〉

〈楽しいじゃないか、そっち絡みの話の方が。君だってそうだろ〉

正しい。プロフェットはニヤッとした。

〈それで、君は何人もパートナーがいたが、言及するのは初めて。今回の彼は特別か？〉

ちっ、嫌な風向きになってきた。

〈この先ずっと組まされるかもしれない相手だよ。とにかく、そう脅されてる〉

〈ほう。どんな男だ？〉

〈ムカつく男だ〉

〈相手も同じことを言っている様子が目に浮かぶよ〉そこで長い中断があり、次のメッセージが届いた。〈今ちょっと、殺されかかってね〉

〈誰にでも愛されるお前が?〉

クリックで最後の言葉を投げつけると、プロフェットは夕食に戻った。

夜中の二時すぎに携帯が鳴った。携帯は三台持っている。会社用の一台、フィルが存在を知らず追跡もできない一台、そして世界中でただ一人しか番号を知らない一台。その人物の存在は、切れない鎖となってプロフェットを過去に縛りつけている。思うだけで息がつまるほど。今夜は、その携帯は沈黙していた。あるべき姿。あるべき状態。過去の亡霊にぞろぞろ蘇《よみが》えられてはたまらない。

鳴り出したのはEE社の携帯で、フィル専用の着信メロディ——ナザレスの〈人食い犬〉。プロフェットはすぐに出た。

『任務変更だ』

「どう?」

一瞬の間の後、フィルが言った。

『本当は会って話したいが、俺も今移動中だし、早い方がいいだろう。悪い知らせだ。クリストファー・モースのことだ』

「トラブルか」

『彼は死んだ、プロフェット』

　まさに拳のような衝撃に、プロフェットは目をとじた。それが見えたかのように、フィルは一瞬置いて、また続けた。

『彼の死体は数日前にゴミ回収箱から発見されていたが、身元がわかるものを身に付けていなかった。歯科記録で警察が名前を割り出した。もう検死はすんでいる』

　検死。犯罪の可能性があるのだ。

「死因は」

『検死報告書を見ろ。クリストファーだとわかった今、報告を急がせている』

　畜生。プロフェットはレストランのテーブルの上の拳を、ギプスの許す限り、渾身《こんしん》の力で握りしめた。ギプスに隠された古傷が心によみがえる――腕、手、そして足を、巻き付けられた鉄条網が引き裂いた傷は、過去を、そしてそこに置き去りにしてきた者たちを目の前につきつけてくる。

　お前のせいじゃない、と仲間たちは言った。だがそう思えるわけがない。

　フィルが咳払いをした。

『クリスの件、お前が調べに行くか？　それとも別の者を派遣するか』

「俺が行く」

　答えながら、プロフェットの声は己の耳にも虚《うつ》ろだった。

『トムをつれていけ』

「俺だけでいい」

『一緒に行け。クリストファーの両親に何らかの結果は示せるよう、解明にあらゆる手を使え。予定していた任務はミックに引き継ぐ。じきナターシャがファイルを届けに行く、どこにいるかは知らせておいた』

フィルの方針で、社員の持つ携帯や他の備品にはＧＰＳ発信器が仕込まれているのだ。こちらでオフにしても、フィルが遠隔操作でオンにできる。

「わかった」

『それとな、プロフェット』

「ああ？」

『そのギプス、外すなよ』

言うなりフィルは電話を切ったが、それでもプロフェットは口の中で罵《ののし》り倒してやった。

五分後、ナターシャからファイルと、朝五時の飛行機のチケットが届く。

新しいパートナーには黙って一人で行ってやろうか、と真剣に考えたが、後からフィルの説教を聞きたくない。それに、もしあのトミーがヘマなんぞしてくれれば、あいつとさっさと手を切るいい口実になるというものだ。

電話とプロフェットが出てくる夢の最中、現実の電話が鳴った。トムは携帯をつかんで時間を見る。

午前三時。

『あの任務は忘れろ』

プロフェットの声。起き抜けのようにざらついているが、そのせいではない。どうしてトムに違いがわかるのか——今日、あの映像を三十回は再生したとは言え——しかもどうして気になるのかは、考えても仕方ない。

『新しい任務だ。二十分でそっちに行く』

電話は切れた。

プロフェットがどうやってトムの住所や私用携帯の番号を知ったのかと思ったが、トムはその疑問をあっさり流した。あの男とパートナーでいる限り、プライバシーなど遠い夢だろう。

それを踏まえて、パソコンにきっちりとロックをかけた。

荷造りは終わっていたので、貴重な待ち時間でコーヒーメーカーのスイッチを入れるとバスルームに飛びこみ、しっかり目を覚まそうとほぼ冷水のシャワーを浴びた。なにしろ、眠ろうとするたび、あの映像の中のプロフェットが脳裏に現われて邪魔をする。

ＦＢＩ時代、トムも正体不明の、時に機密の情報によく接した。しかしそれも、何年も前のことだ。あの映像が送られてくるまで、最近のトムが受け取った一番重要なメールといえば消防士たち主催のガンボ料理コンテストへの招待くらいのものだった。

あのプロフェットの尋問映像はUSBメモリーにコピーし、オリジナルファイルとメールはパソコン内に隠しファイルとして保存してあった。彼には無理でも、EE社にたのめば差出元を特定できるだろうか。トムがFBIを辞《や》めて五年、技術の進歩はめざましい。はじめはトムもついていこうとしたのだが、背を向けた世界に同時にしがみついて、うまくいくわけもなかった。結局、その世界に完全に背を向け、昔の——自己流の、時にルール無用の後ろ暗い流儀に舞い戻った。

FBIにトムの居場所はない。

故郷も、彼を保安官に選ばなかった。

だがフィル・バトラーが、そんなトムを訪れ、チャンスをくれた。あのイカレ野郎とパートナーを組むチャンスだろうとも。

プロフェットは衝動的な男だ。無謀。危険。たしかにあの映像内での彼は、捕虜という特殊な状況にあったが、安全な日常の中で顔を合わせても、トムのあの男への印象は何ひとつ変わらなかった。あの男はたやすくトラブルの元になる——少なくとも、トムの向こうみずな性格に油を注ぐだけで、歯止めになりはしない。

ここでいい働きを見せなければと、トムは腹をくくっていた。今回はテストだ。当然、フィルは彼が使えるかどうか試している。フィルがどう言おうと、言うまいと。

なによりトム自身にとっても、これは、己の傷と向き合って乗り越えられるかどうかのテストだった。この世界に戻りたいなら、身も心も磨いて、オフィスのデスクで爆弾を組み立てているようなあのパートナーにも動じないようにしなければ。

一体、フィルはどうしてあの男とトムを組ませた？

シャワーを終えると体を拭って、トムはキッチンへ入った。コーヒーを注ぐ。口へ持っていく途中のマグをぴたりと止め、言った。

「十二分早いぞ」

「サバを読んどいたのさ」

プロフェットが答えた。

暗いリビングルームへ向くと、トムの新しいパートナーは一人掛けのソファに座って、片足をだらりと肘掛けから垂らしていた。髪を緑色のバンダナで完全に覆い、ボロいジーンズを穿《は》いている。

「どんな手でセキュリティを抜けた？」

「秘密のテクでさ。随分と殺風景に暮らしてやがるな、てめえは」

トムの部屋は、ヴィクトリア朝様式の古い家を半分に分けた賃貸物件だった。もう半分には大家の老婆が住む。彼女は身の回りの世話も人まかせ、貸部屋のことも不動産屋まかせだ。

この部屋を手配したのはフィルで、トムもありがたかった。古いが清潔、暖房も空調も完備、まともなキッチンにケーブルテレビ。ガレージに今はトムのバイクが入っているが、この任務から帰ったら冬にそなえて車を買うつもりだった。

スーツケース二つ。段ボール十箱。ガレージのハーレー。それが、今のトムのすべて。彼の人生のすべて。

「残りのガラクタはどこにしまいこんでる?」

「エコに暮らす主義でな」

プロフェットはうんざり顔になった。

「てめえ、ケイジャンの上にヒッピーかよ……」

「引っ越してきたばかりだ」

「もう二週間だろ」

どうして知っている。この男に、どこまで知られている?

だがトムの方も、プロフェットについて聞き出そうとした。向こうが同じことをしていても何の不思議もない。

弱さを見せるな。プロフェットのような男は弱さを敏感に嗅ぎとる。トムは高飛車に言い返した。

「何だって俺にそう偉そうな態度を取るんだ」

「こいつも仕事さ。お前の仕事は？」

「あんたのパートナーでいること」

「それだけか、ケイジャン？　言っとくが、俺に嘘をつくのはあんまり利口じゃねえぞ」

そうかもしれない。フィルのおかげで板挟みだ。畜生。

「あんたを守れって言われてるよ」

プロフェットが、暗がりの中でゆっくりとうなずいた。

「フィルならそんな下らんことを言いそうだがな。だが違うな――どうせ、俺がトラブルに足をつっこまないよう見張ってろと言われてんだろ？　守るのと見張るのじゃ随分と違うな？」

「あんたに限っちゃ、同じだろ」

どうしてそんなセリフが口をついたものか、まるでプロフェットをよく知っているかのように。プロフェットもそれを感じたか、ふっと全身が止まる。言葉に出してはただ言った。

「俺のことをわかっちゃいねえな。行くのか、行かないのか？」

わかっていることもある。ただこうして見ているだけでも。プロフェットなら腕利きの泥棒になれるだろうことも、わざと、巧みに人を煽《あお》って苛立たせているのだということも。

だがトムはただ肩をすくめ、コーヒーを飲みながら、服を着に寝室へ向かった。もう制服の必要もなく、どんな服でもいいというのが妙だ。潜入捜査である以上、むしろこれからは一般市民にまぎれる私服が制服のようなものか。

プロフェットをトラブルに近づけるな。フィルはトムにそう言った。プロフェットに対しては、トムのことを何と言った？

正直聞きたくなかった。トムは雑念を振り払ってバッグをつかんだが、その時プロフェットの唇から例の歌――ハミング――が流れ出して、凍りついた。あの映像の中と同じメロディ。聞き間違いようもない。少しの間、ただそのまま聞いていた。映像のことをこの男に言おうかどうか、迷いながら。

だが結局、トムはコーヒーの残りを捨て、コーヒーメーカーのスイッチを切って、プロフェットに続いた。部屋のセキュリティをセットしてやろうかとプロフェットが持ちかけてきたのも、好きにさせた。

プロフェットの車は古いモデルのシボレー・ブレイザーで、かなり改造されていそうだ。車内は徹底的に片付いている。唯一、プロフェットの足元に落ちている軍の認識票《ドッグタグ》以外は。

カップホルダーにはコーヒーの紙コップが二つ。それと安いファストフードが入った袋。目覚ましにはぴったりだと、トムはその袋をつかむ。

「どこに行くんだ？」

「死体安置所」

「三時に叩き起こされて荷物かついで、死体安置所まで？」

ハイウェイを猛スピードでとばすプロフェットへ、トムは頬張った朝食ごしにたずねる。

「テキサスのな」

「車で行くにはちょいと遠くないか」

プロフェットが、はあっと息をついた。

「飛行機で向かう。機内でファイルを読め」

トムはサンドイッチを食べ終えると、袋をたたみながらスピードメーターへ視線をとばした。

「こういうの、よくあるのか——任務の変更って？」

プロフェットはトムに顔を向け、にこやかに言った。

「てっきり何事があろうが動じない男かと思ってたがなあ、ケイジャン」

逆だ。そう言い返してやりたかったが、トムはプロフェットの腕を覆うギプスを指した。

「それ、前のパートナーとの喧嘩で折られたのか？」

プロフェットが道に目を据える。

「笑えるね、ケイジャン」

「なあ、どうしてフィルはパートナーを組ませることにそんなにこだわる？」

トムはたずねた。なにしろパートナーと組みたくないという一点——そしてお互いへの反目は、二人に共通の話題だ。

プロフェットは、まるで、トムが世界で一番鬱陶しい存在であるような溜息をついた。

「そこに関しちゃ、あいつはよその組織の真似をしようとしてるのさ。パートナーがいりゃエージェントが一線を越えたり、やりすぎたり、イカれちまうのを防げると信じてる。そんなおとぎ話をな」

　話しながら、プロフェットはギプスの右手を振り回し、左手の指先で一五〇キロ近くで疾走する車のハンドルを操った。

「このEE社はな、お前ももうわかっただろうが、CIAやらFBIやらとは違うルールで動いてる。軍ともな。だがことパートナーに関しちゃ、フィルは頑《がん》としてあいつらの真似をするつもりさ。例外も認めようとしねえ。まあ、長くはな」

　パートナーの話題は、いい考えではなかったか。嫌な話題だ。特に昔のパートナーについては、絶対にふれられたくない。パートナーのことを思うといつも腹の底が重苦しくなる。結局トムはただうなずき、その言葉を流した。

　EE社で働くことにした理由のひとつは、民間の傭兵会社なら、独立した工作員を必要としているだろうと思ったからだ。単独で働けると考えていた。それは間違っていたわけだが、わかった時にはフィル・バトラーという男に感銘を受けていたし、この世界に戻るためなら何でもする覚悟だった。

「それで、お前は何ができる?」とプロフェットがちらりとトムに向けた目は、嵐の予兆をはらんだ空の灰色だった。「ろくに知らん相手とパートナーは組めねえからな。効率が悪い」

「パートナーなんかほしくないんだろ、聞いてどうする」

「嫌だろうと、一緒に組むしかねえだろうが。お前に俺の運命がかかってるってわけさ。逆もしかり。仲良くやる頃合いだと思わねえか？」

運命がかかっているのは自分の方だけだとわかっていたが、それでいい。プロフェットの運命まで背負うのは重い。

「俺は、五年前にＦＢＩを辞めた。デスク勤務じゃなく、まともな現場経験者だぞ」

だがプロフェットが引っかかったのは別の部分だった。

「辞めた？」

「休職するよう言われた。任務でやらかしてな。それで辞職した」

「当てようか——全部誤解だ、俺のせいじゃなかった、だろ？」

「全部俺のせいだよ」

プロフェットはトムを、感銘を受けたような目で見た。自分の非を認めることが何かの足しになるのなら、そう、トムにもきっとまだチャンスがある。

4

セキュリティと揉《も》めるのは、いつもプロフェットの方が原因と相場が決まっている。

なので、とんでもなくバカでかいソーダを片手に近づいたらすでに揉め事が始まっているのを見て、プロフェットは変な気分になった。とにかく、意地でもこのソーダは飲み干してやるつもりだ。

「何かあったのか？」

プロフェットは運輸保安局《TSA》の係員にたずねたが、相手はただ肩をすくめ、彼のIDを確認し、ゲートを通した。夜明け前なのでさすがに空港ターミナルは静かだ。ひとり、トムだけが、派手な手ぶり身ぶりでセキュリティに何か訴えている。

聞こえてきたトムの悪態は、どうやらケイジャン訛りのフランス語だ。どうにかしてやるかと、プロフェットはパートナーの方へ歩みよる。

プロフェットがトラブルに足をつっこまないよう、こいつが見張る筈じゃなかったのか？

この光景を撮ってフィルに送り付けるか。いやＹｏｕＴｕｂｅにアップだ、それがいい。

だが充分近づいた頃にはすでに出遅れていた。二人目の空港係員がソーダを取り上げようとしたものだから「ただの氷とソーダだ」「低血糖を防ぐのに必要だ」と彼女相手に強弁し、結局プロフェットが言い負けている間に、残念ながらトムの姿は消えていた。

こんな時のためにと持っている航空保安官のバッジを引っぱり出す。実際、飛行機のトラブルなら本職よりお手のものだ。プロフェットは女性職員に声をかけた。

「あの男は俺の連れなんだが。どうした？」

「ランダム・ボディチェックの対象者に選ばれたんです。ボディピアスを発見しまして、今、体ごとX線スキャンを通ってもらってます」

彼女はうんざりと、毎度のことのように答えた。プロフェットは同情がわりにただ肩をすくめ、二人して、トムがベルトコンベアに上って仰向けに寝るところを眺めた。

うながされ、プロフェットは彼女についていく。トムのX線画像がモニターに映った瞬間、あやうく舌を飲みこむところだった。画面には、トムの両乳首のピアスがくっきりと、そして少しぼやけてペニスのピアスまでが映し出されている。さすがに、不意打ちだった。

唾を呑む彼の横で、女性職員が「あら」と高い声を立てた。その前へ流れてきたトムが、職員たちとプロフェットへ口元を歪めた。

「だからついてるって言ったろ」言いながら、ジーンズのファスナーを下ろそうとする。「じかに見たいか？」

どちらに話しかけられているのか、プロフェットには定かでなかったが、多分セキュリティの方だろう。さすがなもので、女性職員は動じもせず応じた。

「実際、見せていただきます。私は栄誉には預かれませんが、あちらで詳細な身体検査を受けて下さい」

トムは天井を目で仰いで「ご勝手に」と口の中で呟いた。

「それ、女の子は喜ぶかい？」と男のセキュリティがたずねる。

「男の方が喜ぶよ」

トムが応じた。その答えで、プロフェットはこの男に感じてきた肉体的な誘惑が的外れではなかったと知る。クソいまいましい、このケイジャン訛り……。

「人の好みは色々だな」

職員の返事を聞きながら、プロフェットは噛んだ歯の間からうなった。

「そんな代物《しろもの》、最初から引っこ抜いて来やがれ」

「うるせえ、さっさと先行ってろ」

トムが吐き捨てた。お見事——実にいいコンビだ。まだ飛行機に乗りこみもしないうちから。

プロフェットが手荷物をセキュリティに渡して金属探知ゲートをくぐる間、トムは二人の係員に付き添われて奥の部屋へ入っていった。五分後に出てきたが、係員たちはあきれて首を振っており、トムはまだ怒り狂っていた。

「連れか？」男の片方に聞かれて、プロフェットはうなずく。「同情するよ」

女性職員の一人が、トムの先刻の発言にもかまわず、彼のジーンズの尻ポケットにメモらしきものをさしこむ。ニッコリと、トムに微笑みかけた。

トムも、その悪態も無視して、プロフェットはさっさとターミナルを歩いていくと、ほとんど搭乗の済んだ飛行機へ乗りこんだ。相変わらずのエコノミークラス。うんざりだ。だがアフリカ行きのエコノミークラスに比べればテキサス行きのエコノミークラスの方がずっとマシだ。

「たのむよ、何かカフェイン入りのものを」

飲み物のカートを押して通るキャビンアテンダントとすれ違いざま、プロフェットは声をかける。

「コーラでいい。何本かくれ。缶のままだ、小さいグラスとかセコいことはなしで」

座席に着くなり、二本のコーラの缶を手渡された。たちどころに一本飲み干し、プロフェットは二本目も開ける。凝視しているトムへ声をかけた。

「朝は苦手か？」

「午前四時は朝じゃない」

刺々《とげとげ》しく答えて、トムは長い体をどうにか座席でくつろげようとしたものだから、シャツの裾が少しずり上がった。身体検査で脱いだ服をろくに整えてないせいで、あちこち乱れてはだけ、昨日オフィスで会った隙のない男とは別人に見えた。狭い座席に長身をやっとねじこんでいる。

「俺は、寝る」

その宣言は本気かもしれないが、眠るにはトムはあまりにも神経を尖らせていた。怒りはもう引いている。どちらかと言うと、何かに気を取られているようだ。

プロフェットはたずねた。

「飛行機が怖いのか?」

「ん？　そうだな」

トムはろくに聞きもせず適当に返し、ヘッドホンを付ける。プロフェットは肩をすくめ、放っておくことにした。

機内はかなり混んでいたが、二人の隣は空席だった。扉が閉じて飛行機が離陸滑走路へ向かうと、プロフェットはありがたく空いているスペースに足をのばす。トムは、もぞもぞ、落ちつきなく身じろぎしている。目をとじ、ボーズのノイズキャンセリングヘッドホンをオンにしていた。何よりもキャンセルしたいのはパートナーに違いない。キャンセルできるなら。

せいぜい頑張るがいい。フィルの口癖によればプロフェットは「マザー・テレサすらキレさせられる」らしい。「ためして来いってことか?」とプロフェットがたずねると、フィルはぼやきながら例のごとく鼻の付け根をつまんでいた。

機長からのアナウンスに、プロフェットの注意が引き戻される。少し離陸時間が遅れると

——順番待ちだの先行機がまだ二機いるの、そんなことを抜かしている。客席から不満のざわめきが立ち、機長が「すぐだ」と保証する一方で、飛行機は移動速度を落としていた。

コックピットに乗りこんで状況をチェックしようかとも考えたが——二回に一度は機長と知り合いになったり、共通の知り合いの話で盛り上がれる——やめておいた。主には、まだ航空保安官の芝居を続けていたせいだが、横で相変わらずピリピリしているトムのことも気になる。

リラックスして少し眠るか、と思った時、プロフェットの体内で警報が発動した。元から人より勘はいいが、訓練を積んだ今では、その感覚が邪魔なほど研ぎ澄まされている。

プロフェットが座席でさりげなく体をひねり、元凶を探しにかかった時、トムがぱちっと目を開き、ヘッドホンを外して言った。

「ヤバいことが起きてる」


『乗客の皆さん、この機は次の離陸になります。搭乗員、離陸準備を』

プロフェットから、せいぜい小馬鹿にした返事が戻ってくるかと、トムは身構えた。

だがこの男はじっとトムを見つめ、問い返した。

「危険か、それともそれ以外か？」

パートナーからそんなことを聞かれたのは多分これが初めてのことで、真剣に受けとめられた経験のないトムは、凍りついた。

やっと「それ以外だ」と答えると、プロフェットはさっと立ち上がり、トイレからぞろぞろ戻って席に座らされている従順な乗客たちを見回した。

「その勘の有効範囲は、普段どれくらいだ？」

プロフェットは半腰で、半ばシートに膝をついた体勢でヘッドレストをつかみ、周囲に集中しながらさらにトムを問いただした。

「何だろうと、飛び立ってから空中で対処したくはないもんだろうな」

「ああ……」

トムは何とか、そう返事をした。まだプロフェットの対応に茫然としていた。

乗務員がやってきたが、プロフェットが彼らにあれこれと話しかけ、トムのために時間を稼いでいる。時間が限られているのはわかっていたので、トムは動き出した。自分をアンテナのようにして、何かを感じとろうとする——時にはこの手が効く。

トムの足が、非常用脱出扉の脇の三列シートでぴたりと止まった。通路に一番近い席には大柄な、でっぷりとした腹の男が座っていた。

（心臓発作。だが、この男じゃない——）

トムの視線はさらに右、窓側の席で眠る女に移った。その手から今にも携帯電話が滑り落ちそうだ。まだ若い女だが、しかし……。

「彼女か?」

プロフェットが背後から大声でたずねた瞬間、飛行機のどこかで警報が鳴り出し、乗務員たちがバタバタとそちらへ向かった。座席の女の手から、携帯が落ちた。

「彼女だ」

トムが答える間にも、女の顔から血の気が失せていく。プロフェットが乗務員と医者を求めて怒鳴る中、トムは彼女の前へ移動しようとした。

「その人は寝てるよ」

太鼓腹の男が言った。

「いつから?」

トムは鋭く聞きながら、女の首筋に指を当てて脈を探す。太鼓腹は肩をすくめた。

「しゃべってた途中でうとうとし出してさ。てっきり遠回しに、邪魔だと言われてるんだと思ってな。……あんまりうまいやり方じゃないが」

そうつけ加える。

「世界中がてめえ中心に回ってるとでも思ってんのか?」

プロフェットが男に言い返している間、トムはなるべくそっと女を起こそうとした。

二十八歳くらいか、顔色も悪いが、唇の周囲の血の気がみるみる引いていく様子が、いかにも危険だ。

「酸素マスクが要る」トムはプロフェットに低く伝える。「あと、彼女のバッグを調べてくれ――名前が知りたい」

「ケリーだよ」太った男が教えてくれた。「死んじまったのか?」

「あんたがモテねえのも無理ねえな」

プロフェットが応じる。その間、トムがもう少し強引に起こそうと名前を呼んだり揺すったりしていると、女の目が開いた。

プロフェットが、たのまれた酸素マスクをトムに手渡し、乗務員がポータブル酸素タンクをオンにする。そのマスクを女の顔に当てる前に、トムはたずねた。

「心臓に持病が?」

「ええ」かぼそい答え。「バッグに、薬が……」

勿論、プロフェットはとっくにバッグの中身を床にぶちまけており、その山を引っかき回してニトログリセリンのタブレットをつかみ出した。トムは酸素マスクを女の口元に当て、深呼吸をさせた。

「大丈夫だ。救命士がすぐに来る」彼女を励ます。「こういうことは、よく?」

「ええ、最近……」

「ほらよ」

プロフェットが薬のボトルを手渡してくる。トムは注意書きを読み、一錠取り出すと、ケリーの舌下にそれを差しこんだ。

「どのくらいで効く？」とプロフェットが聞く。

「すぐだ」

トムはケリーから目を離さずに答えた。いつのまにかケリーはトムの手を握っていて、彼女の顔色が戻ってくるのを見守りながら、トムはその手を握り返して力づけた。

二人の間にプロフェットの手がぬっとのび、床に落ちていた携帯を彼女へ手渡す。

「ありがとう」ケリーがマスクの下で礼を言った。「パパに電話しなきゃ……」

トムの手を離すと、彼女は電話をかけた。すぐに、電話の向こうに出た相手と言葉を交わし、続けた。

「ええ、飛行機を降りないといけないと思うの。誰か迎えによこしてくれる？」

「救命士が到着しました」

女の客室乗務員にそう声をかけられ、トムは立ち上がると、すでに下がっていたプロフェットの方へ通路を移動した。

「あなたがたが乗り合わせて下さって、本当に助かりました。お医者さんですか？」

「軍医だ」

トムに否定の隙を与えず、プロフェットが乗務員へ即答した。二人の背後でガタガタと大きな音がして、救急救命士と装備が入ってくる。飛行機の狭い通路を通れるよう作られたバッグやストレッチャーを携えていた。トムとプロフェットは下がって、救急チームを患者の前へ通した。

いかにも医者が何か言うようなふりで、プロフェットがトムに耳打ちする。

「これ以上グズグズしてたらマスコミと警察の相手をする羽目《はめ》になるぞ」

「どうしてだ?」

「薬のボトルにあった名前だよ。あの女、グリーンレイ上院議員の娘だ」

プロフェットの言葉に、トムは呻きを呑みこんだ。その間にも当の娘が電話を終えて、トムを手で招く。

「気分は?」とトムは娘にたずねた。

「もう大丈夫。でも本当に、どうやって気がついたんです?」

彼女がそう問い返す横で、樽腹《たるばら》の男が声を上げた。

「君らはヒーローだな!」

プロフェットが口の動きだけで「行くぞ」と伝えた。携帯を耳に当てて誰かと話しながら、二人の荷物を持ってこいとトムに合図する。乗客の賞賛の声に笑顔や首振りで応じながら、トムは女と救命士たちからじりじり離れた。即席のヒーローに話しかけようとする乗客たちを無視して、自分とプロフェットのバッグを取りに向かう。患者が運び出されてまた扉が閉ざされる前に、飛行機から降りないと。

二人分のバッグを持ってどうにかファーストクラスまで来たところで、女性乗務員に止められた。

「申し訳ありませんが、当機から降りていただくわけには参りません」

「あの娘は降りられるのにか？」

遅れて通路をやってきたプロフェットが言い返した。

乗務員は、まるでプロフェットが頭を二つ生やした三歳児であるかのような目を――実際似たようなものか――向けて、答えた。

「あの方は心臓発作を起こされてますから」

「俺も発作を起こした気がする。いてててて」

プロフェットが大真面目に、心臓の上に手を当てた。

「申し訳ありませんが、お客様、それを信じるわけには……」

「様付けで呼ばれるほど偉かねえし、それはあいつに言ってやれ。俺よりずっと年寄りだ」

プロフェットはトムを指さしてから、さらに数度「いたたたたた」とやった。

「俺の薬はどこだ？」

「家に忘れてきたんじゃないか」トムが調子を合わせる。「すぐ降りないと」

また別の火災警報器が鳴り出した。さらに別の場所からも。乗客がざわざわと立ち上がりはじめ、二人と議論していた乗務員も、やむなく乗客をなだめに向かった。

飛行機の扉は救命チーム向けに開放されたままで、プロフェットがそこからトムを押し出してステップを下りはじめた時、機内に機長の声が流れ出して乗客に着席を指示した。

「お前の仕掛けか？」

機体の逆サイドへ回りこみながら、トムはたずねた。耳にまだ火災警報器のアラームがこびりついている。

「礼なら後でな」

プロフェットは滑走路をずんずん歩き、トムを先導して救急車や荷物運搬車の陰に身を隠しながら、個人所有の飛行機が駐機されたプライベートエリアへと近づいていった。確実に法律違反だろうと思いつつ、トムはついていく。

ぐいとプロフェットにつかまれたかと思うと、滑走路脇の待機スペースに積み上がった荷物の間へ引きずりこまれていた。二人の体がぴったり重なり合う。プロフェットがトムの背を抱くように、強靱な片手だけで彼の動きを抑え、「静かに」と命じた。

顔を上げると、プロフェットの顔がすぐそばだった。鼓動が、今しがたの脱出劇とは無関係にはね上がる。あまりに近いプロフェットの存在に、トムの肉体が反応しそうになる——この男がトムにとって危険の火種になりそうな理由が、またひとつ。

ありがたいことにプロフェットは横をすぎるサイレンに気を取られているようで、トムを離そうとはしなかった。

「押さえてなくても、滑走路を駆け出してったりしないぞ」

「空港でひと騒動やらかしてくれたお前を信じろってか？」

「うるせえ」

顔をうつむけ、トムはプロフェットの顔のかわりに、首筋を見つめた。

「この手のこと、てめえにはよく起きんのか？」

「たまにな」

トムがそう答えると、プロフェットは低く「ケイジャンのブードゥーかよ」と聞こえる悪態を洩らした。その嫌味はまさに核心を突いていたのだが、トムは認める気にもなれずに黙っていた。

「あの手の予知をよくやらかすってわけか？」

「別に——あれは予知なんてもんじゃ」

「そいつは残念。お前を貸し出して小遣い稼げるかと思ったのにな」

トムは唇を結んで何も言わずにいたが、さっき芽生えた、古なじみの恐怖が腹の底に粘っこく広がっていく。今回もまた駄目になってしまうというのか——それも始まったばかりで。

「ふうむ、つまり、アレは予知じゃねえと。じゃあ何なんだ？」

「何なのかは知らん」

「しょっちゅうあるのか？」

「そうだと言ったらどうする」

　二人の間に隙間などなかった筈なのに、どうやってか、プロフェットの体がさらにトムに近づいた。

「どうするも何も、次にお前の腹ん中がモゾモゾしたらさっさと吐きやがれって言うだけさ。なんせ、お前はさっき口を開くまで十分も黙ってたんだからな」

トムの頭がさっと上がり、あやうくプロフェットの顎をかち上げるところだった。灰色の目を見つめて、トムはプロフェットの言葉が本気だとたしかめる。

「おい、ちゃんと伝わってんのか、パートナー?」

ああ、言葉も、体温も——だがそうは言わずにトムはただうなずき、たずねた。

「ここからどうやって脱出する?」

プロフェットがゴソゴソと動いて電話をかける。電話口に出たナターシャが言い放った。

『それで今度は何をしでかしたの』

「ああ、そんな言い方やめてくれ、ナターシャ。女の乗客が心臓発作を起こしかかったのは俺のせいじゃねえよ」

『ええ、そうでしょうとも』

トムは、二人をトラブルに巻きこんだ責任が自分にかぶせられるのを待ったが、プロフェットはトムのことは一言も言わなかった。暗闇の中、新しいパートナーと身をよせ合って警備の目を逃れながら、もしかしたら、この男とならうまくいくだろうかとトムは思う。

もしかしたら……。


「また空港でひと騒動やるか？」

トムをそう挑発しながら、プロフェットはナターシャとの電話を終えた携帯をポケットにつっこんだ。荷物の隙間は狭く、どう動いてもトムにぶつかる。

「お前もしつこいな。また俺のアレが見たいだけじゃないのか？」

「好きにほざけ、ケイジャン」とプロフェットは笑いの息をこぼした。

「ところでお前が手をつっこんでるのは俺のポケットなんだが、わかってるか？」

いや、知らなかった。クソいまいましいギプスめ。だがプロフェットは、トムのポケットから手を抜かなかった。トムが嫌がるかどうか見るためだけに――そして多分、プロフェット自身の反応を見るために。

押し当てられたトムの体はどこも固く、ゴツゴツしている。狭苦しい隙間で、答えはすぐに出た。トムは男とこんな風に肉体を押しつけ合うことに何の抵抗もない。だがかすかな体のこわばりから、プロフェットは、自分がこの男に覚える肉体的な誘惑が一方通行ではないと悟る。トムの甘い南部訛りを聞いた瞬間、プロフェットは引きこまれかかり、つき放そうとしてきた。

この男には我慢ならないと頭で思いこめば、いずれ肉体も納得するかと考えて。

そして相も変わらず、股間は理性に従いやしない。

(パートナーとヤるのはやめとけ。いい考えじゃない)

そもそもパートナーと組むこと自体、ろくな考えじゃ……。

プロフェットはトムのポケットからぐいと手を引き抜くと、願わくば今度は自分のポケットに、携帯電話を戻した。

お互いの肉欲と、この男の超常能力はともかく、トムについて興味深いのは、プロフェットの第一印象は正しかった、ということだ。トムは犬——生まれついての追跡者だ。今も身じろぎもせず立ちながら、周囲の状況をつぶさに観察して記憶に刻みこんでいた。プロフェットも同じことはしているが、トムほど静かにではない。気付けば足先を小刻みに揺すったり、背後の壁を指先で叩いていたりする。誰かの注意を引くほどじゃないが、とにかく、じっとしているのは彼の得意技ではない。トムは違う。トムの静けさは、生まれついての資質だ。プロフェットにとっては軍人時代にやむなく身に付けたスキルであるのに対して。

無論、トムは気付いて指摘してきやがるに違いない。3、2、1——。

「じっとしてられないのか」

問いかけたトムの、ぐっとくいしばった顎は、プロフェットには見慣れたものだった。プロフェットと関わる相手は、一度か二度はそんな表情になる。次には鼻の付け根をつまむだろう。

予知能力なしでもわかる。

プロフェットは口笛で〈アイ・ショット・ザ・シェリフ〉を吹きはじめ、トムからぎろりとにらまれた。

「もうここから出てもよさそうだぜ、ケイジャン」

「ずっと俺をそう呼ぶ気か？」トムが問いただす。「まあ、ブードゥーよりはマシか」

「二つ合わせた呼び名を考えてやるから楽しみにしてろ」

プロフェットが約束すると、トムは一声うなって、彼をつき放し、幽霊のように闇の中へ溶けていった。

お見事、パートナー。

5

移動開始から十二時間後、二人は、テキサス州ヒューストンの検死医のオフィスにいた。プロフェットは待合エリアで椅子に座り、平然と動かず、目をとじて壁に頭をもたせかけていた。

この一時間で赤いトゥイズラーキャンディを一袋食い尽くしておいて、どうしてプロフェットがじっとしていられるのか、トムには謎だ。シュガー・ハイになっているだろうに。

死体安置所が近づくにつれ、プロフェットはひどく神経質になり、改善しそうに見えた二人の関係も振り出しに戻ってしまっていた。

検死医の報告書を渡されても、写真にちらと目をやっただけで、プロフェットは相手かまわず「こんなものは無意味だ――死体を見せろ」と要求しはじめた。

トムは報告書を手に取る。「そう言うだろうと思ったよ」

「ほう？　ご立派なサイキック様は黙りやがれ」

何か言えばさらなる罵詈雑言《ばりぞうごん》がはね返ってきそうで、トムは無理に口をとじた。それに、無反応の方がこの男を苛つかせられそうだ。プロフェットがわざとトムを煽ろうとしているのか、単にこういう男なのか、正直よくわからない。とにかく、プロフェットの相手をするのは流砂の上でバランスを取るようなものだ――消耗して、いずれ引きずりこまれる。

検死医の報告書にざっと目を通したトムは、だがプロフェットの言葉通り、こんなものは無意味だと認めるしかなかった。中身は「二十四歳の白人男性クリストファー・モースが頭蓋への外傷及びそれによってもたらされた重い脳挫傷が元で死亡した」というもので、読む限り、殺人事件として捜査されている筈だ。遺体の写真には全身にある数々の傷や痣《あざ》が写っていたが、その傷が生前あるいは死後のものか、空に近かったゴミ回収箱に放りこまれた時についたものなのか、分析すらされていなかった。検死医が無能なのか、それとも誰も気にしないただのストリートキッズの死だとしておざなりに処理されたのかはわからない。だが、やっと二人の前に姿を見せた検死医は、おどおどして見えた。

「お二人は、ご遺族に雇われた探偵だということだが……」

「あの穴だらけの報告書はなんだ」

プロフェットの第一声がまずそれだった。

「遺体を見せてもらえないか」

トムは慌ててそう口をはさみ、プロフェットに鋭い視線をとばした。二人は私立探偵の身分証を引っぱり出して示したが、その間も検死医はプロフェットをにらみつけていた。ＥＥ社は様々な事態にそなえて偽装の身分を山ほど用意しており、この仕事では目的を果たすためのこの手の嘘は不可欠だった。大きな悪に対抗するための小さな悪。「それを信じることだ、でないとここでは長く続かん」とフィルはトムに警告した。

二人は検死医につれられて廊下を歩き、つき当たりの、壁一面が金属の棚になった部屋へ入った。検死医が中ほどの段を引き、死体を引き出すと、覆いを取る。プロフェットにずかずかと寄られ、検死医はやむなく場所をゆずった。

トムが逆サイドへ回りこむ間、プロフェットは足の親指に分類タグをくりつけられた遺体を見下ろしていたが、その喉がごくりと鳴った。死体の頰にふれ、何か呟く。トムの知らない言語だったが、肝心のことはわかった――この死者はプロフェットの知り合いだ。この事件に、プロフェットは個人的な思い入れがある。

顔を痣に覆われていても、このクリストファー・モースがハンサムな若者だったのはよくわかった。金髪はボサボサで、およそ耳の下ほどの長さ。報告書によれば一八五センチ九十一キロ。見るからに鍛えられた体だった。

体の傷、特に肋骨付近に集中している傷は、拳でくり返し殴られた痕に見えた。

「右頭蓋骨《とうがいこつ》に陥没があった」と検死医が説明した。「体の傷の大部分は生前のもので、遺体が投棄された時についたものもわずかにある」

「報告書にもそう書きやがれ」

プロフェットの危険なうなり声に、検死医が一歩後ずさった。

その隙に、トムは遺体の両手をじっくり眺める。きれいに洗浄された後だったが、拳には痣と傷があった。

「手にテーピングの痕跡は？」

トムは検死医にたずねる。

「ああ、テープの残滓《ざんし》があった。指関節と手のひら側に。だがテープそのものはなかった」

プロフェットを見やったが、会話が耳に入っている様子はなかった。

遺体の額に指を当てて何か囁き、プロフェットはちらりと検死医の報告書に視線をとばした。しまいには彼を見つめているトムに「じろじろ見てやがるだけなら歩いて帰れ」と言い放ち、安置室をずかずか出ていった。

トムは溜息をつき、検死医にいくつか質問をしてからファイルを返し、かわりに事務員が取ってくれたコピーをもらった。

待合エリアにもプロフェットの姿はない。トムが見つけた時、彼はレンタカーの運転席に座り、耳がつぶれそうな大音量でカーステレオを鳴らしていた。

トムは車に乗りこんで曲のボリュームを下げたが、プロフェットが二輪車並みの急カーブを切りながら車を発進させ、トムの体をドアに叩きつけた。

「被害者は、死ぬ前に戦っていた」

「そうかよ」

わかりきったことを、という声でプロフェットは返事をした。

「両拳にバンデージを巻いた痕があったが、手があれだけ傷ついていたところを見るとボクシンググローブを付けて戦ったんじゃない。素手にバンデージは、この地方に多い違法地下ファイトのスタイルだ。地下ファイトはテキサスで始まり、あっという間にルイジアナまで広がった。クリストファーの傷の状態とも合致する」

まるでトムがクリストファーの名を呼んだことに驚いたように、プロフェットがさっと視線を向けてきた。驚きつつも――感謝のような目だった。

「クリスは死んだぞ。それはどう合致する？」

「あの手の地下ファイトで死んだ若者を見たことがあるが、傷の状態がそっくりだ。このヒューストンで一番盛んな地下ファイトのリングはフィフス・ワードにある。運営の連中が、死んだファイターの体を川へ放りこんでいたものさ」

トムがポケットから出した青いカードをさし出すと、プロフェットはそれを取ってひっくり返した。

「お前が出ていった後、証拠袋からもらってきた。検死医の話じゃ、遺体のジーンズの尻ポケットに入っていたそうだ。警察はこのカードを調べもしていない」

「何も書かれてねえからだろ」

「違う、不可視のインクで刷ってある。これは招待状だ」

トムはあるサイトに携帯で接続すると、そこで説明されているカードの意味や地下ファイトのリーグ分け、ファイターと観客を区別するカラーコードなどについて、ハンドルを握るプロフェットへ読み上げてやった。

「検死医は、クリストファーにはいくつかの骨折痕があり、その多くが最近のものだと言ったが、問いただすと何年も前の傷もあると認めた。クリストファーが何年もずっと戦っていたと推定できる、と言っていたよ。それとなプロフェット、この任務はどういうことなのか、そろそろ俺にも教えろよ」

最後の言葉は、トムの意図より強く響いた。それがプロフェットを動かすのに充分だったのか、彼はハンドルを切って車をマクドナルドの駐車場に入れた。ハンドルを指で叩いて、頭の中にある何かのリズムを取るようにしてから、口を開く。

「そうだ、クリストファーと俺は個人的な知り合いだ。ああ、だから俺たちがこの事件に派遣された」

今にも爆発しそうな気配をみなぎらせながらも、プロフェットの口調は淡々としていた。

「どういう知り合いだ？」

「クリスの家族を知ってた。彼の兄と一緒に軍に入った」

言葉を切った。

「兄のジョンは、戦場から戻らなかった。あの時クリストファーは十二だった。ひどいショックを受けて、数年後にはどん底さ。停学処分をくらい、しまいにゃ退学で、自宅学習に切り替えるしかなかった。カウンセリングも投薬治療も効き目がなくてな。十六歳になると、クリスは家出した。お前の推論が当たってりゃ、あいつが怒りをぶつける先として選んだのが地下ファイトのリングだったのかもな。お前にはわからんだろうがな」

だが、トムにはその怒りがよくわかった。プロフェットには思いもつかないほどに。とても人に聞かせたい話ではない。彼はただうなずいて、返事をした。

「その辺の事情を聞いておかないと、お前が何に必死なのかこっちにはわからないからな。お前も言ったように、ろくに知らない相手とは組めない」

「これでわかったろ、ご満足なら話を進めていいかよ？」

プロフェットとクリストファーの関係を思って、トムはどうにか皮肉を呑みこんだ。

「ああ。クリストファーの家族を知っていると言ったな。彼の骨折が子供時代の虐待による可能性は？」

プロフェットが首を振った。

「いいや。そんなことがありゃわかる。モース一家は――理想の家族ってやつだ」

「理想の家族なんて存在しないよ、プロフェット。とにかく両親に話を聞きに行かないとな」

「やめとけ。親は関係ねえよ。またこんなつらい話に巻きこむつもりはない」

「お前が嫌なら、俺がやる」

プロフェットはほとんど動いたようには見えなかったが、次の瞬間、トムの体はシートに押しつけられ、半ばのしかかられて、プロフェットのギプスの腕が喉にくいこんでいた。

「あの一家に近づくんじゃねえ。あの家はもう地獄の苦しみを味わったんだ」

トムはまばたきしてプロフェットの目を見上げた。あまりに近く、プロフェットの灰色の目が青い炎を帯びて、嵐の向こうで今にも何かが爆発しそうだ。体の重みに押さえつけられたトムの脳裏を、あの映像の、若く、狂気の目をしたプロフェットの姿がよぎる。

だが今、トムの喉に腕をくいこませた男は恐ろしいほどに冷静で、その目も――ほぼ――正気だった。

「両親だって、息子の死の真相を知るためなら、苦しくとも協力したがるんじゃないか？」

何とか落ちつきを装おうと、トムはかすれ声で問いかけた。

「クリスと親は、何年も音信不通だ」

「お前は、彼の親と連絡を？」

「最近はあまり」

「なら今も、お前の言う通りだとは、限らない」

「言う通りさ」

「家族を守ろうとするのは罪悪感からか？」

「お互い罪悪感について語りたいってか、ブードゥー？」

プロフェットが凄む。

「遠慮する。だが俺も、その手の匂いには鼻が利くんでな。そろそろどけよ」

プロフェットは苛立ちの息をつき、トムをつき放すように体を引いた。まだ動揺しながら、トムは何事もなかったかのような顔で前を凝視していた。

自分の主張が通ったと知ったのは、プロフェットがカーナビに向けてがなり立てる住所を聞いた時だ。クリストファーの免許証記録にあったのと同じ住所。

歳月が経った今でも、プロフェットが心に焼きつけている住所。

その家はテキサスの郊外にある、手入れの行き届いた木造の家だった。クリストファーの死体発見場所から、死体安置所よりこの家の方が近い。

着くまでの十五分、プロフェットは口をとざし、車内にはあからさまな緊張がみなぎっていた。

プロフェットはドアを叩きつけて車を降り、トムが続いた時にはもう家への道半ばを歩いていた。まあ、遺族に最初に顔合わせしなくていいのはトムにとってもありがたい。

プロフェットが玄関にたどりつくと、中から金髪の女性がドアを開け、驚きに口を手で覆って、すぐ、長年行方の知れなかった息子が戻ってきたかのようにプロフェットをきつく抱きしめた。だが二人の思いは、明らかに嚙み合ってない——プロフェットは彼女を抱き返しはしたが、形だけの仕種だった。

トムは足を止め、二人が低い声で会話をする間じっと待っていたが、プロフェットがやっと振り向いてトムに目を向けた。紹介はすんでいたのか、女性の方からトムに声をかけてきた。

「ミスター・ブードロウですね、私はキャロル・モースです」

「どうか、トムと呼んで下さい」

「トミーでいい」

プロフェットが口をはさむと、キャロルは彼をあきれ顔でたしなめ、二人を家の中へ招いた。

泣いていたのだろう――彼女の目には潤《うる》んだ赤みが残り、目の周囲が腫れていた。

「どうぞ座って、トム。ほら、あなたは手伝って頂戴」

そううながし、キャロルはプロフェットをつれてキッチンへ消えた。ちらりと見えたキッチンテーブルには、盛りつけられて布をかけた皿がところ狭しと並べられていた。悲嘆に襲われた人々は時にこうなる――何をしていいのかわからず、ほかに何もできず、ただ次から次へと料理をしてクッキーを焼き、パンを焼く。キャロルにとって嘆きは人前に出すものではなく、夜、閉ざされた扉の奥でひっそり苦しむものなのだろう。それを他人に晒すのは、それも客相手には、失礼だと考えているのだ。

彼女の姿に、トムはつい自分の母を思う。

壁の飾り棚へ向き直り、並んだ家族写真を眺めると、プロフェットが本当にこの家族と親しかったのがわかった。若いプロフェットが同年代の若者と――クリストファーの兄のジョンだろう――肩を組んだ写真が何枚もあった。写真の中のプロフェットは、もしかしたら、今よりもなお警戒心むき出しだろうか。

閉じたキッチンのドアの向こうから、荒げられた声が――プロフェットとキャロルの――聞こえ、トムははっとしたが、たちまち静かになった。

二人がキッチンから戻り、トムは飾り棚から目を戻して、プロフェットとキャロルに向かい合う形でカウチに座った。キャロルがレモネードを彼の方へ押しやる。酸っぱくて甘い、完璧なホームメイドのレモネード。

「おいしいです。ごちそうさま」

礼を言うと、彼女は一瞬だけぱっと顔を輝かせて答えた。

「プロフェットの大好物なのよ」

しきりに、キャロルはプロフェットの世話を焼こうとしていた。子供のように面倒を見られているプロフェットを見るのは妙な気分だ。なにしろ、プロフェットは文句も言わずキャロルの好きにさせてはいたが、その状態を、あるいはキャロルのことを、ありがたく思っている様子はなかった。キャロルに悟られるほどあからさまではないが、トムには伝わったし、後でプロフェットを問いたださねばと心に留める。

トムは、キャロルに切り出した。

「こんな大変な時期にお邪魔して申し訳ありません」

キャロルはうなずき、両手を握り合わせた。

「クリストファーはもう長い間、いなかったから……私たち、ずっと前に彼を失っていたの」

それ以上続けられないかのように、言葉が途切れた。トムもプロフェットも黙っていると、キャロルは咳払いして、言った。

「でも、どれくらいお役に立てるか……夫は今いないの。昨日、メキシコ行きの仕事で出かけて。家にいると、じっとして、ただ考えてしまうのが辛いからって……お葬式は明日の夜よ」

「かまいません、あなたの話をうかがいたかったので」トムはにらみつけてくるプロフェットにとりあわずたずねた。「あなたはクリストファーと連絡を取っていましたか？」

てっきりプロフェットに制されると思ったが、かわりにプロフェットがキャロルへずばりと聞いた。

「クリストファーから、どのくらい頻繁《ひんぱん》に金が送られてきていた？」

三十分ほどの会話の後、キャロルはかかってきた電話を取りに立った。お悔やみの電話だろう。

プロフェットは部屋の中をうろついて、気を鎮めようとした。またこの家に、また嫌な理由で戻ってきた。心がねじれる。最後にここに来たのは、ジョンと彼が捕虜になるよりもずっと前だ。祝日休暇か、それともたまたまの休みだったか——とにかく二人がここに帰ること自体が珍しかった。記憶が重くのしかかってきて、息がつまり、胸が焦げる。少しでも利口なら、今すぐここから走って逃げ出すべきなのだ。

だが、利口な生き方など、人生のどこかでもう捨ててきた。

「最初から、お前は、クリストファーが母親と連絡を取っていたと知ってたんだな」

と、トムがやっと口を開いた。

「彼が地下ファイトで戦っていたこともわかってたんじゃないのか。わかっていて、俺ひとりに考えさせていたってわけか？」

「まあな」

「結構。それで？　俺は合格か？」

プロフェットはその当てこすりを無視して言い返した。

「キャロルとクリスが連絡を取り合っていたかどうかなんて、何の役にも立たねえ情報だろうが。もうクリスが戦ってた地下リングの見当はついてる、あいつが捨てられてたゴミ箱からほんの一ブロックのところだ。クリスはかなり稼いでたろ。体もデカいし、強かった。ジョンが手ほどきしたし、あいつらの親父は海軍でセミプロボクサーだったんだ。もしクリスがファイターとして何年もやってきたなら、敵もたくさんいただろう……」

言葉を途切らせ、プロフェットは肩をすくめた。階段口へ歩いていくと、二階までずらりと壁に掛けられた写真を見ながら、数段だけ上る。トムも隣に立ち、飾られた軍の勲章に目を留めていた。プロフェットの写真が、ここにまであることにも。

「お前、この家に住んでたのか？」

「たまにな」

プロフェットは周囲を見回した。

最悪の事態の時には。

ここに立つと……十六歳の時に戻る。戻りたがる自分がいる。今振り返ると、十六歳の世界はシンプルだった。少なくとも、後から押しよせてきたすべてに比べれば。十六歳は――ジョンと、戦いと、自由。

だが十六歳は、いずれ十七歳になる。ある意味、十七歳の日々に彼は救われたが、別の意味では……。

「この家には、家族と同じくらいお前の写真がたくさん飾られてるな」

トムが指摘してくる。

「俺は写真映りがいいんでね。好かれてたしな」

「七不思議のひとつだな」

トムにそう返されて、プロフェットはつい微笑んでいた。背中を向けているせいで、幸いにも見られずにすむ。

「ジョンと一緒に軍に志願したのか？」

「ああ。キャロルは、せめて一年だけでも大学に行ってくれとたのんで、ジョンも進学するふりをしたが、結局俺と一緒に軍へ入った。何かをぶっ壊す方が絶対におもしろいって言ってな」

プロフェットは手をのばし、飾り箱に吊るされた紫のハート型の名誉戦傷章をなでた。

「それ、お前ももらったのか？」

「ナターシャから俺のことを聞き出してんだろ？　まったく、たかが一度、鉛筆をうっかり六十ダース注文したからって――」

「二度だろ」

「似たようなもんだ」

そう流したプロフェットに、トムはあきれて首を振っただけだった。肝心の時にはプロフェットがそんないい加減なことは決してしないと、もう見抜かれている。いけすかない野郎だ。プロフェットはトムにたずねた。

「それで、お前は？　本気なのか？」

事件のこと、パートナーのこと、あるいはEE社で働くこと、どれともつかない問い。だがトムはためらいもせずに即答した。

「ああ、本気だ。最初から」

「嘘つけ」

「FBIを辞めたと言ったろ？　自分がまだこの世界に戻れるかたしかめたいんだ。パートナーがムカつくからってチャンスを潰す気はないさ」

「なら、潰すな」プロフェットはトムの背後のジョンの写真へ、視線をとばした。「行くぞ」

「夕食を食っていけって、キャロルが」

ありえない。ジョンがいたテーブルを、トムと囲むなど。ここを自分の家だと信じられていたあの頃……まだあまりに何も知らなかった頃。

「駄目だ」

「お前は残れよ。俺は戻ってモーテルで何か食うから」

「今日はまだ仕事がある」死体安置所に横たわるクリストファーの姿がプロフェットの脳裏をよぎる。「山ほど仕事がある」

むしろ自分に向けてくり返し、プロフェットはトムのまなざしを黙殺した。いや、トムの暗いまなざしに呼び起こされる、己の揺らぎを黙殺した。

何でもない。トム・ブードロウにプロフェットの心を見通せるわけがない。しかもそれに──奇妙な形で──自分が魅了されているなど、決してありえない。

6

トムはハイウェイに向かって車を走らせる。驚いたことに、プロフェットが彼に車のキーを放ってきたのだった。

当のプロフェットは助手席に腰を据え、しきりにカーラジオをいじったりグローブボックスをバタバタ開け閉めしている。ついにはミラーの角度をいじり出した。

「俺が運転してる最中なんだが？」

「お前のミラーの使い方はなっちゃいねえ」

それがプロフェットの主張だった。

二人がモース家を去る寸前、キャロルは、プロフェットにエアコンの設置をたのんで二階へ追い払った。そうしておいて、彼女はトムを脇へ引っぱっていくと、言い聞かせた。

「あの子をちゃんと守ってやってね。危ない目に遭わないように」

こっちを忌み嫌っている相手をどうやって守れというのか、聞き返したくてたまらなかったが、多分、キャロル・モースは自分がどれだけ無理な頼みをしているかよくわかっているのだろう。わかっていて、それでもプロフェットを愛している——それを思うと、トムも彼女のために努力はしようという気になった。

「ええ、そうします」

「よかった——もしそれが嘘だったら、ただじゃおきませんからね。必ず思い知らせるから、覚悟なさい」

二日のうちに、これで二人の人間がプロフェットを——充分自分で身を守れそうなあの男を守れと、トムに命じたことになる。一体あの男に、トムの知らない何がある？

「キャロルは、いい人だな」

「彼女に俺をたのむと言われたんだろ、お前？」

　プロフェットが問いただす。

「どうしてわかる」

「設置をたのまれたエアコンはもう窓に取り付け済みだったからさ」

　プロフェットは暗い笑みを浮かべ、町の中心部にあるモーテルの住所をカーナビに読みこむ。女の声が方向を指示しはじめると、トムはすぐにカーナビを切った。

「これでも方向感覚はいいんだよ」

「それもブードゥーか？」

「そんなことを言ってるとな、いつか自分そっくりの人形を枕元に見つける日が来るぞ。あそこに、針がぶすっと――」

　トムがプロフェットの下半身にちらりと視線を飛ばすと、プロフェットが両手を上げてさえぎった。

「わかった、わかったよ、その手のことは冗談でもやめろ」もぞもぞしている。「くそ、ちゃんと動くか、後でたしかめておかねえと」

　トムは笑うしかなかった。笑うのはいい気分だったが、その笑い声は不自然にざらついていて、そう言えばこの何年もろくに笑っていなかった。

　だが段々と、プロフェットは口数少なく、動きも静かになっていった。らしくない。トムはとまどい、とまどう自分を嘲《あざけ》った。この男の悪態や皮肉が聞きたいとでも？

いや、そうではない——ただ、普段と違うから、異常を感じているだけだ。

事実、どこかおかしかった。モーテルへのチェックインの手続きも、プロフェットはトムにまかせきりだ。トムは二階の、隣り合った二部屋を取った。仕事用のスペースに使えるかと片方は続き部屋付きにしたが、広い部屋をプロフェットにゆずってやる気分にはなれず、自分がいただく。それに多分この方がいい、プロフェットに自室にこもらせておくよりトムの側へ来させる方が。

部屋に入ると、トムは少したらってから、隣室につながる二重ドアの自分側を開け、ノックした。プロフェットが向こう側からドアを開けると、トムは一歩下がって切り出した。

「今回の事件が、お前にとって個人的で大事だというのはよくわかっている。ただ、教えてほしいんだが——」

「よしとけよ。お前は態度デカいままの方がまだいい」

「態度ならお前の方が余程デカいだろうが——なあ、実は俺を気に入ってるって言ったのか、今？」

プロフェットは笑いの息をこぼしたが、目はまるで笑っていなかった。やかましくて横柄な姿しか知らないトムは、目の前の物憂げな男をどうしたらいいのかとまどう。

（別に、こいつの世話をするのは俺の仕事じゃない）

だがそれは正しくはない。フィルにたのまれたから、いや命令されたからというだけでなく。

「夕飯、どうだ？」

プロフェットは首を振った。

「いいだろ。通りの向こうにダイナーがあった。テイクアウトで何か買ってくるよ」

「どうとでも勝手にしてろよ、トム」

「おっと、今のは効いたな」

プロフェットがまばたきした。

「正直ビビった。俺をまともな名前で呼ぶとは。お前、変だぞ、わかってるだろ？」

プロフェットはただ肩をすくめた。

「別に、こいつが今の俺さ」

そのままプロフェットは自室に戻り、ドアをバタンとしめる。トムは少し待ってから、ドアの鍵をピッキングでこじ開け、プロフェットを追って隣室へ押し入った。

「俺の部屋から出てけ」

「断る」

勢いで入ったはいいものの、馬鹿らしくなりながら、トムは意地を張る。

「てめえに母親みたいにあれこれ心配される必要はねえ」

「フィルは違う意見みたいだったぞ」

「あいつの命令でママゴトしてんなら、とっとと出てけ」

「フィルに言われたからだけじゃない」

「出、て、け」

「追い出してみるんだな」

「いいさ、じゃあ好きなだけいろ、好きにしろ、俺の寝顔でも眺めてろ。それでおっ勃《た》ててろ」

「そういう趣味はないんでね」

だがプロフェットが服を脱ぎ出すと、トムも認めざるを得なかった。この男を眺めるのはまさに自分の趣味になるかもしれないと。そんな己を心の中でののしり倒しながら、その場に踏みとどまって、目もそらさない。後に引くのは苦手だし、プロフェットの方でもトムの存在など気にもとめていなかった。

もしかしたら、何よりトムの心をかき乱したものは、そのプロフェットの無関心ぶりだったかもしれない。服を脱ぎ散らし、素裸でバスルームに向かう間も、プロフェットはトムの視線を完全に無視したままだった。

野蛮人。下品。粗野。

この男のどこが気になる？

（性格の悪い男が趣味なだけか――）

プロフェットがシャワーから出る前にトムは自室に戻ったが、二人の部屋をつなぐドアは開け放しておいた。ノートパソコンをつかんでホテルの小さなテーブルに座り、呟く。

「せめて俺ひとりだけでも働くか」

その瞬間、シャワーの中から「聞こえてんぞ！」とプロフェットが怒鳴った。

「地獄耳」

「クソ野郎」

トムは言い返すかわりにパソコンに「クソったれ」と打ちこんで気を済ませると、死体安置所への訪問からずっと後回しだったリサーチに取りかかった。

三十分が経過し、プロフェットはどんどん湯を使い果たしながらあのいまいましい歌をずっとハミングしていたが、挙句《あげく》、もうもうと湯気の雲をまとって、腰にタオルを巻き付けただけの姿で出て来た。タオルで髪を雑に拭いながら独り言を呟いてうろうろと歩き回り、バッグから服を引っぱり出す。

開いたドア口からトムの視線をとらえ、プロフェットがたずねた。

「何だ、ブログの更新中か？」

トムは言い返しそうになる自分をこらえた。それに、中指を立ててやる方がずっと楽だ。調査に戻り、クリストファーの死に関するヒューストン警察の初動捜査の報告書に目を通したが、どうせプロフェットが肩ごしに読みに来るだろうとわかっていた。

思った通り、この男には他人のプライバシーやパーソナルスペースを尊重する気などない。平然とトムの上に屈みこみ、ボタボタ滴る水滴でトムとキーボードを濡らした。

「俺のパソコンをふやかすのはやめろよ」

トムはぶつぶつ言いながらノートパソコンを押しやったが、プロフェットは答えもせずさっさとスクロールして内容に目を通すと、服を着に戻っていった。

トムの視界の端で、プロフェットがくたびれた古いジーンズを穿《は》き——下着なしで——着古したAC／DCのコンサートTシャツをかぶり、トムに声をかけた。

「リサーチがお上手だな」

トムは立ち上がって、プロフェットの部屋へ入る。

「なあ、あんたはこの件、まともに扱えるんだろうな？」

「ゴチャゴチャ口出すな、トミー」プロフェットは黒いレザージャケットをつかんでドアへ向かった。「先に寝てろ」

「夜遊びかよ？　どうして俺たちの任務を、このチャンスを台なしにする？　キャロルはあんたを心配してる。それだけでもとことん調べてやろうとは思わないのか？　俺はともかく、彼女のために」

それが卑怯な言葉だと、トムにもわかっていた。

「ここに座っていちいちお前に観察されてろってのかよ。クソくらえ」

それを捨てゼリフに、プロフェットはドアをドンと叩きつけて会話を断ち切り、トムは己に悪態をつきながら三十分ほどかけて地元のジムをひとしきり検索した。それからTシャツとスウェットに着替える。

財布と銃は部屋に残し、モーテルを出ると、トムは地下ファイトのスカウトがいる可能性が一番高いとにらんだジムへまっすぐ向かった。

二十四時間営業のジムで、金を払って入ると、中は狭く薄暗かったが、ひと通りのトレーニングマシンが揃ってボクシングや格闘用のリングも設置されている。リング上では荒っぽいスパーリングの最中だ。

何故、トムがここまでやる？　プロフェットには何の借りもない。

(だが、フィルには借りがある。フィルがくれたチャンスだ)

「やり通すだけだ」

自分に言い聞かせると、トムは拳にバンデージを巻き、人の注意を引くためにジムの中央へと歩いていった。

「スパーリングするか？」

すぐさま、トレーナーらしき男から声をかけられる。大柄でがっちりした、トムと張り合えそうな男だった。ここはうまくやらねば――ほどほどの強さを見せる必要がある。地下ファイトのリングに招かれるには、こいつならそれなりに戦って負けてくれそうだ、と思わせねばならない。

トムは南部訛りを強く響かせながら、トレーナーからの個人的な質問に答え、ジム内でどんな事故があろうとジムを訴えないという免責条項に同意した。

組織的、商業的なファイトはともかく、この手の戦いならトムにはたっぷり経験がある。頑として彼を受け入れようとしない故郷の人々に、自分のタフさを示そうと。あれは、受け入れてもらおうと望んでの戦いですらなかった——戦いに続く戦いの中、ただ、己の強さを見せつければ、もう誰にも踏みつけにされずにすむと願ってもがいただけだ。事実、そうなった。肉体的には。

戦いになるとトムの心はいつも、あの遥か過去へ、暴力がたぎる記憶の沼へと沈んでいく。フィルがトムを選んだのは、生きるために死にものぐるいで戦い抜いた過去を知っているからか？　記録には残っていない、トムの過去を。

リングで、戦いは静かに始まったが、トムの一撃が相手の耳元に入った途端に熱を帯びた。相手は闘牛のような勢いで突っ込んできた。固い筋肉に拳を叩きこみ、激しい音が耳を打つと、危険なほどの充足感がトムの中にこみ上げる。頭に、カッと熱がのぼる——まずいことに、発散したい怒りなら最近山ほど溜まっている。くそ、戦いは、いつも嫌な記憶とべったり背中合わせだ。敵が動かなくなるまで戦えと、トムの本能がいつものように囁くが、今回ばかりはしっかり自分を抑えておかねば。

楽ではなかった。なにしろプロフェットへの怒りはつのるばかりで、この瞬間、プロフェットをぶちのめす妄想すら重ねてしまう。とは言え、あのパートナーの首をへし折ってやりたいのはやまやまだが、トムが一生分溜めこんできた鬱屈にくらべればこの怒りもぬるい。

男に上からのしかかられて、トムはそれを振りほどけず、本気で挑もうともしなかった。今の戦いぶりが地下ファイトへの扉を開くだろう。頬を流れる血も、きっと報われる。ロッカールームに戻ったトムへ、人目を避けて近づいてきたジムのマネージャーがその証だった。

顔を洗って、縫う必要があるかどうか頬の傷を見ていたトムへ、マネージャーが話しかけてきた。

「ルイジアナのリングで、経験があんのか？」

トムが男へ目を向け、無言でいると、男の方から続けた。

「かまわねえさ。この辺にも同じようなリングがある。マネージャーはもういるか？」

トムは傷にタオルを当て、出血を止めようときつく押さえた。

「いるよ。東海岸の方で何回か戦ったことはあるが、ここらほどデカいリングじゃなかった」

男はうなずいた。満足する答えだったようだ。

「そのマネージャーに仕事だって言ってやんな。いい稼ぎになる」トムに無地のカードを渡して、住所を教えた。「明日の夜中だ——あんたの出番はメインの一戦前だ」

「本当に？」トムは声にかすかな緊張をにじませた。

「ああ。皆、新人が叩きのめされるのを見て、賭けで儲けるのが好きなのさ」

釣り針にうまく獲物がかかった。

「それじゃ、きっと客をがっかりさせちまうな」

最初の関門はくぐった。その先の道をどこまで行けるかは、プロフェット次第だ。

7

（どうして俺たちの任務を、このチャンスを台なしにする？）

くそったれが、俺たちだ？　もう一瞬もこんなところにはいたくないが、プロフェットには守るべき約束がある。あのパートナーはいくらでもリサーチにふけってりゃいい――書かれた言葉はただの言葉だ、プロフェットにとってはそんなもの、現実の証の前には無価値だ。

少年の頃、ジョンと二人でうろついた道を歩いた。記憶よりも風が冷たいが、テキサスの春は昔から気まぐれだ。あの頃のプロフェットには、その不安定さと、この周辺に漂うよどんだ空気がよく気分に合ったものだった。

今でも。昔と本質的には何も変わらない。相変わらず建ち並ぶストリップバー、新しい看板もちらほらとある。女を買える店、ギャンブルのできる店、ガラの悪いバイカーやギャングが溜まる店。一人きりの若者は、うかつなところへ足を踏み入れない用心が必要だ。

そしてクリストファーは、いかに必死でプロフェットやジョンから学んだつもりでも、その一歩を間違えたのだ。

あの頃プロフェットとジョンは本当にガキだった——愚かで考えなしで、何もかも笑いとばす、世界のすべてに手が届くと信じたガキだった。兄を奪われたクリストファーには、そんな少年時代をすごすチャンスすら与えられなかった。

(ジョンだけじゃない。クリスのそばにいなかったのは、お前もだ)

黙れ、とプロフェットは己に毒づき、混み合う路地を抜けていく。すれ違う相手と体が擦れる。同じものなど残っていないのに、昔と何ひとつ変わりはしない。

金を払い、今まさにファイトが行われているクラブへ入った。地下ファイトは夜十時に始まり、真夜中をたっぷり過ぎて終わる。ケージの中で行われる初戦を眺めるプロフェットの体が、歓声を上げて揺れる人々に揉まれる。プロフェットは持ちこんだウイスキーのボトルを口に当て、飲みながら試合を眺めた。

リングで戦っているガキは、プロフェットの思い出よりもなお若い。あの年頃のガキは、目の前のすべてに怒りを叩きつけようとする。憂鬱な見世物《みせもの》だ。

壁のプログラムを見やって、プロフェットはすぐ隣の観客をつついた。

「今夜はクリストファーってのは出てないのか?」

「あいつは何日か前に死んだよ。新聞だの何だのに出てたぜ」

「マジで?」

「ああ。皆、本当にビックリさ。昨日なんかファイトの前にクリストファーを追悼したんだぜ。あんた、知り合いか?」

プロフェットは首を振った。

「噂で名前を聞いたことがあるだけだ」

「そりゃあ残念だ。いい奴だったぜ。尊敬されてた。それが強盗なんかにやられちまうとはなあ……」

男は言葉を切り、そのまま観戦に熱中した。

プロフェットは人混みをすり抜け、奥の控室の方へ向かった。ファイターたちはもうマネージャーと一緒にリングサイドへ向かった後で、あたりには誰もおらず、店長のオフィスの鍵をピッキングで開ける。まずパソコンを確認してセキュリティカメラを切り、自分が映っている録画を消してループでつなげ、五分の猶予を作った。

オフィス内は整理が行き届き、ファイターごとに管理ファイルがあった。クリストファーのファイルの中には数枚のモーテルの領収証があり、部屋番号と電話番号がきっちり書きこまれていた。

安っぽいモーテルの部屋で暮らすクリストファーを思い、プロフェットは痛む胸をさすった。ほかに目ぼしいものはないとたしかめてから、店を去ると、自分へのさらなる罰としてそのクリストファーのモーテルへ足を向けた。

部屋には鍵がかかり、きっとクリストファーが去った時のままなのだろう。警察は、彼がどこに住んでいたか知らない。報告書によれば、あのクラブのマネージャーやクリストファーの友人たちは、警察に対して何も知らないと答えていた。

つまり彼らはこの部屋のことを隠しているのだが、どんな理由で？　部屋には大して目を引くものはなく、ドラッグやアルコール、犯罪に関わりそうなものは何もなかった。

そして、携帯電話もない。死体のそばにもなかった。今どき誰でも携帯の一台くらいは持っているだろう？

ベッドマットレスの下から札束が出てきた――二十ドル札が大半で、百ドル札が数枚、合計でざっと四千ドル近い。プロフェットはキャロルのためにその金をポケットにしまうと、さらにプリペイド携帯の領収証と私書箱の鍵らしきものを見つけた。私書箱は朝になったらたしかめに行けばいい。

次の瞬間、視界の隅を何かがよぎった気がして、プロフェットはぎくりと凍りついた。ぼやけたそれが、一瞬、迷彩の野戦服姿の人影に見えて目をとじ、開けてもそこにジョンの幽霊が見えないよう祈った。

目を開く。用心深く、室内に視線をとばした。

何もない。

そして、今のはただの光と影の錯覚だと、プロフェットはそう信じこもうとする。クリストファーの死でかき乱された、記憶の乱反射にすぎないと。

振り向かずに出た。振り向けばまず間違いなく、野戦服と砂まみれのブーツ姿で、唇にだらしなく煙草をくわえ、ベッドでくつろぐジョンの姿を見ただろう。扉を閉め、今度は数ブロック先のクリストファーの死体発見現場へ向かったが、まだ黄色い立入禁止のテープが張り渡されていた。

何もない場所だ——地面に残るわずかな血痕だけが、またプロフェットの心を切り裂く。

「すまない、クリス」

夜の奥にそう囁く。のしかかる無力感は、受けとめるには重すぎた。

さらに数ブロック離れた場所へ向かった。モーテルとは逆方向へ。トムから、遠くへ。

体の中がざわついている。殴り合いかセックス、どちらかが今すぐ要る。あるいは両方。このままモーテルに戻れば、どちらを手に入れてもこじれる。今、そんな余裕はない。クリストファーの死の真相をつきとめるまでは。

目には目を。それが常に信条だ。今回も、必ず報復を。どんな犠牲を払おうが。

ビリヤードのエイトボールが飾られた店の入り口は、十五年前と同じところにあった。クリストファーのモーテルと、戦っていたクラブの中間ほどだ。プロフェットは路地を歩き、店の常連らしい男たちの列の後ろにつく。前の三人は、入り口に立つでかい用心棒の前を抜けて店内に入っていったが、プロフェットはぬっとのびてきた腕で止められた。

「会員制クラブだ。あんた、メンバーじゃないだろ？」

「ん？」

プロフェットが眉を上げると、用心棒の男も眉を上げた。

「これで入れるか」

丸めた札束を見せると、男はわずかに横へ動いて隙間を開けた。

「中で相手が見つからなかったら、俺のとこに戻ってきな」

そう言って、用心棒はねっとりとプロフェットの全身を見た。

「覚えとこう」

プロフェットはそう返し、テクノのビートで振動する通路を抜けた。バーカウンターとダンスフロアを素通りして、店の奥、酒と煙草とセックスの臭いがむっとたちこめる、入り組んだ狭い通路へ足を踏み入れる。

奥では高額のポーカーゲームの最中だろうが、プロフェットの目的は別だ。そこにいる男たちを一列ずつかたっぱしから犯していきたい気分で、実際それでもいいくらいだった。部屋には三、四列ほどの男たちがいる。薄暗い照明の下、どの男もうまそうだ。

男たちの間をぶらぶらとした足取りで抜け、プロフェットは空いた壁際を見つける。振り向く前に、すでに三人の男に囲まれていた。何も聞かず、言わず、いきなり男の一人がプロフェットの髪をつかんでぐいと頭を引き寄せ、壁に彼の体を押しつけた。いつもなら殴り倒してやるところだ。だが今夜、プロフェットはただ身をまかせた。

一人目の男がプロフェットの首筋を吸い、残る二人に左右から囲まれる。片方の男の手がプロフェットの喉にかかり、彼を壁に縫いとめる。一人が肌を噛み、一人がなでさする。

正面の男が膝をついて、プロフェットのジーンズの前を開いた。男が彼のペニスをしごく間、もう二人が首筋や胸元を責めながら、これから何をするのか、彼をどうするのか、淫《みだ》らな言葉で煽ってくる。

「さっさとやったらどうだ？」

プロフェットは乱暴に問い返した。正面の男が彼のものにコンドームをかぶせ、口で吸いはじめる。不意にプロフェットの中から左右の男たちへの昂ぶりが消え、息苦しさだけが残った。反発もかまわずその二人を突き放す。ペニスを吸い上げる熱い口の快感以外、何もかも邪魔だ。

なのにその瞬間、トムの顔がちらつく。危険な予兆。パートナーのことを頭から追い出そうとしている端から、こうも失敗するとは。絶頂が体の中ではじけ、あやうく膝が崩れかかる。

プロフェットは数秒、壁にもたれかかり、男がコンドームを外す間に息を肺に入れようとした。

畜生が。ややこしすぎる。何もかもが。

快感が引くにつれ嫌な気持ちになり、プロフェットは男が立ち上がる前に背を向け、立ち去った。この頃じゃいつも過去から——きっと未来からも——逃れようとセックスを消費し、記憶と忘却に同時に溺れようとしている。

何をしても逃げ切れやしないのだ。

逃げられたことなど、一度もない。

8

トムがホテルの駐車場に戻ったのは深夜一時すぎだった。鼻がズキズキするが、血は止まったし骨も折れていない。

その鼻を氷で冷やしながら、ジムで客たちと適当な会話を交わし、自分と自分のマネージャー——あのムカつくプロフェットのことだ——の過去をでまかせにでっち上げた。あそこにいる連中の大半が、きっと明日のケージファイトの会場にも顔を見せる。

帰り道の半ば、ふっと誰かに尾けられているような奇妙な感覚が走り、根を張る。戦いのアドレナリンの余韻でまだ体はざわついていたが、鬱屈した怒りを多少発散できたおかげで注意力は戻っている。尾行の気配に気付く程度には。

モーテルについたが、部屋には向かわず、外の自動販売機の前で立ちどまった。小銭を入れ、ボタンを押し、缶を取りに体を屈める。ぬっとつき出た誰かの腕が缶を先につかみ、見上げたトムは、プロフェットと顔をつき合わせていた。

この男は、セックスしてきたばかりだ。肌に絡みつく煙草とウイスキーの匂いも、セックスの匂いをわずかも誤魔化せていない。大体プロフェットの顔を見ただけでわかる。火のついた煙草をくわえ――手巻きの煙草だ――その首筋にひっかき傷が見えた。もっと下には噛み痕も、さらに……。

「言いたいことがあんのかい、トミー？」

プロフェットがトムの南部訛りを真似て、しかもきれいに響かせてみせる。

「お前がファックしてる間、こっちは仕事してたよ」

「ＦＢＩじゃ褒めてもらえただろうが、ＥＥ社じゃマジメなだけじゃ駄目なのさ」

「ＦＢＩはもう辞めた」

「沼地じゃ保安官に皆勤賞をくれたりしたか？」

プロフェットがたずねた。トムは彼をぐいと押しのけると、ウイスキーが入っているせいもあるのだろう、よろめいたプロフェットを通りすぎて階段を上りはじめた。プロフェットはすぐに体勢を立て直して追ってきた。

「つまり、俺のファイルを読んだってわけか。やるもんだな」

トムは肩ごしに言葉を投げつける。

「いや、読んでない。やる気になりゃお前のことを表も裏も調べ出すのはわけないけどな」

「何故そうしない？」

「する価値がねえだろ」

明らかに嫌味だったが、トムは言い返さなかった。沼地に生まれ育ったみじめな子供がどうにかＦＢＩに入るまでにのぼりつめた、そんな人生の話など彼だってしたくない。その出世と成功の人生が、〈凶運〉という呼び名のおかげでいかに崩れたか。

（お前は、凶運だ――）

二階に着くまで、プロフェットは静かだった。だがトムが自室のドアを開けるとプロフェットも中についてきて、彼の肩をつかみ、頰の傷をしげしげと眺めた。

「襲われたのか」

「ジムに行った」

プロフェットがそれ以上問わないので、トムは彼に空白のカードを手渡した。

「ジムで襲われたのかよ？」

トムはうんざりと言い返す。

「これは、俺たちの招待状だ。明日の夜。この糸口をつかまないと」

「で？　お前がリングで戦うって？」プロフェットは疑わしそうにたずねて、トムの頬の傷を指した。「そいつは考えもんだな」

「これはわざとだ」

「お決まりの言いわけだな。お前だって保安官だったんだから体はなまっちゃいないかもしれねえが——」

「保安官補だ。お前がリングに上がったら相手を殺すかもしれないだろ、俺よりずっと手加減が必要になる。俺はブランクがあるからな。それに、お前が軍隊仕込みだって、向こうにはすぐバレるよ」

「だから？　元軍人なんて珍しかねえ」

「あまりいないよ——今は、もうな。ジムで聞いたが、軍人上がりは突発的な行動を起こすことがあるから、もう使わなくなったそうだ。元軍人は一目でわかるし、どっちみちお前はそれじゃ戦えないだろ」

ギプスを指す。目下、プロフェットをわずらわせている存在——多分、トムの次に。

「こんなのぶった切りゃいい！」

「失敗したくせに」

「俺はな。だがお前がいる」

プロフェットがポケットから取り出したナイフを押しつけようとしたが、トムは首を振った。

「やらないよ。骨折してるんだろ」

「片方なんか、たかがヒビだぜ」プロフェットが嘲るように返す。「慣れっこだよ」

続き扉から自室へ入っていくと、彼はバタンとドアを閉めてトムの視線をさえぎった。

プロフェットのギプスを外してリングに立たせた方がずっと利口だ、それはトムもわかっていた。あの男なら地下ファイトでも心配ない。肉食獣のなめらかさで音もなく動く男だ。うっかり見落とすほど自然だが、無駄なく削ぎ落とされた身のこなしは、叩きこまれてきた訓練のまさに凝縮だった。

いや勿論、軍の訓練もあるだろうが、やはりあの男は元から研ぎ澄まされた凶器のように生まれついたのかもしれない。そんな男もいる。

トムはあれこれ思いふけりながら、廊下へ続くドアの前に椅子を据えると、こわばってきた体にざっとシャワーを浴びた。

タオルを腰に巻いてベッドに向かおうとした時、隣からノックが響き、トムはシャワーにまで持ちこんでいた銃をまっすぐ、プロフェットの胸元へつきつけていた。

この男は、許可の言葉も待たずに入ってくる。

もっとも相手のプライバシーに土足で踏みこんだのは、トムが先だ。

「落ちつけ、ケイジャン。いいもの持ってきてやったぞ」

プロフェットは大きなドーナツの箱と、トムのカードキーを持っていた。

「それでチャラにできるとでも？　俺はドーナツが好きでもないんだが」

プロフェットはひょいと箱をかかげて、取り出したドーナツにかぶりついた。

「物より心さ。気持ちが大事って言うだろ？」

糖衣まみれのジャムドーナツを頬張りながらもごもご言っている。

多分、この野生の獣のような男がわずかでも歩みよってきただけでありがたいと思うべきなのだろう。こんなことすら普段しそうにない男だ。だが正直、プロフェットは何を埋め合わせようとしている？　さっき出かけていったこと？　仕事もせずセックスしてきたこと？　トムのファイルを読むのなど無価値だと言ったこと？　トムに、パートナーとしてうまくいくかもしれないという希望を与えておいて、突き放したこと——。

はっきりさせないでおくのが、この男の流儀なのかもしれない。トムを宙吊りにしておくことで、プロフェット自身の心を見透《みす》かされまいとしている。

ふいに、トムの気分が軽くなった。

「ああ、そうだな」

プロフェットはちらりと、ドアの前をふさぐ椅子へ目をやった。

「何か、俺に言ってねえだろ」

「ジムから、どうも誰かに尾《つ》けられてる気がするんだ」

「飛行機の時みたいな予感ってヤツか」

「ああ。そっちは何も感じなかったか？」

「誰かに尾けられてるような気なら、俺はいつもしてるさ」

プロフェットがドーナツを下ろして自室に向かったかと思うと、ケーブルとカメラユニットを手に戻ってきた。

それから十五分、トムが見守る前で、黙々とドアや窓に監視装置を取り付けて回る。終えると、トムのベッドサイドテーブルに小さなモニターを置いた。

「誰か近づけば、こいつでわかる」

「ありがとう」

「で？」

プロフェットはそううながしながら、二つ目のドーナツを頬張った。一ダース入りの箱も早々と尽きそうだ。

「お前を俺のマネージャーってことにしてきた。リングに上がらなきゃ元軍人でもかまわない」

「やはりいい考えじゃねえな、トミー。怪我すんぞ」

「てっきり俺が殴られるところを見たいんだと思ってたが」

「別に見たかないね、俺が殴りたいだけさ」

それは半分以上本気のセリフだっただろうが、それでもプロフェットの声にはどこかしらトムへの敬意に似た響きがあって、二人の関係がまたひとつ前に進んだのがわかった。

それに背を押されて、ほんの一瞬、これまでのパートナーについてプロフェットに話してしまおうかとトムの喉まで出かかる。自分の凶運について、これ以上二人が近づく前に、この男に警告しようかと。

だが話したが最後、きっとそれを逆手にとられる――その話を盾に、プロフェットはきっとトムをこの仕事から締め出そうとする。

「お前には、この事件は個人的すぎやしないのか」

「ＥＥ社では、個人的な事件を扱うのは許されてんだよ。俺の派遣はフィルの決定だ」

「フィルは俺に、お前を見張っておけと命じたけどな」

そう教えてやると、プロフェットは鼻息をつき、トムの言葉を手で払った。

「いい加減にしろよ、プロフ。地下ファイトにもぐりこむのが一番の近道だって、お前だってわかってるだろ」

「一番危険な道だがな？」

「そりゃな。この仕事じゃ安全な道なんてひとつもないだろ、パートナー？」

「なら俺の流儀に従え」

ＥＥ社には決まった契約期間や身分の保障はない。人々はフィルの言葉ひとつでとどまり、去る。プロフェットの人間性は疑わしいが、ＥＥ社に長く所属しているという事実だけでも、その優れた能力がわかる。

この男の言葉には、耳を傾けるだけの価値がある。彼から学ぶのを拒むほど、トムは愚かではなかった。

「わかった、お前のやり方でいい。聞いていいか、こういう任務はＥＥ社ではよくあるのか？」

「いや。最初の任務、あのエリトリア行きが典型的な任務だ。本当なら俺たちはエリトリアにしばらく滞在して、俺がお前を駆けずり回らせてしごく筈だった。実際の任務の話をすると、八割が短期の、一日や二日ですむ仕事だ。たまに数ヵ月の準備や仕込みが必要な任務もある——そういうのは大概ミックの担当だな。あとは一週間そこらの任務。通常、この手のが一番危険だ」

「お前が送られるのもその手の任務？」

「フィルがこの先お前を飼っとくつもりなら、そのうちわかるさ」

またプロフェットの側から話を切り上げられる。こうも度重なると腹立たしい。

ＥＥ社のやるような傭兵任務は、てっきり短期の、単発の攻撃や救出活動ばかりかと思っていた。

この会社には独自のルーティンやルールがある。どれもエージェントの安全が最大の目的だ。エージェントは定時連絡や現状報告を欠かさないよう厳しく求められるが、それも携帯電話のボタンを押すか決められたコードを送信するだけですむようになっていた。フィルは同時に、会社支給の携帯電話を通じてエージェントの現在位置を把握している――ＦＢＩなら、プライバシー侵害としてできないことだ。

　プライバシーなど下らん、とフィルはその携帯電話をトムに手渡しながら言った。たしかにささいな代償だと言えた。肝心の時には、ＥＥ社は通常のルール枠など飛びこえた大きな自由を与えてくれるからだ。

　そしてまさにこの瞬間、二人が足を踏み入れている事件の世界もまた、ルールのない地だった。

「そういや、クリスが出てた地下ファイトのリングへ寄ってきてな」とプロフェットが言い出した。「私書箱の鍵と電話番号を見つけた。あの電話がクリスのなら通話記録が手に入るかもな」

「待て――リングへ行った？　今夜？」

「何だ、エコーか？　ああそうだ、リングに。今夜。行った。それで、お前のその素晴らしいスキルをお貸し願えるか？」

　指先でタイピングの真似をするプロフェットに、トムは中指を立てた。

「くそ、そうだよな――お前は……」

「過小評価されるのは大好きさ」

トムはふっとプロフェットを見つめた。「いや、嫌いだろ。何をつかんだか見せろよ」

プロフェットが領収証とキーをトムに手渡した。トムがパソコンに向かっている間も、プロフェットは奇妙な沈黙を保っていたが、十分後、トムはその鍵に合致する私書箱が町にあることをつきとめた。電話の方は、使い捨ての携帯だった。

「少なくとも手がかりだ。開いたらその私書箱を調べに行くぞ」

そう言って、プロフェットはホテルの電話でその使い捨て携帯の番号にかけた。相手は出なかったが、留守電サービスにつながると自分の番号を言い残し、「かけ直してくれたら誰だろうと礼金を払う」と約束する。

「ためしておいて損はないさ」

「そうだな」

プロフェットが同意してほしそうだったので、トムはうなずいた。プロフェットは一瞬、じっとトムを見つめた。

「そろそろ、クリスに何があったと思うのか、お互い手の内をさらす頃合いだな？」

その言葉にトムはうなずいたが、プロフェット側に手の内をさらす気が本当にあるのかどうか、信じきれない。それでもトムは、最初からの仮説を告げる。

「俺は、クリスはブラッド・ファイトで死んだと思う」

予想通りの言葉だったかのように、プロフェットはゆっくりうなずいた。

「ブラッド・ファイトは自殺行為だな」

時には。原則としては、ブラッド・ファイトは相手が起き上がれなくなるまで戦うファイトだ。普通の地下ファイトよりさらに血なまぐさい戦い。ノックアウトのみ、ギブアップなし。

「クリストファーは、兄が死んでから捨て鉢になっていたようだからな」

トムはそう告げ、プロフェットの拳がぐっと握られたことに気付いていないふりをした。それでも、パンチが飛んでくるかと内心で構える。

だがトムを殴るかわりに、プロフェットは答えた。

「クリスはもう何年も地下ファイトで戦ってきた。どうしていきなりブラッド・ファイトなんかに参加する？　理由がない。あいつにはそんな必要はなかった――トップファイターで、金もたっぷり稼いでた。俺が見つけた金はほんの一部だろうし、クリスはもう何年も母親に送金してた。観客の人気もあった。ブラッド・ファイトとのつながりが見えない」

トムは髪をぐしゃっとかき混ぜた。

「じゃあ、次はブラッド・ファイトの方にスカウトされないとな」

「駄目だ。絶対、許さねえぞ」

「ほかに調べようがあるとでも？」

プロフェットは苛立ちのこもった息をふうっと吐いた。

「まずは明日のファイトに集中しろ、いいな？　てめえが死んだら俺がフィルにぶち殺される」

「わかったよ」

「お前、銃の撃ち方は知ってんだよな?」

「ちょっとだけな」トムは嫌味たっぷりに母音を引きずって答える。

「それと、追跡が得意だ」

「俺のファイルを読んでないのに何故わかる?」

「目でわかるのさ」

　トムはさっとプロフェットを見やって、聞き返した。

「ケイジャンの伝承を知ってるのか」

「ケイジャンの、だけじゃねえけどな」

「ふうん?　お前の専門は?」

「ナターシャに聞いてないのか」

「直接聞く方がいい」

「俺の専門は、色々さ。ま、一番得意なのは爆発物を組んだり仕掛けたりだ。何からでも、大体組み立てられる」

　つまりこの二人がそろえば、どんな対象でも追跡し、吹きとばすことができると。悪くないチームだった。理屈の上では。トムはたずねる。

「ＣＩＡにいたんだろ、あそこは気に入らなかったのか？」

「俺が？　一年もいなかったんだぜ、どう思うよ？」

「ＣＩＡの方がお前を気に入らなかったのかもしれないさ」

「ふうむ、いい線だな。たしかに嫌われてる」

「俺もＦＢＩから嫌われてるよ」

それがＦＢＩを辞めた理由ではなかったが。ＦＢＩは、それまでのトムの訓練が無駄になるのを惜しんだし、休暇を与えてカウンセリングに通わせようとしたのだが、トムは自ら退職を選んだ。

「ＣＩＡをどうして辞めた、プロフェット？」

「人を殺せって言われたもんでね。ビビって辞めたのさ」

プロフェットは大真面目な顔でそう言ったが、一拍置いて、続けた。

「俺には、組織や国への忠誠心だけが根拠の仕事は、どうしてもできなかった。もっとマトモな理由がなけりゃ、あんな仕事はできねえよ。俺がやらされてきたような任務は、そうでなきゃやってられないし、やるべきでもないんだ」

それは、これまでで一番真摯なプロフェットの言葉だった。

「ありがとう。聞けてよかった」

「どういたしまして」言いながら、本音を言うのが慣れないのか、感謝に照れたのか、プロフェットの頬が赤い。「夜が明けてきたな」

「部屋で何か食うか」

「あっちのダイナーに行こう。うまくすりゃお前を尾けてきた奴のことも探れる」

トムの言葉を、トムの直感を、プロフェットは信じているのだ。トムはふうっと、肩から力を抜いて息を吐き出し、やっとその時になって自分が半裸のままなのに気付いた。

プロフェットも同時にそれを意識したようだったが、口に出しては淡々と言った。

「リングに上がる前に、ピアスは取っとけ」

「クソッ」

トムは両乳首をそれぞれ貫く銀のバーベルピアスを見下ろした。しかも、ペニスのピアスはこれより数も多くて手間もかかるし、すぐにピアスを戻さないと穴がふさがってしまう。腰に巻いたタオルの前へ手を振った。

「ペニスカップを着けて出てもいいよな?」

「無理だ」

「じゃあサポーター。相手だって俺のサオをちぎりに来たりはしないだろ」

プロフェットは肩をすくめた。

「ご勝手に。お前のブツだ」

「くそったれが」

ペニスに何段にも並んだバーベルピアス、いわゆる〈ヤコブの梯子〉を抜くのは厄介だ。引き抜いた途端に穴がふさがり始めるので、ファイトが終わったら今より細いピアスに差し替えなければ。

勿論、そんなスペアの持ち合わせはない。

「ピアスの店を探さないと……」

「三ブロック先にある」プロフェットが教えてくれた。「お前をつれてって戻ってくりゃ、ファイトの前に飯と睡眠の時間が取れる。今夜は九時には着かないとな」

「なんだ、俺のエスコート気取りか」

「お前のパートナーだよ。今のところはな」

タトゥはある、と思っていた。

そして今、二人きりでトムのそばに立つプロフェットの目に、そのタトゥがとびこんでくる。モノトーンの部族風《トライバル》の紋様が、トムの肩、上腕、背中、そしていくらかは肘まで覆っていた。装飾的な線にシンボルが見事に溶けこんでいて、目を凝らさないと線とシンボルの区別がつかない。プロフェットがそのシンボルを見きわめきれないうちに、トムがシャツをかぶってタトゥを隠した。

タトゥは、トムが腰に巻くタオルの下にまで続いていそうだ。プロフェットとしてもタオルを剝いでまで見ようとするつもりはない。ないが……。

「やめとけよ」

トムが警告し、ジーンズをぐいと上げながら腰のタオルを引き剝がした。

「気になる」

「なら自分に入れてこい」

「お前がタトゥってのは意外だよな、トミー。タイプじゃない」

「どんなタイプだと？」

「最初はただ面倒臭えタイプだと思ったが、今は望みがありそうな気がしないでもない」

「そりゃまったくありがたいね」

「わずかな望みだ」そこを強調して、プロフェットが言い直す。

「わかったよ。行くぞ」

プロフェットはじっくりとトムを眺めた。トムは神経が過敏に尖り、しかもまだ痛みをかかえている。

「俺が行って、要る物を買ってきてもいいぞ」

「何を買うのかわからないだろ」

「そうか？」

プロフェットはトムの股間までじろりと見下ろし、また見上げた。

「店員をつかまえて聞きゃいいんじゃねえのか、アレにピアスぶっ刺してる男がいるから必要なもんをくれって」

トムはあきれ顔をした。

「ああバッチリだ。ほら、行くぞ」歩き出しながら肩ごしにプロフェットを見る。「ついでにお前もピアスを付けてもらうか？」

プロフェットは眉根を寄せ、首を振る。

「何だ、痛いのが怖いか」

「個人を識別される特徴は最低限にとどめておきたいんでな」

「随分と用心深いな」

「俺の首には四ヵ国で賞金が掛かってる。その上、七つの州で駐車違反とスピード違反のチケットも溜まってる。このテキサスでもな。ほら行くぞ、ケイジャン」

プロフェットはそう話を切り上げ、さっさとドアへ向かった。

9

その夜、プロフェットはトムを眠りから起こしてやると、彼をつれて地下ファイト会場のクラブへと九時前に到着した。遅刻は即時失格だし、仕切り直す時間の余裕はない。入り口にいる男が二人の入場を記録し、招待用のカードを回収した。トムが計量に追い立てられていく間、残ったプロフェットは通路に溜まっている人々にまぎれた。昨夜ここで顔を合わせた数人がうなずき、握手を交わす。

マネージャーを装い、プロフェットは手持ちの偽IDのひとつを使ってトムをファイターとして登録した。ギャラはすべて現金のやり取りだが、書類に記入させられる。何があってもこのリングの――どのみち違法営業だが――主催を訴えないという契約書にも。

サインしながら、つい首を振っていた。その書類はまさに、プロフェットとジョンがここで戦っていた時そのままに見えた。それなのに、入り口に立つ男や今デスクの向こうにいる男の誰ひとり、見覚えのある顔はない。

すでに昨日よりも混み出していた。今夜は新人が戦うからか。その手の噂は早い。

昨夜は入らなかった控室に足を踏み入れると、時が巻き戻されたようだった。何も変わらず、同時にすべてが変わった。その光景に、プロフェットの心が覚悟していた以上に揺れる。

苛々と身じろぎした。ギプスが痒く、暑苦しく、鬱陶しい。ほかのマネージャーと言葉を交わしていると、数人の女たちが足を止め、プロフェットのギプスに自分の電話番号を書きこんでいった。数人の男たちも。目立たぬようこっそりと。

プロフェットはその中のひとつ、デイルという男が書き残した番号に指を走らせた。どんな要求にも応じてくれそうな男だったが、やめておいた方がよさそうだ。昨夜のセックスでも何も解決しなかった。セックスなんかで何も解決できやしない。

（はっ、いつからそんなに枯れちまった？）

一時間ばかりあたりを嗅ぎ回り、得るものもなく、プロフェットはトムを探しに行った。トムは通路の左側に並ぶ控室の一つにいた。廊下の右手側は大きなロッカールームだ。

少し開いたドアの外から、プロフェットは静かにトムを見つめた。トムはトランクス一枚の姿で、今回は遠慮なくじっくり眺められた。

よく鍛えられた体だ。お見事。傷跡があったが、元ＦＢＩ捜査官なら珍しくもない。トムは頭を垂れ、まるで瞑想でもしているか、超常的なサイキックパワーを呼び起こそうとでもしているようだった。

迷いは見えない。そんな余地はない。

敵を倒す——誰かを痛めつけるために心を研ぐ男の姿だった。

三十六歳という実年齢よりも、トムは若く見えた。もっともこの地下ファイトで、若さは必ずしも有利とはいかない。リングの戦いは汚く、卑怯で、時に経験と詭策《きさく》がものを言う。

お前にはこの事件は個人的すぎやしないのか——トムから投げかけられた問いが、まだプロフェットの耳の中で鳴る。当たり前だ、個人的すぎるに決まってる。クソが。そしてトムが聞くのも当然だ、それもわかっている。それでもプロフェットは、リングに上がれない己への苛立ちをこの男にぶつけたい。トムのせいではなくとも、今はそこまで割り切りたくなどなかった。

怒りも、悪い面ばかりではない。実のところ、プロフェットは感情的になることにかけては自信があった。どいつもこいつも「冷静に」だの「自分を見失わず」だのと御託《ごたく》を並べるが、大体の場合、プロフェットは真逆の、激情の中の方が力を増す。

トムが、顔を上げてプロフェットを見た。いつから気付いていたのか。

「俺の相手は、チャンピオンへの挑戦者だと。いきなりメインイベントに昇格したらしい」

トムの声は平坦だったが、張りつめる緊張を隠せていなかった。

「そいつはめでたい」プロフェットは部屋に入り、ドアを閉めた。「お前はバカでかいからな」

「褒めてるつもりか?」

「デカい方が派手に倒れるから、好かれる。客はデカブツがのされるところを見りゃ喜ぶ」

「お前の相手は三十五歳だ。チャンピオンは三十七歳。年齢層の合ったグループに入れられただけだよ」

「そりゃどうも」

「ああ……そこは考えなかった。自分で思うほどこの世界をよく知らなかったようだ」

「こんなとこにもそれなりの方針があってな、ポシャリやすい若手を守るのが主な目的だが」

己の知識不足を認めたトムを内心評価しつつ、プロフェットは説明した。「二十三歳以下のファイターは体重別の枠に分けられ、同年代の相手のみと戦う。勝ち抜けば、次はお前のような男と対戦ってわけだ。昇格はあっという間さ」

「リング上のルールは？　何でもありだと聞いたが」

「ああ、合ってるよ」

「勝負はどう決まる」

昨夜、地下ファイトのリングに上がると強情に言い張った時、トムの頭にはルールや結果への不安などまるでなかったようだった。それが今となっては、頭にこびりついて離れないようだ。プロフェットは、率直に話してこのパートナーの決意をためすことにした。

「三人のジャッジが、ファイトの終了と勝者を宣言するまで戦いつづける。相手をフォールしただけじゃ駄目だ」

「ブラッド・ファイトと同じように聞こえるな……」

「ブラッド・ファイトじゃ、片方が意識を失うまで戦う」

「そんなものを金を払って見る奴がいるのか」

トムが吐き捨てた。

「ケーブルテレビでやってるアルティメットファイトの番組なんかと大して変わらねえよ。客は、まあ大体の連中は、それなりに真面目に生きてる奴らだ。地下ファイトを見ることで危ない興奮を味わえるってわけさ。自分の、原始的な部分を解放する」

「必要悪だとでも言いたそうだな」

「世の中が清く正しい人間だけでできてりゃ苦労しねえよ」

トムはぐっと唇を引き結び、一拍置いて、言った。

「ただ、思ってたんだ――俺たちの任務ってのは、もっと、何か……」

「デカいことができるかと?」プロフェットは答えを待たずに続けた。「人助けは、何だろうとデカいことさ」

「クリストファーはもう死んでる。救う相手なんかここには誰もいない、プロフェット」

トムを殴りつけたい衝動を、プロフェットは全力でねじ伏せねばならなかった。

「必ず救える。誰かはな」

また、やらかした。

トムは口をとじ、バンデージをつかむと自分の拳に巻きはじめたが、落ちた沈黙を破ったのはプロフェットの方からだった。

「そんな巻き方じゃ駄目だ」

歩みよると、プロフェットはトムの手からテープを取り上げる。トムがすでに巻いたバンテージを取って手早く、だが丁寧に拳にテープを巻き直していった。グローブをはめる時と同じような巻き方をしようとしていたトムに対して、プロフェットが慣れた手で巻いたバンデージはまるで違う巻き方で、トムには巻き直せそうにない。

両手にギプスをはめられていてさえ、プロフェットの手の動きは驚くほどよどみなく、力強くトムの手を支える。トムの膝の間にプロフェットが屈みこんでおり、距離は近い。奇妙なほど親密な空気が二人を包みこむ。だがトムの手にバンテージを巻くこの男の心はどこか遠くにあるのが、トムにははっきり感じ取れた。

バンテージを巻き終えたプロフェットが顔を上げ、「終わったぞ、トミー」と言う。その瞬間にはもう、まなざしの焦点は現在に戻っていた。

「ありがとう」トムは深く考えず、衝動的にたずねていた。「デイルって、誰だ？」

「さっきその辺ですれ違った男さ」

「どうしてそいつの電話番号がお前のギプスに書いてある？」

プロフェットは肩を揺らす。

「俺がいい男だってことだろ」

軽い調子だったが、その頬を赤みがかすめた。

トムはふっと腹の底がこわばるのを感じる。嫉妬じゃない——パートナーを心配しているだけだ。

「気をつけろよ」

「俺はいつも慎重な男さ、トミー」

プロフェットはそこで言葉を切り、何か言いそうに見えたが、結局続かなかった。

「バーの喧嘩みたいに拳を握りしめて戦うな、手の骨を傷める」

そう言って、プロフェットが見本がわりに自分のギプスの手をかかげてみせた。

「汚く立ち回れ。殴るだけじゃなく、五本の指をしっかり使え。プロの戦い方は忘れちまえ。戦い方を教わるより昔、自分がどう戦っていたか思い出せ」

「生きのびるために……」

トムの耳に、自分の呟きが聞こえた。

プロフェットが彼の目をのぞきこむ。

「皆、お前が負ける方に賭けてる」

そう言われたのは初めてではない。

「これをしくじりやがったら、俺にのされると思え」

拳を握ってみる。バンデージが驚くほどしなやかにのびた。「好きだろ、そういうの？」

「お前も？」

「かもな」

プロフェットはポケットを探りながら、またトムの手をつかんだ。トムが何か聞くより早く、彼の左手首に細い革のブレスレットが巻き付けられる。プロフェットはそれを結ぶと、上からバンデージをぐるりと巻いて隠した。

「これは、何のためだ？」

「俺のためさ」

その一言だけでプロフェットは部屋を出ていったが、トムはこのブレスレットをプロフェットがつけているところを見た記憶がなかった。バンデージごしにブレスレットをなぞる。何かいわくがありそうだ。いつか聞けるかもしれないが、今はそっとしておこうと決め、トムはプロフェットの背を追って待機エリアへ向かった。

観衆がつめかけていた。鉄パイプむき出しの天井に喧騒がざわざわと反響し、まるでスタジアムにいるようだ。

トムは、待機エリアのファイターたちを見やった。何人かは雰囲気に呑まれていた。ヘッドホンを付けている一人はまどろんでいるようで、ラリッているのだろう。トムの対戦相手の姿はどこにもない。

リングに上がって紹介される時になってやっと、トムは相手と顔を合わせた。トムの名が呼ばれると観客から野次がとんだが、意識から締め出す。そんな余地はない。すべてを心から追い出し、戦いに集中する。

相手の、アイヴァンという男が、トムと同時にリングへ歩み出る。やたらとデカい男だ。スキンヘッドで体毛も剃り上げられ、汗をかけば押さえこむのに手間どりそうだった。

ほんの一瞬だけ、トムは自分も体毛処理を考えておくべきだったかと思い、すぐにその考えを払った。もっともピアスは外しておいてよかった。ケージに囲まれたリング上の光景は、昔見たポルノのシーンそのままだ。ポルノの中では勝者が敗者を犯していた。アイヴァンに何ひとつそそられないトムとしては、そんなルールがここにないよう祈る。

（こんな時にふざけたことを考えるとはいいご身分だな、トミー？）

最大限プロフェットの口調を真似て、トムは自分を叱咤する。

どうしてプロフェットがあの革のブレスレットをトムの手首に巻いたのか、一瞬だけ心が揺れたが、気持ちを切り替え、戦いと勝利だけに集中した。世界が、ぐっと縮んでいく。存在するのは自分と、目の前の男だけ。捜査の次のステップへ進むためには、この男を叩きのめしてジャッジを満足させるしかない。

このアイヴァンは、自らの意志でリングに立ったのだ。迷うな、とトムは己を引き締める。

後には引けない。リングを囲む金網のゲートがガシャンと閉ざされ、不意の静寂にその音が鳴りひびいたこの瞬間には、もう。

数瞬して、観客から口笛がピイイッと鳴り出す。連帯感も共感もここにはない。むき出しの暴力、肉体が肉体にぶつかる衝撃と呻き、肉を打つ拳の音だけ。

トムはリング中央でアイヴァンを迎え撃ち、その体を組みとめ、膝裏を殴ってリングに倒した。不意打ちの優位など一瞬だけだろうが、今それを案じる余裕はない。拳を、肘を、蹴りを、相手に叩きこむ。意識が狭まり、周囲の怒号も消え、ただ世界が己の拳とそれを叩きこむアイヴァンの顔だけになる。

血臭がたちのぼった。トムのか、アイヴァンのか、二人のか。わからない。どうでもいい。恐怖の匂いも。リングの匂いに汗のとがった匂いが混ざり、鼻を鋭く刺す。苦く、酸い、敗北と抵抗のにおい。観客の飢え。獣じみた咆哮。そのすべてが耳に響き、ドクン、ドクンとただ頭の中で拍動が刻まれる。戦いへ駆り立てるリズム。

足はひとりでに摺り足のステップを踏み、体は勝手に動いた。この方がいい、こんなふうに心を切り離し、戦いを他人事のように眺めている方が。相手の手がトムをつかむ――トムはぐいと押しやり、腕を振り上げて、敵の顔に拳を叩きこんだ。

（リングに上がれば年齢は問題じゃない――大事なことは、自分がどこまで行きたいか、そのためにどれだけ戦い抜けるかだ）

どこまでも突き進む、その決意ならある。とりわけ、アイヴァンに耳元を殴りつけられてからは。じんじんする耳鳴りを払おうと首を振ったトムへと、目の前のデカブツはニヤッと笑って、言ったのだ。「玉なしのお嬢ちゃん」と。

その瞬間、トムの理性が切れた。

（玉なしの雌犬か、てめェは……ほら、しゃんとして男になりやがれ——）

役立たず《ボン・ア・リエン》。凶運《バッド・ラック》。

過去からの声に引きずりこまれ、その後は、何ひとつ覚えていない。ただ体だけが勝手に動いた。衝撃。叫び。一分、それとも一時間？　わからない、どうでもいい。戦いつづける。それしかない。

アイヴァンの唇が動くのを見た。彼が立ち上がろうとするのを見た。トムは男の上にとびのると、相手の肩に体重をかけてマットへ押し戻した。

「やめろ！」

誰かがトムの耳元で怒鳴ったかと思うと、トムの体が数人がかりで引きずり戻され、両手がぐいと宙へ突き上げられ、同時に客の歓声に包まれていた。

まだ憤怒がたぎる体で、だがトムはとにかくアイヴァンの姿を自分の目でたしかめようとした。どのくらいのダメージを与えてしまった？　体は感覚が麻痺したようで、怪我をしているかどうかもわからない。アドレナリンが切れるまでのことだろうが、今はどうでもいい。トムは横にいる男にアイヴァンの状態を聞き、押しのけてアイヴァンの方へ向かおうとしたが、人の壁にはばまれる。トムがアイヴァンを殴りにいこうとしていると思われたのかもしれないし、そう取られても仕方なかった。

運びこまれる担架を見つめながら、トムは引きずられるようにリングから追い出され、トレーニングルームへぐいと押しこまれて、あやうくバランスを崩しかかった背後で扉がバタンと閉まり、ロックされた。何とか体勢を立て直し、トムはテーブルへよじのぼった。

ドアがロックされたのは、トムを守るためだ。それだけだ。ファイトが始まる前に言われた手順通りだが、それでも凄まじい閉塞感につぶされそうになる。

何時間にも感じられたが、おそらくはほんの数分後、声が聞こえた。大声だ。誰かの手がふれた瞬間、トムはテーブルからはね起きて、相手を壁に叩きつけていた。

「トミー。トム」

プロフェット。

意識を集中させ、トムはやっと、自分が体ごとプロフェットをコンクリートの壁に押しつけ、喉笛を片手でわし摑みにしているのに気付いた。

驚いたことに、プロフェットの灰色の目には何の怒りもなかった。トムを振り払うのなどたやすいだろうが、そうもしない。

「トミー。大丈夫か？」

大丈夫か——いや、大丈夫などではない。トムが手を離すと、プロフェットは彼をうながしてテーブルの方へ連れ戻す。実際には彼一人でほとんどトムを支えていたが、二人ともそんなことには気がつかないふりをして。アドレナリンが一気に引き、その落差に崩れそうだ。

ＦＢＩにいた時よりも、トムの体は鍛えられている。故郷での保安官補の日々は忙しかったし、夫婦喧嘩からドラッグの押収捜査、墓荒らしの通報まで、トムは様々に駆けずり回ってきた。もっとも、欲していたのは別の種類のやり甲斐だったが。それでも、もう耐えきれなくなる瞬間まで、あの故郷にとどまった。ある日、まるで守護天使か何かのようにフィルが目の前に降り立ち、自ら作った檻の中でトムが朽ち果てる前に、救い出してくれるまで。

（鍛練。悪人どもをぶちこむ。家でお手製の密造酒をあおる。くり返しの日々。人生の残りを、すり減らして……）

親父に、負けるわけにはいかないのだ。今回だけは。

「ほれよ、ケイジャン」

プロフェットがトムの目の前でパチンと指を鳴らした。

「次そんな真似しやがったらその指をへし折るぞ」

トムが苛々とののしると、プロフェットはむしろ嬉しそうな顔をした。脅し文句が気に入ったのか、それともトムを思い通りに挑発できて喜んでいるのか、謎だ。

まるで、何かの発作から覚醒したかのように——だがその間に自分がしたことは、すべて記憶に刻まれていた。

大失態だ。復帰のチャンスをつぶされやしないかとプロフェットを警戒していたくせに、その自分が暴走で駄目にした。

プロフェットはトムの顔に手を這わせ、骨が折れていないか調べていた。トムは、プロフェットのギプスの上に手を置き、一瞬、止める。

「アイヴァンの状態は？」

プロフェットはトムの指の中から自分の手を引き抜いた。

「お前の勝ちだ、トミー。それだけでいい」

役立たず《ボン・ア・リエン》。

凶運《バッド・ラック》。

10

それは醜い戦いだった。暴力。

トムと戦いのケージに入った男は、金と血に飢えていた。トムの方が上背はあるが、相手のアイヴァンという男の方が体格がよく、だが結局、そんなのは無意味だ。

トムは大波のようにリングを荒れ狂った。まるで、寸前までおだやかだった山が、炎をほとばしらせて噴火したように。ブラッド・ファイトのスカウトを狙っての意図的な爆発なのか——あそこは手に負えない荒くれ者の行き場だ——それともトムの本性なのかは、プロフェットは踏みこみたくない。

怒濤の、そして汚いファイト。軍人は目立つとトムが言った意味がよくわかるような。プロフェットはもう長い間こんな、訓練で叩きこまれた無駄のない動きを捨てた、なりふりかまわぬ戦いをした記憶がない。たしかにこの中に混ざったらプロフェットは異様に浮く。今のトムが、注目を集めていないというわけではないが。

トムの勝利。人気選手を倒して。普通ならブーイングと野次《やじ》が浴びせられるところだが、あまりにも目を奪う戦いに、客たちはまだトムの名をくり返し叫んでいた。

ケイジャン、ケイジャン、ケイジャン——。

やっとその声が耳に届いた様子で、トムは頭を上げた。

「やりやがったな……てめえか。根っから、腐りきった野郎が……」

トムがぼそぼそ呟く悪態を、プロフェットは否定できなかった。ともあれ、彼の知るトムがほぼ復活して、まなざしの虚ろさも消えていた。

トムの鼻に打撲はあったが、骨は大丈夫だ。右頬の腫れ、下唇の出血。後でよく見る必要はあるが、今のところ問題ないだろう。プロフェットは部屋の備品を手に取る。止血用テープ、消毒液、ガーゼ。トムの頬の手当てにとりかかった。

トムはじっと動かず、その体の最後の一滴のエネルギーまで絞り尽くしたかのようだった。

「俺は……まずい立場か？」

「もしかしたら、俺たち二人ともな」

戦いの場で、トムの内に棲む魔物が牙を剝いた。トム本人にその予感があったのか、プロフェットにはわからない。

「どんな戦いになろうと、相手を殺しはしなかったさ」

トムがゆっくりと、まるでプロフェットの頭の中をのぞいたかのように言った。

「わかってるよ」

「どうして」

「そのつもりがありゃ、お前は素手でも一瞬であいつを殺せただろ」

今夜トムがリング上で見せたものは、もっと原始的で、野蛮だ。もっと根の深い何か。

「このこと――フィルに、報告するのか？」

「ああ？　何をだよ？　お前が喧嘩に勝ちましたよってか？」

トムは首の後ろをさすって、うなった。

「くそ、プロフ……」それだけを呟いてから、しばらくしてつけ足す。「さっさとここから出ないと」

「ギャラをもらってからだ」

「本気か？」

「いいやトミー、ジョークの回路もさっきのファイトでぶっ壊したか？　ほら、来いよ」

トムをテーブルから下ろそうと動いた時、屈強な男二人がドア口をふさいで立った。トムが身をこわばらせ、拳を握る。ゴクリと喉が動いて、トムの目がまた焦点を失った。

「落ちつけ、T。俺にまかせろ。わかったか？」

プロフェットは言いきかせ、目を合わせてトムがうなずくまで待ってから、二人の男へ向き直った。トムの太腿に手を置いて落ちつかせながら、二人へ話しかける。

「俺の選手が勝ったんでね――金を持ってきたか？」

「ボスがあんたと話したいそうだ」

「金が先だ」

プロフェットは男たちに背を向け、トムの方を向いて「行ったか？」と問いの形に口を動かした。

一拍置いて、トムがうなずいた。

「ああ」

「そりゃよかった」プロフェットは眉を寄せた。「痛みが来てんな、お前」

「少し。ほとんど肋骨だ」
「頭にもガツンとくらったろ」思えば、あれでトムが逆上したように見えた。

「まったく大したキレっぷりだよ、ケイジャン」

うなずく以外、何ができる？　トムはただ黙って座り、おとなしくプロフェットに唇の傷の手当てをさせ、ダメージをたしかめる手に肋骨を押さえられるとぎくりと身をこわばらせた。その間ずっと、罪悪感につぶされないよう耐えていた。

そしてまたプロフェットも、その両目にはさっきと同じ心ここにあらずの、遠い過去をのぞきこむような霞がかかっていた。プロフェットは同じことをした経験があるのだ——こんな風に、誰かの面倒を見てやったことが。きっとこの、同じクラブで。きっと、いや間違いなくプロフェット自身もこのリングで戦っただろうが、同時にこの男は猛々《たけだけ》しいほどの、庇護者《ひごしゃ》だった。これほどまでに守られている安心感に包まれたことは、トムの記憶にない。おそろしく居心地は悪い。だがそんなトムに一切かまわず、プロフェットはほとんど自動的な手でトムの体を順々にさすり、打ち身や捻挫をたしかめ、拳と肋骨に氷を当てて冷やし、切り傷の手当てをしていく。

この庇護者の役割に、この場所に、プロフェットはすっかりなじんでいる。

「……お前、ここで戦ったことがあるんだろ?」

やっと、トムはそうたずねた。

「まァな。昔話さ」

プロフェットはリムーバースプレーを使って、トムの手に巻かれたバンデージを肌を傷めずに剝がした。トムなら一気に剝いだだろうが、プロフェットの手に——文字通りその両手に、すべてをゆだねておく方がずっと良さそうだ。

「お前、後で襲われるぞ」とプロフェットが言う。

「そういう流れかよ。昔から?」

「今の方がずっと動く金がでけえな。試合も録画されてＹｏｕＴｕｂｅにアップされたりな」

直接答えず、はぐらかす。プロフェットの得意技だ。

「俺が、やりすぎるってわかってたのか?」

「ああ。ただ意図的かどうかまでは、なんともな」

「今は?」

その問いに、プロフェットはまっすぐトムを見て、答えた。

「今もわからねえよ、トミー」

そのプロフェットの背後のドア口にクラブのマネージャーが現れ、凄《すご》むような声にトムは身を固くした。

「このクソ野郎、うちの選手をつぶしやがって！」

落ちつき払ったプロフェットがトムに「まかせろ」という目つきを送ってくる。トムはなんとか緊張を解こうとした。

「こいつはカッとなりやすくってな」

プロフェットはそう答えて肩をそびやかし、半身だけ男の方へ向き直ったが、まだ守られているという感覚がトムを包んでいた。

「ほら、ＰＴＳＤとかあの手のトラウマ持ちなんだ。だが、あんたの選手を正々堂々ぶっとばした。さっさとギャラをよこせ」

「こいつはジャッジがコールしても止まらなかったんだぞ」

「ほう、いきなりルール第一か？」

「二度とこのリングには戻るな」

「稼げるところはほかにも山ほどあるからな」

プロフェットがそう応じる。歩みよった男はプロフェットの手に丸めた札束を叩きつけ、出ていった。

「駐車場で待ち伏せか」

トムはあきらめ顔で呟いた。

プロフェットが、ジーンズの前ポケットに札束をねじこむ。

「だな」

ブラッド・ファイトへの招待は、二人がクラブを出てから来る筈だ。少なくともそれが、何年も昔のプロフェットの記憶だった。対戦相手の若者たちがひそめた声でそんな噂をしていたものだ。ひとたびブラッド・ファイトへ足を踏み入れたファイターは、たとえ観客の一人としてさえ、通常のファイトの場へ戻ることは許されない。

消えたファイターたちがどうなったのか、様々に囁かれていた。半身不随になったとか、逃亡したとか。プロフェットは、そこまで劇的な結末ではないだろうと思っていた。この辺りへ戻ってくるなと脅されたか、二度と地下ファイトに関わらずにすむだけの金をもらったとか。だが結局、真相など誰にわかる？

服を着たトムが、ルイジアナ州立大学の古いスウェットのポケットに両手をつっこんでフードをかぶった。プロフェットは彼をつれてクラブの外へ出る。数人の客が待っていて、トムに「ケイジャン」と声をかけたが、誰も近づこうとはしなかった。やや恐れるかのように。トム自身、己に対して、どこか怯えているようだった。

駐車場を半分も横切らないうちに、ボロボロで怪しげなでかいバンの裏から、背の低い男がうっそりと出てきた。鼻に、あからさまに何度もへし折られた痕があった。

「客には気に入られたようだがな、あんたの選手はここじゃちっとやりすぎちまったかもな」

「そりゃよかった」

プロフェットは、歩きつづけろとトムを押した。ありがたいことにトムが従う。

「あんたらにいい話がある」

「ここじゃもう二度とやらねえよ」

「ここでじゃない」男は、プロフェットにカードをさし出した。「別件だ。好きなだけ相手をぶちのめしていい、誰も途中で止めたりしねえ。金もずっといい。賭け金が上がるんでな」

プロフェットは男を見つめた。この同じ男が、クリストファーにも同じ誘い文句をかけたのだろうか？　一体どうしてそんな誘いに落ちた、クリス？　今日のトムのように、クリスも最後は己を見失っていってしまったのか？

「いつ、どこでだ」

「クロスストリート。明日、十時に来い。ファイトは十一時からだ。お前とそいつの二人だけで来いよ」

男に握手され、プロフェットは手を消毒液に浸したい衝動に駆られる。もしくは、この男を叩きのめすか。

明日の夜、トムがリングに立つのは可能でも、立たせるのは利口ではない。目の前にいる男は選手たちの安全のことなど何とも思ってない――そして、この男がクリスを死に導いたのかもしれないと思うだけで、プロフェットの拳が固く握りしめられる。

冷静さを取り戻そうと、プロフェットは十から一まで逆に数えたが、数を数えるだけで落ちつけたことなど一度たりともないのだった。むしろ余計にムカついてくる。

「やるか?」と男が聞いた。

プロフェットは口を開き、断ると言おうとしたが、先にトムが言った。

「やるよ」

「いい見物《みもの》になるぜ」

男がニッと笑う。

「失せろ」

プロフェットはそう吐き捨てたが、トムの方は、プロフェットに引きずられて遠ざかりながらもその男へうなずき返していた。

もう少しで車に着くというところで、それは起こった。男たち——おそらく五人——が身をひそめていた裏路地から一斉にとび出してきた。

本当ならトムに「戦うな」と言いたかったが、聞きやしないだろう。すでにトムは、ボーリングピンめがけて転がるボールなみの勢いで男たちへつっこんでいた。

プロフェットは男の一人をつかみ、車のボンネットへ叩きつけた。押さえつける。お前がクリスを殴り殺したのかと、問いただしたかったが、その男の倒れ方、そしてトムに倒される男たちの様子を見ても、この連中にはクリスを殴り殺せるような腕はなかった。

二人に思い知らせろと、マネージャーに命令されて来たのだろうが、ファイターというより店の用心棒に近い連中だった。さっき控室でアイヴァンのそばにいた男も混ざっている。その男がトムめがけて突進しようとしたが、プロフェットは割って入り、男の体をまた手近な車のボンネットに叩きつけてやった。

「トム、離してやれ」

トムにそう命じる。トムは男の一人の上に、ほとんど座りこんでいた。すでに二人逃げた後で、残りは地面に崩れている。

トムが、プロフェットを見つめた——彼方を見る、あの虚《うつ》ろなまなざし。この男はまだ、さっきの戦いで引きずり戻された過去の悪夢から、完全に醒めてはいない。

「……少なくとも、招待はされたな」

トムはやっと、そう呟き、おとなしくプロフェットの手を借りて立ち上がった。下敷きにされていた男はその間に逃げていった。よりかかってくるトムを半ばかかえ、半ば歩かせながら、プロフェットは車へ向かう。

「お前をまたリングに上げるつもりはねえよ」

「はっ、言うじゃねえか」トムはプロフェットを押しやった。「これは仕事だ。俺は、仕事をしてるだけだ」

プロフェットは言い返さなかった。無駄だ。

どのみち、明日のブラッド・ファイトまではあと二十四時間ある。うまくいけばその間に、トムが誰かにやられてくたばるかもしれない。

それが今日一番の心温まる考えだなんて、まったく、どうかしてる。

11

殴り合いの場に立てば、己の中の何かが変わるとは思っていた。若い頃の、戦いに明け暮れていた自分に引きずり戻されるだろうと。

望んですらいたのかもしれない。あの頃――せめて戦う目的が存在した頃に、戻れるのを。

耳の中で轟々《ごうごう》と鳴る血の音が、まだ消えない。むしろモーテルに戻る車内で悪化したようだ。二階へ階段を上る間も耳が雑音でざわつき、トムはプロフェットを押しのけて部屋へ入ると、まっすぐシャワーへ向かった。

打ち身と擦り傷の上へ、湯が熱い針のように降りそそぐ。トムは鋭い息を洩らしながらシャワーの下にとどまり、荒々しく体を洗った。髪を洗い、耐えきれなくなるまで湯の下に立っていたが、どれだけ洗っても戦いのにおいは肌にこびりついている。

タオルを体に巻き付ける。腰に一枚、そして肩にもう一枚かけてバスルームから出たトムは、デスクの上に置かれたピアスの袋を見つめた。

畜生。忘れてた。

袋をつかんで開ける。

「今やるのか？」

プロフェットがたずねた。トムを待っていたかのように小テーブルの前に座り、セキュリティカメラの映像を眺めている。

「穴がふさがる前にな」

トムはバーベルピアスを手早く左の乳首に通し、ピリリと走る痛みに鋭い息をついた。痛みに反応して、股間が熱を帯びていた。

しかもプロフェットが、じっくりと、強い視線ですべてを見つめている。

「まったく、何とも痛そうなこったな」

「それがいいのさ」

トムの声はかすれ、手は震え、その上、頭がズキズキと脈打ちはじめていた。どれもプロフェットに知られるつもりはない。

だが、プロフェットがトムの横に立ったかと思うと、トムの手から残りのピアスを取り上げた。

「俺がやる」

「断る」

「どうしてだ？」

　今お前にさわられたら、勃起するからだよ――。

「……勝手にしろ」

　プロフェットは、トムがすでに刺した左乳首のピアスの端に丸い留め具をはめた。それから右の乳首を引っぱり、トムの視線の先で、なめらかにピアスを刺し、また器用に端を留めた。

　トムは、もうタオルの下の勃起を誤魔化そうともしなかった。

　どうせ、こいつはもう知っている。

「やるぞ」プロフェットに言われて、トムはただうなずくしかない。「タオルを外せ」

　トムは、腰のタオルを落とした。何か言いたかった――ピアスを入れるには勃《た》ってないとな、とかなんとか。だが何も言えない。プロフェットの方ではまるで気にも留めない様子で、そこに腹を立てるべきかどうか、トムの心が揺らぐ。

「本当にいいのか？」と、トムはたずねた。

「ああ」

　プロフェットにじっと見つめられ、変にこだわってみせたくもなかったので、トムは自分のペニスをぐいとつかんで上へ向けると、プロフェットがピアスを一本ずつ刺していくのにまかせた。プロフェットが彼の前に膝をついていることや、その唇がトムのペニスから数インチのところにある体勢から意識をそらそうとしながら、魅入られたように目が離せない。一本ずつ、プロフェットはペニスにピアスを通しては、トムの息が整うのを待って、次の一本にかかる。

五本のピアスすべて、プロフェットが通し終えると、トムは腰にゆるくタオルを巻いてベッドへ向かった。枕にもたれて座る彼を、プロフェットは静かに眺めていたが、不意に言った。

「お前は、自分を痛めつけずにはいられないんだな。そんなんでうまくいってるのか？」

「今のところ最高さ」

プロフェットが近づき、トムの傷に軟膏を塗り、続いて包帯を巻きはじめたが、トムは好きにさせておいた。次は氷嚢《ひょうのう》。至るところに。両肩にも念入りに氷を当てられる。肋骨には二つ、そして両手にも。鼻にも。

「頭は大丈夫か？」

「何も感じない」と嘘をつく。

「だろうな。バカをしでかすとこうなる」

プロフェットの声に、とがめる響きはまるでなかった。トムは言い返す。

「バカをした経験があるみたいな言い方だな」

「まあ、生まれた時からさ」プロフェットはにこやかに同意した。

「お前がクソな奴でいる時の方が落ちつく……」

「ああ、皆お前に賛成するだろうよ」

トムの頭がキリキリと痛み出していた。戦いは、いつでも偏頭痛をもたらす。まるで体に暴力の爆発が記憶され、くり返し再生しているかのように。

もうどうでもいい。トムは身の内の痛みと疼きを歓迎し、古い友のように受け入れながら、プロフェットの存在を意識から押し出そうとする。プロフェットを部屋から追い出したい。一人になって、取り戻したい。プライバシーを。そして……。

(人生を? ああ、なつかしいのはどの人生だ?)

黙れ、と自分をののしる。トムは目をとじ、まどろんだ。

ほとんど数秒も経っていないような感覚のまま、右のこめかみを打ち砕かれたような激痛で目が覚めた。

「くそ、やっぱり……」

口の中で呻く。

「ケイジャン、体を起こせ」

「いやだ」

「意地っ張りが」プロフェットはトムを引き起こすと、背に枕をあてがって座らせる。「偏頭痛の時に横になってるのはよくねえぞ」

「どこで聞いた?」

「母親が偏頭痛持ちでね」

「俺が女々しいって言ってるつもりかよ?」

「よせよケイジャン、そんなのは初めて会った時からずっと言ってるつもりだぞ」

「ぶん殴る」

弱々しく、トムは呟く。プロフェットが甘ったるく返した。

「お前がそんな暴力的な奴だなんてビックリだね」

「どうしてバレた?」

プロフェットが鼻を鳴らす。

「いいから、とっとと薬を飲みやがれ」

「俺の医療記録を読んだな……」

プロフェットは、まるで傷ついたような顔をした。

「俺がそんなプライバシー侵害をする男に見えるか? お前の鞄をあさっただけだ」

あきれ顔をしてやりたかったが、頭痛が悪化しそうだったのでトムはあきらめた。

「何にも、いらねえ」

返事を絞り出し、もつれかかる足取りでバスルームへたどりつくと、便器の前に膝をついて吐き気にそなえる。

どうなるかはわかっている。まずは頭痛——これは耐えられる。それから吐き気——トムの大嫌いな。ＥＥ社の医者《ドク》には病歴を細かく問いただされ、おかげで薬を処方されている。もっともその薬を飲もうにも、もう胸がムカついてトイレを離れることもできない。

しばらくしてから、トムはプロフェットに声をかけた。

「薬を取ってくれるか？」

プロフェットが彼に手渡してきたのは、飲み薬ではなく座薬だった。

「どうせ吐いちまうだろ」

平然と正論を言う。まったく正しい。頭痛は激しく悪化し、もうトムには薬を飲み下しておくだけの余力がない。

プロフェットがたずねた。

「脳震盪の可能性は？」

「そこまで強く殴られてない」

「お前がキレるには充分な強さだったろうが」

プロフェットの言葉に、トムの脳裏にはまさにあの瞬間の、逆上した己がよみがえっていた。

(玉なしのお嬢ちゃん——)

い、い、い、

玉なしの雌犬。

「黙れ」

プロフェットに、そして頭の中の声へ、トムは言い返す。

「お前の面倒を見てからな」

この男に弱みを見せまいとしてきたことも、もうすべて台なしだ。

立ち上がると、トムの頭がクラクラした。ついプロフェットの肩によりかかってしまい、身を引き戻そうとしたが、優しい手で首の後ろを支えられて、動けない。

「いいから、そうしてろ」

いいわけがない。たよっては駄目だ。こんなのは、夜が明けるまでの幻想にすぎない。朝になればトムの痛み止めも切れ、プロフェットはまた彼を馬鹿にするか、もっと悪いことに以前よりもつき放した態度を取るだけだ。

駄目だ。また明日の夜、トムはリングで戦わねばならない。事件の真相を求めて。

「俺は、大丈夫だ」

トムはぼそぼそと呟く。プロフェットを押しやったが、めまいがした。最低な偏頭痛め。

「本当に強情だな、T」プロフェットの指に下唇をなぞられ、トムはごくりと唾を呑む。「どうしてだ？」

「誰かに、たよるのは……」

「ああ、わかる」

プロフェットの目は、本当に理解しているのだと告げていた。真摯で、嘘のない、そのまなざしのおかげで、この男によりかかるのが少しだけ楽になる。

「だが今夜だけ、T、頼ってみろ。俺がいる。お前のパートナーだ」

「パートナーなんかいらないんだろ……」

「歌にもあるだろ、〈望むものを得られるとは限らない〉ってな。聞きたいか?」

「やめろ。たのむ。頭が」

「俺の歌はうまいぞ。金をもらってもいいくらいだ」

「どこの地獄での話だよ」

「口の減らねえヤツだ、T。俺にまかせろ」

「嫌だ。俺は、大丈夫だ」

「嘘つけ。大丈夫なんかじゃねえだろうが。それともお前を押さえつけて尻に薬をつっこませたいか? 俺はやるぞ」

「犯罪、だ」

「何のだよ。座薬強要罪?」

プロフェットには引き下がる気などない。もしかしたら、もっとうまくこの男の助けを受け入れる方法があったのか——いや、無理だ。トムにはただ、身を丸めてトイレの床に横倒しになり、プロフェットに好きにさせることしかできなかった。プロフェットは手袋と少しのジェルを使って、手早く、いとも簡単に座薬を挿入した。無駄がない。ジョークの一言もない。

トムの額にアルコールと水で絞った濡れタオルを当て、時おりジンジャーエールを口に含ませ、痛みをやわらげるツボを押し、そしてやっと吐き気止めが効いてくると、プロフェットはトムをベッドへつれて戻った。

「大丈夫だ、T。俺がいる」

プロフェットがまた、トムにそう言い聞かせる。

俺がいる――。

どうしていきなり、その言葉が心に重くひびく？

トムがまどろみ出すまで、十五分ほどかかった。その間にプロフェットが飲ませた偏頭痛の薬も、何とか吐かずにすんでいた。プロフェットが見守る先で、張りつめるように緊張していたトムの体の線がやわらぎ、こわばった筋肉がゆるみはじめた。まず、胸元にちぢめていた脚がだらりとのびる。腕の力も抜け、やっと、トムはごろりと寝返りを打って肩を下にした。

どこか陰鬱なものを秘めた、魅力的な顔だ。二日前に出会った、こざっぱりして今から仕事に取りかかろうという姿はどこへやら、すっかり崩れた姿だった。初対面のトムはまさにＦＢＩのエージェントに見えた。だが今は……。

今の姿は――悪くない。

今夜のリングで、トムは怒りに満ちあふれていた。呑まれるほどの。

「お前は一体誰と戦ってた、T？」

眠りに落ちた男へ、プロフェットは囁き、答えがないことに安堵する。知りたくなどない。知ってしまえば、自分のことも暴かれるかもしれない。

これまで組んできたパートナーの誰ひとり、プロフェットに仕事以上の関係を求めてくるような馬鹿はいなかった。セックスという意味ではなく。ミック、よくプロフェットを知るあの男さえ、プロフェットの個人的な部分に立ち入る愚かさは心得ている。

トムは、違う。この男は踏みこみかねない。クリスの実家へ押しかけて母親のキャロルに会ったり、プロフェットにCIA時代のことを問いかけたりしたように。しかもそのトム自身がプロフェットと同じような——あるいはそれ以上の——破滅をかかえた男だときた。なんの皮肉だ、これは。

まるでプロフェットの視線を感じたかのように、トムの目が開いた。数回まばたきし、呟く。

「まだ俺の世話を焼いてるのか……」

「まかせろと言ったろ」

「お前が、母性本能とは意外だな」

「やかましい、ケイジャン。今夜のファイトの時だってな、もっとイカれた名前を叫ばせてやってもよかったんだぜ。考えてはあるんだ。ケイジャン・ヒートとか、ブードゥー・ダディとか——」

　トムがうなった。

「頭が痛いってのに……これ以上、俺の具合を悪くして何が楽しい？」

「人生は楽しむもんだろ」言い返す。「くそ、つまらん、ドラマかなんかのセリフだな。俺もそろそろ戦場かどっかに戻る頃合いかよ」

　トムは鼻を鳴らした。少しの間黙っていてから、ぼそっと呟く。

「弱いんじゃない」

「ああ、お前は弱くねえよ」

　その一言で納得できたのか、トムは目をとじ、親指と人さし指の股のやわらかな部分をプロフェットにマッサージされてもおとなしいものだった。頭痛緩和のツボだ。トムがこれで楽になるなら、一晩中こうしていてもいい。

　まったく、おかしな話だ。いつの間に、立場が逆転したものか。この男がプロフェットのお目付け役じゃなかったのか？　フィルの計画は大失敗だ。

　ここまであいつの計画でない限り——。

　ムカつく男どもめ。フィルも、トムも。どうしてプロフェットが、任務の最中にパートナーの面倒を見るために足止めをくらうのだ。自分の面倒は自分で見られる。昔からずっとそうやってきた。そして他人の面倒など、とうの昔に見るのをやめた。

短い間ならいい、任務中ミックにあれこれ手を貸してやるのと同じだ。だがミックだって、大抵の場合は自分一人で片づけている。お互い古いつき合いでもあるし。

トムとはまだ知り合って三日。トミーなんて愛称で呼びながら——トミーの方もおとなしく呼ばせて——プロフェットはこの男の世話なんぞにかまけている。誰かの世話など、もう飽き飽きだというのに。それが嫌で、遠い昔に家を捨てた。誰かを守るのもやめた。

(ジョン以外は)

ジョンは、別だ。もしまだジョンのそばにいたなら、きっとプロフェットは今でも彼のためにあれこれとしていただろう。そしてきっと、今ごろは、そんな自分を憎んでいただろう。

(あの時だって、嫌だったろう。平気な顔をしてただけだ。なぜならお前は——)

思考を封じこめ、プロフェットは考えまいとする。

トムがもぞもぞと寝返りを打ち、痛みだの、ケイジャンだの、凶運だのと呟いたかと思うと、片手をプロフェットの胸元に当てた。さらに何かケイジャン訛りのフランス語で呟いているが、プロフェットは毒づいてトムの手をぐいと払いのけた。

すぐさまトムの手は同じ場所に戻り、プロフェットのシャツの胸元をつかんで、ぐいと引き寄せた。今回はプロフェットは抗わず、ただ口の中で文句を言いながら、呼吸が落ちついていくトムを眺めた。

あんなファイトをしておいて、どうしてこうも安らかに眠れるのか。謎だ。プロフェット自身は、戦いの後は昂揚《こうよう》がなかなか引かない。これまでも、多分この先も。常にエネルギーやアドレナリン、怒りの塊だ。今夜だけは、トムの世話係としてそのすべてを封じこめなければならなかっただけで。

いまいましい——。

トムが吐息をつき、プロフェットの胸元に頬をすりよせた。

マジか。

トムが——プロフェットにしがみついて——すっかり落ちつくと、プロフェットはダイナーに電話をし、ウェイターの一人にチップをはずんで食事を取ってこさせた。燃料補給だ。到着した袋を受け取り、金を払ってかぶりつく間だけトムの拘束から逃れはしたが、プロフェットが離れるとトムは落ちつきを失ってもぞもぞ動き出し、まるで彼を探しているようだった。仕方なく、プロフェットはベッドに戻り、とどまった。ベッドで口に食い物をつめこみ、映画を見た。トムに薬を飲ませる。今夜の計画を練る。ぶつ切りにまどろんで、少なくともその点だけはいつも通り。

ミックからメールが入っていた。ブルーがビルの壁をつたい下りて遊んでいるとかなんとか。ミックとブルーに返信しようかと、プロフェットは思う。力を貸りようか——この任務を引き継がせて。

だが結局、メールはやめた。

かわりに、眠らないよう試みる。だが、今の瞬間『エクスペンダブルズ』をせっせと見ていたと思ったら、次の瞬間、光景が一変して何もわからなくなった。

プロフェットは激しくまばたきしたが、体は身じろぎもしなかった。流砂の上に立っているような、危険な事態だ。パニックなど許されない。まずは状況把握。

ふたたび、耳をすます。大きなしゃべり声。プロフェットはその方向へ銃を向ける。

部屋がぐらりと、遊園地のアトラクションのように傾いた。これが幻覚だという、ひとつ目のきざし。とうにわかっていたが。

集中しろ。あの音は……砲火や敵襲の音ではない。そうとわかっても、プロフェットは銃を下ろさない。暗い部屋に目を走らせ、テレビ画面にちらちら照らされるベッドで眠る男を見やり……。

(トミー)

ここはテキサスだ。

(クリスが死んだ)

ここは、戦場じゃない。

それとも、まだそうなのか?

くそったれ。プロフェットは腕に顔をうずめ、汗を拭い、呼吸を無理にでも整えようとした。

悲鳴が聞こえていた——誰かが死ぬ瞬間の悲鳴。反射的に耳をふさぎかかったが、どうせ幻聴だ、そんなことで消えやしない。

トムが、もごもごと何か呟いた。

プロフェットは自分の枕の下に銃を戻すと、またベッドに落ちつこうとする。フラッシュバックの後はいつもそうだが、体が小刻みに震えていた。室内を見回せば野戦服姿の幽霊を見る予感があったので、視線をトムだけに据えた。

トムの隣を離れるわけにはいかない。もしこのパートナーが目を覚ませば、プロフェットが──トムと同じくらいには──イカれていると悟られてしまう。

（実に素敵なコンビを作ってくれたじゃねえか、フィル）

トムはあっというまにプロフェットにくっついてきた。てっきりまたプロフェットの胸に頭をのせて眠るものだと思っていたら、トムがさらに動いて、二人の顔が近づいた。何か、よく聞き取れないことを呟くと、トムはプロフェットを引き寄せ、キスをする。本気のキス──唇の傷にもかまわず、口を開き、舌をいきなり深く絡めた激しいキスに、プロフェットも応じていた。

トムの、驚いたような、色っぽい呻きに、プロフェットの全身の熱が上がる。キスの中にやわらかな吐息を短くこぼし、プロフェットはトムの髪に両手指をくぐらせ、そっと引き寄せようとしたが、トムに腰を擦りつけられると手つきが荒っぽくなった。

自分の呻きが、胸腔《きょうこう》に響く。トムの舌に上顎の裏を擦られた瞬間、理性が吹きとぶ。今度はトムの口に舌を深く突き入れ、激しく犯した。

体を返して、トムを下に組みしく。トムの両手に腰をつかまれながら、プロフェットはギプスの手でトムの頭を抱きこんだ。

くそ、キスは最高だ。セックスも勿論いいが、キスはたまらない。相手をどう組み伏せるか、どうしたいかの、探り合いと予感。

まだフラッシュバックの余韻で乱れていた感覚を、トムとのキスが現実に引き戻し、つなぎとめる。このキスは、全身を生き返らせる。

このキスは、彼を破滅させる。

トムがキスの隙間に囁く。

「キス、したかった……空港で」

「俺はお前のピアスをもっと見たかったよ」

「全部、見ただろ……あんな、近くから」

トムが下から体を擦りつけ、プロフェットはくり返し、くり返し彼にキスする。トムはまるで何かを誓うように、つながるように、キスを返してきた。

「くそ……眠いな……」

トムが、キスの中に呟く。

（トミー）

いや、トムだ、とプロフェットはぴしゃりと自分に言い聞かせながら体を離す。まるで、呼び名で何かが変えられるかのように。

トムはプロフェットのシャツをまくり上げ、プロフェットの頬をなでていたが、ふとその視線がプロフェットの目を見上げ、手を止めて、不確かな表情になった。

「プロフェット、検査してもらえよ」静かに呟く。「お前の目、どこか……」

プロフェットは凍りつかないよう、何とかこらえた。

「いーや、俺は何ともないよ、T。お前のフードゥーがクスリでイカれてんだろ」

「いーや」

トムは同じ言葉を返した。眉が寄って、何の話をしていたのか思い出そうとしているようだった。だが偏頭痛の薬と今のキスで、まともに頭が回りそうにない。

トムの――トミーの口に唇をかぶせながら、プロフェットの心の一部は十七歳に戻り、別の男にキスしていた。だが大部分は、誰にキスしているのかよくわかっている。わかっていて、キスを重ねた。

トムは、プロフェットの下で眠りについた。プロフェットは安堵する一方、ややムカッとする。そのまま眠りに落ちないよう限界まで抗い、次に目覚めた時、彼を待っていたのは新たなフラッシュバックではなく、股間に置かれたトムの手だった。

12

その、あまりに生々しい夢の中で、トムはプロフェットにキスしていた。プロフェットにキスを返され、組みしかれ、押さえつけられて。

顔に手をやると、頰にプロフェットの無精ひげの感触が残っているようで、ヒリヒリするのがわかる。唇も腫れぼったく、唇の傷もおかしなほど痛むし、おまけにプロフェットの顎も赤い。

だが、プロフェットが何も言おうとしないなら、それに何の意味がある？　もしあれが夢でないのなら、上からのしかかっていたのはトムではなく、プロフェットの方だった。

「よくなったか？」

プロフェットが慎重にたずねてくる。トムはまだ眠く、薬でぼうっとしてはいたが、期待通り頭痛はおさまっていた。

「ああ」

頭痛の気配はまだ、薬で遮蔽《しゃへい》された向こうにぼんやりひそんでいたが、気にする余力はない。

身じろぎし、やっとトムは、どうしてプロフェットが奇妙な表情をしているのか理解した。トムの右手が、プロフェットの股間の上に、図々しくのせられていたのだ。やわらかなジーンズ生地の上から手を引き、トムは「くそ、悪ィ」と呟きながら、プロフェットがすっかり勃起しているのを意識していた。

「気にすんな。落ちつきがなかったぞ」

プロフェットは手をのばすと、トムの頭に当てていたタオルを取り、別の氷袋を包んだタオルと取り換えて、そっと押し当てた。

トムは呟く。

「優しいな。俺に薬が回ってるからか」

「そんなセリフを吐けるようじゃまだシラフじゃねえな」

「やめてくれ」

「何を――」

「俺を懐柔しようとするのは」

「また随分ご大層な言葉を使ってきたな」

プロフェットがぶつぶつとうなる。

鼻を鳴らすと、トムは起き上がって、小便をしにトイレへ向かった。顔を洗って歯を磨き、プロフェットに何かカフェインの入った飲み物を要求する。まだ回復には遠く、今が昼なのか夜なのかもさっぱりだ。医者《ドク》がよこした薬は大した効き目だった。

「ほらよ」

プロフェットが押しつけてきた缶のコーラを、トムは一気に喉に流しこむ。飲み干した時、プロフェットはトイレの隣の洗面所で顔をばしゃばしゃと洗っていた。タオルで顔を拭って鏡を見つめるプロフェットの目は、どこか遠くを見ているようで、トムは何だかそのまなざしが気に入らない。

「どうかしたのか？」とたずねた。

プロフェットがぎくりとして、半ば現実に戻ってきたようだった。

「あ？　どうもしてないさ。何ともねえよ」

「いや、嘘だね」

「ああ、嘘だ。だが朝にはマシになってる」

「もう朝だろ」トムは指摘する。「だと思うぞ」

プロフェットが鼻で笑った。「ご指摘どうも」

「悪い」

「何がだ？　俺のミスを直したから？」

トムは肩をすくめた。

「いや、欲しくもないパートナーを押しつけられたのに、そいつの面倒を見る羽目になって悪かったってことさ」

　プロフェットの首筋にキスマークが、さらにうっすらと引っかいたような痕も見えて、トムの心が乱れる。まだ薬の影響が残っているせいで、迷うより衝動の方が勝った。欲望は膨れ上がり、目の前にはプロフェットがいる。自制心が働く前に、トムの手がプロフェットの裸の背をなで下ろすと、プロフェットの動きが止まった。トムは意に介さない——もう何日も、プロフェットにふれたかったのだ。そしてプロフェットは彼の手を拒みもせず、ただ鏡の中から、推し量るようにトムを見ていた。

　トムも、その目を見つめ返した。

「何見てるんだ。気に入ったか？」

　プロフェットがたずねる。静かな声は危険なざらつきを帯び、滴るような皮肉の毒に満ちていた。

　それでも、トムは真面目に答えた。

「気に入ったね」

「薬のせいで俺が二人分見えてるからだろ？」

　こらえきれず、トムは笑い声を立てていた。パンチ・ドランカーが酔っ払い《ドランカー》と呼ばれるのも納得だ。

「ったく、薬飲むと……いっつも——」

「消耗する？」

「ムラムラする」

歪んだ笑みで、トムは訂正する。大きく唾を飲んだ。まったく、偏頭痛の薬ではなく、自白剤でも飲んだのか？

「そいつも、お前の秘密か」

「秘密くらいお前にだってあるだろ」

「そもそも秘密があるってこと自体も秘密であるべきだよな？」

トムはプロフェットに向けて指を振る。

「やめてくれ。ただでさえ薬で頭がふらついてるってのに……」

プロフェットが、トムの性欲を直撃する気怠い笑みを浮かべると、トムとの間のわずかな隙間でくるりと振り向き、向き直った。トムは、下がらない。

プロフェットの方でも、トムを押しやるような動きは何も見せず、ただ、のばした手でトムの肘から手首までなで下ろす。革のブレスレットが結ばれた手首を。

「外さなかったんだな」

「お前もな」

プロフェットの指がブレスレットをもてあそび、またどこか遠くを見るような目になった彼を、トムは現実へ、自分のところへ引き戻したくなる。プロフェットの手の上に手を重ねた時、プロフェットが言った。

「お前、寝言言ってたぞ」

「何かおもしろいことでも？」

「俺の股に手ものばしてきやがった」

「それで勃《た》ててんのか」

「戦いが好きだからさ。俺はいつもアレで勃つんだよ」

「じゃあ、俺のファイトで勃ったか？」

プロフェットは斜めに唇を歪めて、ニヤリとした。

「俺はそんなに簡単にゃ陥《お》ちないぜ、トミー」

トムはプロフェットの手をなで、ずっとたどって、ジーンズの腰まで手を這わせていく。腰骨に浅く引っかかったジーンズは、ぐいと引くだけでずり下がって──トムは、プロフェットの首の後ろを包むようにつかんだ。

「それはどうかな」

唇で、肩をかすめるようになぞるとプロフェットの肌が震えたが、それ以上の動きは示さなかった。たやすく陥ちてこない、そこが何よりいい。

この行為がどんなツケを生むのか、後で山ほど思い悩むに決まっている。だが今は、プロフェットとの距離はまだ充分に遠く、トムは安心して、許されるだけこの男へ近づくことができる。

プロフェットはトムの髪に指先をくぐらせてから、頬にふれた。

「最悪の選択だ」

彼の呟きに、トムもうなずいて同意する。まだプロフェットの首筋を包んだままの手で、プロフェットの顔を引き寄せながら、キスをしようと体を傾けた。

プロフェットは、何の抵抗も示さなかった。されるがままの彼の、熱い唇へ、トムはぶつけるようなキスを仕掛ける。舌を深くねじこみ、まるで永遠のようなキスの末、やっとプロフェットの舌がじゃれあうように応じた。プロフェットはまだトムの手首をつかんでいて、二人はそのまま、ずっとそうしているように思えた——トムはプロフェットに近づこうとし、プロフェットはその一歩を拒んで。

冗談じゃない。わざわざ従ってやるつもりはない。トムはプロフェットの手を払い落とすと、その体をぐいとシンクへ押しつけた。

キスは荒っぽく始まり、優しくなり、また荒々しくなって、互いを支配しようと、もっと踏みこもうと、あるいは突き放そうとして、二人は挑み合っていた。たちまち、もうどちらも止まれなくなっていく——激しく、鋭く、甘く、全身が炎のように熱くなり、信じられないくらいの勢いで転げ落ちていく。

一人ではなく。プロフェットも道連れにしてやる。

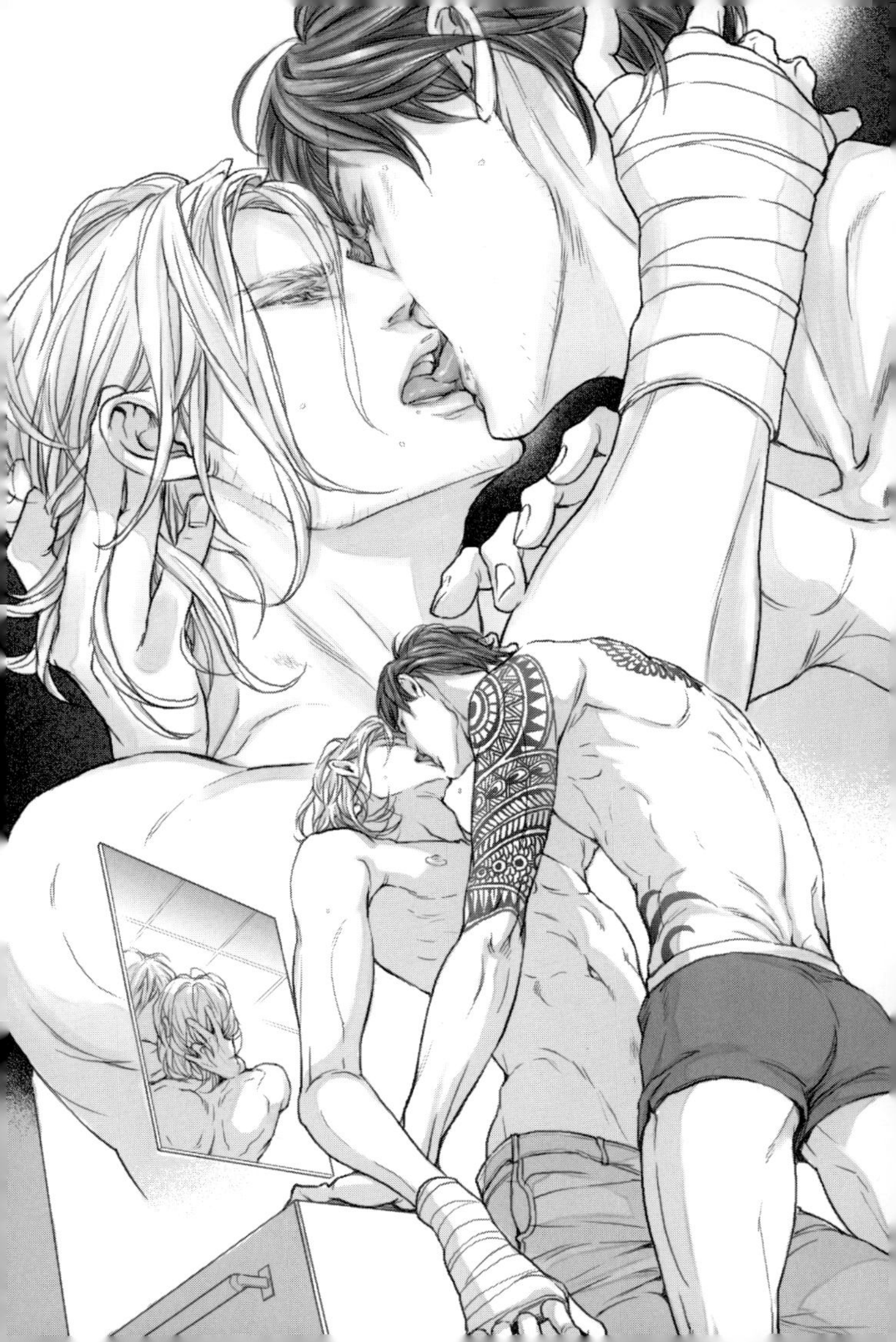

ただし……この男が、本気なら。こんなことを許すのが、薬でふらつくトムへの同情や譲歩ではなく——あるいはほかの下らない理由から、たとえばトムのセクハラを会社に報告するためだとか、そんなバカげたことでないなら——。

トムは体を引き、目を細めた。たしかめたい。今起こっていることが真実なのか、それともまたプロフェットがお得意のやり方でトムをはぐらかして混乱させているだけなのか。だがプロフェットを見て、その頬の赤みや速い鼓動、欲情に大きくなった瞳が、これは嘘ではないとトムに告げる。

嘘などではないと、確信できた——プロフェットがトムの腰に腕を回して強く、荒々しく引き寄せ、その勢いのまま腰を押しつけ、火花のように互いの熱がぶつかり合った瞬間に。すべてがどろどろに溶けていく。記憶に焼きつく一瞬。忘れ得ぬ。

これは、きっと、彼の息の根を止める。彼を殺す。どう転ぼうとも。

トムの勃起がプロフェットの腰に押しつけられている。プロフェットはジーンズ姿で、トムは下着姿で、そしてこの衝動は何より最低最悪だ。

まさに文字通り、最低で、最悪。

だがトムの目がじっとプロフェットを見守っている。薬は、どういうわけかこの男の超常的な勘をさらに研ぎ澄ましてしまったようだ。普通は逆だろうが。

「来いよ――ベッドに戻るぞ」とプロフェットはトムをうながした。「それから……」

「俺が、お前をファックする」

「俺がお前につっこみたいかもしれねえぞ？」

プロフェットが言う。トムがひょいと眉を上げてみせると、気付いたプロフェットは低く毒づいた。座薬。

「アレはお前が自分で入れるって言ったんだからな」とトムがニヤついた。

「ファック――」

「ああ、お前をファックするよ、プロフ」

トムの言葉は静かだったが、強い。反論を封じこめるかのように。

プロフェットは皮肉っぽく応酬しようとしたが、何も思いつきそうにないのでやめた。かわりにトムを視線で射すくめようとするが、この男はたじろぎもしやがらない。

自分がこの男を好きなのかどうか、プロフェットには実のところ、わからない。どうせトムも、プロフェットのことを好きなわけではない。それを別にしても問題は山積みだし、こんな行為は物事を余計にややこしく、厄介にするだけだ。

だがトムはすっかり薬の副作用にイカれてるし、二人とも地下ファイトの興奮に煽られ、欲情していた。

それに、これはパートナーと手を切るためのいい手かもしれない、とプロフェットは思う。思った瞬間、腹の底に苦い熱がうねったが、その理由など考えたくもない——特に、トムが二人の唇をぶつけるように重ね、そのまま後ずさってベッドへ移動し、自分の体重でプロフェットをドサッとシーツへ押し倒した、この刹那には。

組みしかれるままに、プロフェットはそれを許した。自ら許すことで、この場の主導権が己にあるかのような幻想を得る。真実は逆だ。完全に。

プロフェットの両腕のギプスが邪魔だ——少なくともトムはそう呟いて、ギプスの両手をぐいと頭上へ押し上げる。トムが手をのばしてプロフェットのジーンズと、自分のパンツを手際よくむしり取る。プロフェットの脚をつかんで、そのまま、向かい合わせの体勢を取ろうと——。

「トミー、よせ」抗おうとはしなかったが、プロフェットの声には苛立《いらだ》ちがにじんだ。「そういうのは慣れない」

「上に乗っかられんのが？」トムは歪んだ笑みを浮かべた。「気に入るさ」

どうかな、と言い返してやりたかったが、できなかった。プロフェットの鼻から息がこぼれ、筋肉がすみずみまで張りつめ、耳の中に轟々と鳴りひびく血流の音に理性が狂っていく。どうかしてしまいそうだ。だが理性など、どうせならすべて捨てるべきだ、そうだろう？

トムの手がプロフェットの瞼にふれ、ほんの少しだけ目元にとどまっていた。その手つきは、普通なら誰も気に留めないほど自然だったが、プロフェットは気付いた。気付いたし、トムに、ブードゥーの勘で何を嗅ぎとろうが黙ってろと命じたかった。二度と聞きたくない。

だが杞憂だったのか、トムは思い直した様子だった。プロフェットにさっき否定されたのを思い出したか。薬で勘が鈍っていると。

もし、トムに知られたら――それこそプロフェットの考えうる限り、最悪の事態だった。


傷や打ち身の痛みなどまるで感じなかったので、トムはプロフェットをベッドに押し倒した。プロフェットの両手がギプスで不自由だという点にもつけこんだし、そうでなければきっとこう楽にはいかなかった。とは言え、プロフェットがおとなしく、彼の下で、両腕を頭上に上げたまま横たわっている姿は驚きだった。今、プロフェットはトムを見上げ、表情にはやや陰りがあったが、じっと動かない。

反撃の隙を狙って？　かもしれないが、多分違う。トムが身を屈めてまたキスをすると、プロフェットからは文句ではなく熱っぽいキスが返ってきた。

「動いてもいい、プロフ」

キスをほどいて、彼はプロフェットの耳元へ囁く。答えのかわりにプロフェットが首を傾け、トムは誘われるまま彼の頬に鼻を擦りつけた。

いつまでも、こうはいかない。そんなことはわかっていた。だがプロフェットが従順で——そして全裸で——自分の下にいる限り、この優位を最大限利用させてもらう。

あらゆる優位が必要だった。

わずかに身を引き、トムはプロフェットの胸筋に手をすべらせて、肌に刻まれた傷をゆっくりとなぞった。銃弾の痕がひとつ、ナイフの傷がふたつ、見きわめのつかない小さな傷がいくつか。親指と人さし指で乳首をつまむと、プロフェットの体がはね上がった。

くり返しその姿を見たくなって、トムは右の乳首を指でいじりながら、逆の乳首に歯を立て、太腿でプロフェットの屹立をなぶる。思惑通り、トムの下で男は腰を上げて求めてきた。

まったく、実にピアスの似合いそうな肉体だ。トムは寄せた唇でプロフェットの乳首をまた吸い、嚙んで、囁く。やっと聞こえるほど低く。

「もしお前が俺のものだったら、ここにピアスを刺してやるんだがな。きっと似合う」

さらに乳首を嚙み、しゃぶると、プロフェットの体がビクリとはねた。

乳首に唇をかぶせたまま視線を上げると、プロフェットが問いかける。

「ずっとそこで遊んでる気かよ?」

飽きたような口を叩こうとしていたが、プロフェットの頰は上気し、両目に情欲がギラついていた。

「挑発してんのか」

「てめえが始めたことだろうがよ」

トムだけが始めたことではないが、反論するつもりはなかった。今すぐ、プロフェットを自分の熱で貫きたい。激しく、荒々しく。薬のせいか？　そうだとしても踏みとどまれる域はもう超えた。

プロフェットの余裕を、奪いつくしてやりたい。

熱い肌に舌を這わせ、しゃぶり、歯を立て、愛撫でプロフェットの下腹部までたどっていく。腰の固く引き締まった筋肉を舌でなぞった。肌が甘く感じられる。まるでプロフェットの食べたキャンディやらドーナツやらが血になって肌の下を流れているように。

プロフェットは奇妙なほどの従順さを見せながら、トムにもし理性が残っていればすくみ上がりそうな鋭い目で彼の動きを追っていた。だが今のトムは世界の支配者の気分で、プロフェットは彼の下に体を開いて生け贄のように横たわっており、この瞬間、この男はトムのものだった。

「パートナーと寝る趣味があんのか？」

不意に、プロフェットがたずねた。トムが無精ひげの頬をプロフェットの内腿に擦りつけると、肌がビクリと震える。

「いや、初めてだ。そっちは？」

プロフェットは首を振り、天井をじっと見上げた。そんなふうに逃がしてやるものか——トムは指先でペニスの裏側をさすり、舌をそこに這わせた。プロフェットが呻き、腰が浮く。それでいい、この男の心を、現実に引き戻してやる。

すべてを記憶に刻みたかった。プロフェットの肌の匂い、手の中にずっしりと重いその牡の感触。それ以上に、プロフェットにもすべてを記憶してほしかった。彼の体にも心にも、この行為を刻みつけたい。

プロフェットのペニスは太く、長さもあり、トムの口を求めているようだ。先端を吸い上げてから半ばまで呑みこむと、プロフェットが鋭い息を吐いた。

「トミー」

それだけだ。その一言だけ。だがその声のひびきで、トムはあやうく達しそうになる。

深く、喉に届くほどプロフェットのペニスを奥まで呑みこむ。プロフェットが背をそらせ、腰をはね上げて数度、トムの口腔に突きこんだ。少しの間好きにさせてから、トムはプロフェットの腰をつかんでベッドに押さえこんだ。動きを封じる。

「もっとだ」

トムに吸い上げられ、陰嚢をもてあそばれて、プロフェットは要求を絞り出した。トムは舌で、ペニスの裏筋に浮かぶ血管に沿って舌を這わせ、強く刺激してやる。

そうしながらも、じっとプロフェットの表情を見つめた。プロフェットが目をとじた時でさえ。

これは、狩りだ。じっくりと、すみずみまで、プロフェットを追いつめていく。

「くそッ、このままじゃ――」

プロフェットの言葉が途切れ、トムがペニスの先端をくわえこんで舌先でさすり、つつき、しゃぶって責め立てると、うなるような呻きをこぼした。幾度でも、可能なだけこの男をイカせてやりたい。この支配を楽しみたい。さっきまでは見せかけの支配だった――プロフェットもトムも、そんなことは百も承知だ。

立場が逆転した今、やっと握った優位を手放すつもりはない。

「サディストが」

体を起こしたトムへ、プロフェットがそう吐き捨てる。

「不満があるのか？」

トムはのび上がって、二人の体を重ね合わせた。プロフェットの腰にきつく指をくいこませ、合わせた腰を揺すり上げる。

「くそったれが、イくぞ――」プロフェットが宣言する。

「いや、まだだ」薬の影響は薄れてきたが、そのせいでどこか心がいびつで、トムは支配にしがみつく。「まだイくな、プロフ。気持ちよくしてやるから」

腰を回して、ゆっくりと、なぶるように互いの屹立を擦り合わせる。プロフェットは両腕を頭上にのばしたまま、ギプスの許す限りきつく指を握りしめていた。

もしこの体勢をとらされていなければ、プロフェットはトムにふれようとしただろうか。それともその姿勢はただ、性的に屈服するための丁度いい口実なのか？　それとも。

「気持ちよくって、どんくらいだ？」

プロフェットが聞き返す。その息はもう短い喘ぎだ。どういうわけか、彼はどこか天使のように美しく見えた。

トムはプロフェットの脚の間に膝を入れ、体をねじこんで両脚を広く開かせた。

（俺を傷つけまいとして？）

トムの下で、プロフェットははっきりと反応を見せている。勃起だけでなく。肌の紅潮、速い呼吸、ギプスからのぞく握りしめられた指。

ここまで、トムもまた同じことを恐れていた——プロフェットを傷つけてしまうのではないかと。

だが今、彼が下に組みしいているのは、強く、不可侵の男だ。昨夜、トムを守ろうとした男。

トムはうなりをこぼして身を屈めると、キスをくり返した。キスはたちまち熱を帯び、ピチャピチャと濡れた音を立てながら互いに体を押しつけ、擦り上げて、どろどろした快楽に溺れていく。プロフェットの動きが乱れ出していた。

この男に、すがらせてみたい。

プロフェットに唇を重ね、我を失ったキスを交わしながら、トムは左肘で半身を起こして潤滑剤《ルーベ》に手をのばした。プロフェットの膝はあっさりと開き、トムは彼の奥へ指を一本、慎重に差し入れる。

「いちいち甘ったるいことすんな、T。女の子相手じゃねえぞ」

「つまり、後でディナーをおごらなくてもいいってことか？」

「ディナーは食いたい」プロフェットは一瞬黙った。「……てことは、俺は女の子か？」

「終わった後も、そのセリフ、覚えとくぞ」

プロフェットは鼻でせせら笑ったが、トムが指を増やしてひねると、その唇から呻きがこぼれた。

「そうだ——そう、くそっ……」

プロフェットが手で何かをつかもうとしたが、ギプスと体勢のせいでうまくつかめず、トムは彼の右手と左手を順々に導いて、ヘッドボードの下側をつかませてやった。

「離すなよ」

トムはそう命じる。プロフェットがトムを見上げた目はうっすらと焦点を失い、奥をえぐるトムの指で思い通りに翻弄されているようだった。

トムは身を起こし、コンドームを開けようとやむなく指を引き抜く。コンドームを注意深く、自分のペニスにかぶせ——。

「ピアスは？」

プロフェットが眉を寄せて問いただした。

「してるよ。お前がその手で戻したろ。心配すんな。絶対気持ちいいから」

トムはプロフェットの乳首を舌腹でざらりと擦ってから、軽く噛んだ。

「ファック――」

「そりゃ今からだ」

「くそったれが」

呻くプロフェットの屹立がトムの下腹に固くくいこむ。

トムは体を起こしてコンドームの装着を終えたが、その間にプロフェットはトムの命令を無視してヘッドボードから手を離し、ひょいとうつ伏せになった。

予想はしていた――だが、トムは落胆を覚える。仰向けに戻るよう命じることも、あるいはもっと楽に、この男をもう一度ひっくり返すこともできただろうが、トムはそのまま、プロフェットが肘と膝をついて体勢を整えるのを許した。ギプスの両手が鈍い音でぶつかる。

後で、あのギプスから男が書きこんだ電話番号を消しておこうと、トムは心に誓う。プロフェットが眠っている間に、トムの番号と書き換えよう。この男が、もし眠れば。

そう、目的がひとつ増えた。深い眠りに落ちるくらい、この男を激しく犯してやる。

まるでレスリングのように、トムはプロフェットの背に胸を、太腿に太腿を合わせて抱きこむ。痛みがないようゆっくりと、なめらかな動きで、プロフェットの体を開いていく。

「力を抜け、プロフ」

命令というより、願いのように囁くと、プロフェットの肩にこもった緊張がゆるみ、トムはその腰をかかえてぐいと己の腰を動かした。

「くそッ、くそッ――」

息をつく余裕も与えず奥を貫いていくと、プロフェットはその二言だけを呻いた。時間をかける必要などない、トムの手で充分に体は開かれている。トムはプロフェットを押さえつけ、奥に屹立を沈めて、その体に呑みこませていく。

「トミー……」

いつも、こんな声で彼を呼べばいい。

プロフェットはトムに向けて強く、一度、二度と腰を押し戻し、トムの屹立がずるりと奥まで突き込まれた。二人とも同時に悪態をつき――トムはケイジャン訛りのフランス語で――凍りつくように動きを止めた。

次の瞬間、プロフェットが腰を揺すり、ぐいと押して、彼のリズムでトムを強引に動かしはじめる。

「畜生、プロフ――」

トムが呻きを絞り出す。プロフェットが笑った。明るく、楽しげな笑い声だった。自由で、軽やかな。

「お前の言う通りだったな、ピアスは、効くよ」

プロフェットのテンションが上がっていく。トムがどうにか主導権を奪い返そうと角度をつけて突き上げてやると、プロフェットは息をつめて呻いた。

「ああ、トム、そこだ」

激しく突きながら、トムは右手でプロフェットの肩をつかみ、左手は前に回して、ぬらつくペニスをしごいた。プロフェットはその手の動きの中へ己のペニスを突きこみながら、ヘッドボードに頭をつけ、そのヘッドボードが二人の動きにつれてガタガタと壁にぶつかって、今にもベッドが砕けそうだった。トムの全身が、ただドクドクと、鼓動だけに支配される。

「トミー！」

プロフェットからそう呼ばれるのがどうしてあれほど嫌だったのか、もうトムには思い出せない。今ではこの男からほかの名で呼ばれたくなどなかった。トムは突き上げをさらに速め、切れぎれの息をこぼした。

「イケよ――」

「お前が先だ」プロフェットが応じる。「俺の……方が……辛抱、強い」

トムは腰を引く。動きをゆるめた。プロフェットは背をしならせてもっと速い動きを求めたが、無駄だ。

それからトムは角度をつけて、荒々しく、立て続けにプロフェットの性感を突き上げて、さらに短く、浅く腰を使う。しまいにプロフェットは大きな呻きを上げ、ベッドに崩れて両肩をマットレスに沈ませ、両腕を左右に投げ出して、すべての自制を失っていった。

てっきり、荒々しい、戦いのアドレナリンを吐き出すだけのような暴力的なセックスになるだろうと思っていた。

だが、トムの手はたしかに優しくはなかったが――そんなセックスはプロフェットもお断りだが――まるで、この男の中には色々なモードの切り替えスイッチがあるようだ。戦い、勝ち、そして今この瞬間は、表面に出ている享楽主義者が行為をとことん楽しんでいる。

（終わった戦いを、あっさり切り捨てられる男なのか？）

いや。プロフェットは、ああいう暗く激しい衝動をかかえた男のことは嫌というほど知っている。あの時、ケージの中で、トムはアイヴァンとだけ戦っていたわけではない。あるいは、アイヴァンとなどはじめから戦っていなかったのかもしれない。

今回の任務では、過去の濁流が四方から押しよせてくる。戦ってもいいし――プロフェットの得意分野だ――そのまま流されてもいける。プロフェットは目をとじ、思い出の中に沈みこみながら、別のベッドを、やっと大人になりかかっていた少年の頃の記憶を呼びさました。そう、こうやって現実から目をそむけてしまえば、簡単に……。

プロフェットのペニスにかかっていたトムの左手が胸元へと動くと、乳首をキリリとつまみ上げ、プロフェットの意識を現在へ引き戻した。

(お前が俺のだったら、ここにピアスを刺してやる……)

プロフェットの肌がぞくりと震える。トムが囁いた。

「逃げるな」

くそったれが。このケイジャンでブードゥーの超能力野郎は何もかも見抜いてやがるのか?

プロフェットは、彼を支配する大きな手の下で、身を震わせた。単なる息抜きのセックスの域はもう超えている――トムの手の感触が肌に、まるで火傷のような熱をいつまでも残す。トムの手が肌を這うと、プロフェットの腰の奥がじんとうずく。トムの指は肌にくいこみ、まるでプロフェットの中に自分を刻みこもうと、このことを忘れさせまいとしているかのようだった。

実際、忘れられまい。畜生。忘れることなどできないともうわかっていた。プロフェットの体はこの先を求めて飢えている。

焼けるほどの欲望。理由はわからない。トムが――トミーが強く奥を突き上げ、ピアスの刺激が絶妙な場所をぬるりと擦り上げる。トムの手がプロフェットのペニスを握りこむ。

絶頂はまるで竜巻のようで、激しく渦を巻き、刹那に凝縮された稲妻のように、一斉にはじけとぶ。凄まじい怒りや、一瞬の輝きが小さな痛みと混ざり合って、そして――もう。

トムは奔流のように、汚い、刺激的な言葉をまき散らしていた。薬の影響だけではなさそうだ。英語とケイジャン・フレンチが混ざり合った言葉を浴びせられながら、プロフェットのオーガズムは長く、すべて絞り尽くされるようで、それが終わると、ただ崩れて身を震わせることしかできなかった。

数秒後、トムも達した叫びを立て、固さを保ったままプロフェットの奥に幾度か放つ。コンドームごしにその熱を、プロフェットは感じ取れた気がした。二人とも汗まみれで、どろどろだった。淫《みだ》らで、猥雑《わいざつ》。

そして、トムの指が髪の間にすべりこみ、自分の方へ顔を向かせようとした時、プロフェットは逆らわなかった。逆らう力が残っていないふりさえできなかった。

トムは、プロフェットを現実に引きとめ、今を感じさせようとしている。思い出に逃げこむことも、過去の痛みで己を縛ることも許さない。

トムは、セックスでプロフェットの優位に立って導くだけでなく、同時にプロフェットを守ろうともしているようだった。だが、この男に慣れるわけにはいかない。心を許すわけにも、楽しむわけにもいかない。何故なら……。

何故なら、いつかは――。

13

「何してんだ?」

プロフェットがたずねた。その声は、眠りではなく睡眠不足からかすれていた。この半時間というもの、彼は目をうっすら開けたまま休んでいるようで、トムはといえばその横で、セックスと偏頭痛の薬で二重にハイになった自分を落ちつかせようとしていた。

目をとじるのを何故プロフェットが嫌がるのか、眠りの中の何が怖いのか。気にはなるが、聞くほど馬鹿ではない。だがプロフェットのギプスに落書きしたいという誘惑には抗えず、マジックを手にする。

電話番号を消した時になって、やっとプロフェットは気付いたようだ。ギプスとトムをちらりと見比べ、小さくニヤッとしたが、特に文句のある様子ではなかった。

「寝てろよ」

プロフェットにそう言いながら、トム自身も眠りと覚醒の曖昧な狭間にいるようで、体が心地よさに満ち、どこまでが現実かはっきりとつかめていない。まだハイで、普段ならしないようなことをしている自分を気にも留めていなかった。

プロフェットは身をのり出して、トムがギプスに航海の星《ノーティカルスター》のマーク——トムの心臓の上にあるのと同じ模様を、描く手元を見つめた。すでにあのデイルという男が書き残した電話番号は読めなくなっている。

「いい星だな」

「好きだろうと思ってさ」

「番号を消したのはわかってるぞ」

「よかった」

「よかったって、消したことがか、それともそれを俺に知られたことがか？」

「ああ」

「てめえの頭、相当ヤラれてんなあ、トミー」

トムはうなって、ただ描きつづけた。残った数字を次から次へと線でつなげながら、すべてがひとつにつなぎ合わされていく様に、自分で目を奪われていた。仕事で一番好きなのもこれだ——あらゆるものに隠れたパターンが存在する。犯罪の中にも、善や悪の中にも、人々の日常の中にも、パターンがひそむ。時にトムは、そうしたパターンの糸を永久にたどっていける気がすることさえあった。

そのパターンの糸を追えば、地獄までたどれるのではないかと恐れる時もあった。そしてまた地上へと。

それとも、すでに――？

「そのタトゥもお前が自分で描いたのか？」

プロフェットの問いが、トムを白昼夢から引きずり戻した。

「一部はな」

トムは答えて、ギプスに書かれた名前の周囲に落書きを続け、ネイティブアメリカンのシンボルや装飾的なシュガー・スカルなど、思い浮かぶもので次々と埋めていった。絵はいつも彼を熱中させたし、何も考えず望むまま心を解放していいのが楽しい。

「タトゥはどこで？」

「友達がそういう仕事をしていてね」

「昔の男か」

トムは眉を寄せた。

「まあ、そんな感じだ」と答える。このタトゥを彼に入れた男のことは、考えたくも話したくもない。とりわけ今は。「お前にもいるだろ」

プロフェットが笑い声を立てた。

「わかるだろ？　昔の恋人なんて俺にいたとして、今ごろそろって俺を追っかけてるさ。ショットガン片手にな」

「男だけか、それとも女も？」

「好きに選べ。仕事なら俺は誰とでもヤる、T。お前だってそうするようにな。プライベートに関する話なら、男が好みだ。昔から」

「迷いや、否定しようとしたことは？」

「これに関してはない」

プロフェットは、気安く答える。だが親しげに見えるからといってこの男が本当にトムに心を開いたと思うのは危険だ。さっきまでのハイ状態のせいで、今のトムには素顔と擬態の見分けがつかない。

プロフェットが手をのばし、トムの右肩から上腕にかけてのドリームキャッチャーのタトゥをなぞった。悪夢をとらえるという、ネイティブアメリカンのお守り。プロフェットの指にふれられて、肌が震えるのはこらえたが、トムの落書きの手が止まっていた。プロフェットになら一晩中タトゥをなぞられていたい。

「悪い夢を見るのか、トミー？」

答えを求められているようではなかったので、トムは答えなかった。かわりにたずねる。

「お前にもひとつ描いてやろうか」

プロフェットはちらっとトムを見て、わずかにためらってから、まるで大したことではないかのように肩を揺らした。本心と裏腹。

左側のギプスは部族的なシンボルと骸骨で埋まってしまったので、トムは右のギプスの内側部分にドリームキャッチャーを描き出した。まず最初は円。描きにくい材質と角度だったが、どうにか仕上げると、その中を自分のタトゥと似た図案で埋めていく。それから、円から吊り下がった数枚の羽根を注意深く、プロフェットの腕を抱きしめるように描き入れていった。

何分、あるいは何十分かかったかわからない。描き終えた時には目がかすんでいた。顔を上げると、プロフェットがギプスに描かれたドリームキャッチャーをしげしげと眺めていた。

「効き目のほどは？」

プロフェットがたずねる。トムは答えた。

「そいつがなかったらもっと酷い夢を見たかもしれない。誰にも答えはわからない」

「お前はいつでもそう賢いのか、ラリってる時だけか」

トムは笑った。

「いつもってことはないな。そのギプス、いつ外せるんだ？」

「俺が知るかよ畜生。ドクは絶対、俺をいたぶるためにこいつを着けたに決まってるんだ。次に勝手に外したら今度はピンク色のテープを巻いてやるとか言いやがった。そんなんで俺が止められると思うのか、俺がピンクを怖がるとでも？」一瞬、間を置いた。「まあたしかに、ちょっとは怖えな。でも、上から長手袋かなんかしちまえばいいしな」

おだやかな沈黙の中、トムは絵を仕上げた。ペンのキャップをしめ、描く間にこわばった指を握っては開く。プロフェットの隣に寄って、ギプスの絵を正面から眺めようとすると、腰がプロフェットの股間に当たった。しかもトム自身の股間の方も、落書きよりもさし迫った欲求を訴えてきている。

ライトの光が、プロフェットの顔をまだらに照らしていた。はじめて見るほどくつろいで、警戒を解いているように見える。だがどうしてか、この上なく危険な存在にも見えた。

いつも危険だ。死の匂いをまとった男。

プロフェットが仰向けにごろりと転がり、また頭上に腕をのばして、ギプスの腕を枕の上にぼすっとのせた。この男を縛りつけたら——つい想像したトムの勃起の先端に太腿をつつかれて、プロフェットが首を振った。

「お前の薬、ホントに頭痛薬か？　バイアグラじゃねえのか」

「かもな」トムは呟いて、やはり固くなっているプロフェットの屹立を握りこんだ。「遠慮しようか？」

プロフェットの返事は、うなりと笑いの中間だった。トムは親指で先端をゆっくりと、円を描くようになぞり、結局は我慢できなくなって身を寄せると、ペニスの先を口に含んだ。

プロフェットが鋭く息を吸いこみ、トムの髪に指をくぐらせる。トムが手で強くしごき上げると、プロフェットは目をとじ、獣のようなしなやかさで背をしならせて腰をベッドから浮かし、トムにまた主導権をゆだねる。

「俺が足りてないんじゃねえかってサービスしてんのか？」

「睡眠は足りてないだろ」

プロフェットは目を開け、じっとトムの顔を見つめた。

「こいつで俺を眠らせられるって？」

「ためしてみるだけはな」

トムはそう応じてペニスをゆっくりとしごき、プロフェットがそれでも視線をそらそうとしなかったので、さらに愛撫の手を強めた。プロフェットの表情はまったく読めなかった――その目が快楽にけぶり、口が吐息に開くまでは。

「ああ、それでいい――」

彼の声はしゃがれ、全身が張りつめていた。ギプスに包まれた腕をのばして、その指先がトムの肩のドリームキャッチャーのタトゥにくいこむ。

トムの目の前で、プロフェットはそのタトゥを見つめながら、達した。

14

途切れ途切れに起きては、眠った。さっきよりまともな眠りで、プロフェットはそれをオーガズムのせいにした。ドリームキャッチャーの効き目のわけがない。それでも見つめずにはいられなかった——トムの肩と、自分のギプスに描かれたドリームキャッチャーの両方を。

朝の五時を回った。早起きのリズムは深く叩きこまれていて、今さら変える気も起きない。トムは、やっと落ちついていた。ほとんど抱きしめるようにした枕に顔を押し当て、体を丸めている。

（逃げろ。まだ逃げられるうちに——）

なにしろ、こんなふうに誰かの隣で目を覚ましたのがいつ以来か、プロフェットには思い出せない。隠れ家や避難所に身を潜めた時ならともかく。この状況の方がよっぽど危険だ。

ベッドから転がり出しながら、脳はすでに計画を練りはじめ、起きたことへの対処と今から直面することへの対策の両方を講じはじめていた。特に、ブラッド・ファイトに対して。

パソコンを開くと、着信が二つ。一つは地下ファイトで声をかけておいた観客からで、クリストファーを知る男からの、今日会えないかというメール。そしてもう一つは、キリアンからのＩＭだ。まだ生きている、カウチを狙うのはやめろ、と。

〈保証はできねえな〉

ベッドでぐっすり眠っているトムのそばに腰かけて、プロフェットはそう返事を送る。一分としないうちにキリアンから〈パートナーはどうだ？〉というメッセージが戻ってきた。

ベッドじゃ最高、とプロフェットは思った。打ちこむ。
〈別に。邪魔〉
〈今、間が空いたな？〉
〈だから？〉
〈間が空くのは嘘をつこうとする時だ〉
「マジかよ」とプロフェットは呟き、打ち返した。
〈いたぶりたいなら相手を選べ。打つのが遅いだけかもしれねえだろ〉
〈パートナーは今、どこだ？〉
プロフェットはうつ伏せに丸まったトムの姿に目をやった。
〈寝てる〉
〈一緒のベッドで？〉
〈ノー〉
〈今度は反応が早すぎる。わかりやすいね〉
〈放っとけよ、キリアン〉
〈パートナーと関係を持つのは……〉
〈持ってねえ〉
〈寝たんだろ〉

ノー、とプロフェットは返事を打ち返す。

〈だから早すぎるんだって。それで、どんな具合だ？〉

〈仕事ぶりは悪くない〉

〈ほう？　言わせてもらうと、俺は仕事もベッドも優秀だぞ〉

〈ずっと留守の奴から何言われてもな〉

〈帰りたくなるような理由をくれ〉キリアンはそう返事をして、すぐにオフラインになった。

おかげで最後の一言が、プロフェットの中にいつまでも尾を引く。

やられたな、と思いながらプロフェットは、どうして顔も見たことのない男と誘惑し合っただけで罪悪感を覚えなきゃならんのかと首をひねり、その理由がすぐ横で寝ていることに気付いて毒づいた。

シャワーを浴びに行き、服を着て、飯を買ってくる間に侵入者があればトムにわかるよう部屋の警報をセットする。

ここから出なければ。新鮮な空気を求めて。ひとりにならないと。プロフェットは通りを渡って、向かいのダイナーへ歩いていった。

テイクアウトのオーダーをすませ、カウンターでコーヒー片手に待ちながら考えこんだ。パートナーと寝るなんて、脳が腐ったか？

この任務のせいだ。そうに違いない。それか、ジョンの幽霊を見るようになったせいか？

前からジョンの夢は見ていた。あの男は夢に現れてはプロフェットに講釈を垂れ、それがあまりにリアルで、覚めてからも現実のように感じられたものだった。

それがどうだ、今じゃあの男は面と向かってプロフェットに講釈を垂れに来るようになりやがった。

「お前が幽霊を見てるからって、俺が死んでるとは限らんさ」

ジョンだ――カウンターの向こうによりかかっている。昔通りの、砂漠迷彩の野戦服を着て、砂にすすけた頬で、いつも世間に向けていた投げやりで攻撃的な表情を浮かべて。

二人きりになれば、プロフェットはジョンの顔からその表情を消してやれたものだった。大体は。

今、プロフェットはジョンに言い返す。

「てめえも、てめえの幽霊の屁理屈もくそくらえだ」

料理を運んできたウェイトレスがプロフェットを見つめたが、気にした様子もなく、ただ首を振った。

「ここじゃ皆が独り言を言うのよね」

振り向くと、ジョンがニヤついていた。

（無理だ、もう二度と。あの時、俺は正気を失うと思った。何もかもあれで失くした）

「もっと根性入れろよ」

ジョンが、二人の昔の上官の、忘れられぬ口癖を投げつけて、姿を消した。

目を覚ますとトムの全身が、それも信じられないほど至るところが、痛みにうずいていた。偏頭痛の名残りで頭もズキズキする。地下ファイトで痛む体を、トムは慎重に動かした。時計によれば昼下がりだが、引かれたカーテンのおかげで室内にはありがたい薄闇が満ちていた。どこに行くという目的もない。ただ、今夜のファイトに向けて、体をほぐすだけの一日。

部屋のドアが開閉し、プロフェットの声がとんできた。

「撃つなよ、メシを買ってきた」

言われて初めて、トムは自分の手の銃に気付いた。ＦＢＩ時代に植え付けられた反射が、任務の中でよみがえってきたか。

プロフェットを見つめ、トムはゆっくり銃を下ろしてサイドテーブルに置いた。プロフェットはうなずいて歩みよると、ダイナーのぎとついた食事の入った大きな袋の口を開けた。

普段のトムなら手もつけないような食事だが、偏頭痛の後ではこれでも足りない。

「どうして俺が何を食いたいかわかった？」

「寝言でぶつぶつ言ってたろ」

ほかに何を言ったか気になるが、知らない方がマシか。

プロフェットもわざわざ教えてきたりはせず、袋に手をつっこんで、朝食用のビスケットやハッシュドポテトをトムに渡した。枕にもたれかかったトムはその食事をつめこみ、冷めかけのコーヒーで流しこむ。やっと半分、人心地がついた気がした。休んで、もう少し眠れば残りも回復するだろうが、偏頭痛の後につきものの苛立ちや神経過敏は悪化の一方だ。

プロフェットが、まるでトムを他人のように扱い、昨夜のことなどなかったかのように振舞う態度にも、神経が逆撫でされている。

(じゃあどうなると思っていた？　甘く抱きよせてくれるとでも？)

プロフェットは、ほとんど何も言おうとしなかった。立ったまま食べながら、まるで世界の秘密が表示されているかのようにパソコン画面を凝視している。トムは下唇の傷を押してみた──キスでさらに悪化はしていたが、心地よいうずきだ。とは言え、氷で冷やしておいた方がいいだろう。ベッドの横のバケツに手をつっこんで氷をいくつか取ると、紙ナプキンで包んで唇に当てた。少なくとも止血テープは剝がれていない。

プロフェットは、トムの仕種に気付いたのかどうか、気配すら見せなかった。ポーン、と何かの音が鳴って、それから片手でパソコンのキーを叩きはじめる。

「誰からだ？　ナターシャ？」

問いかけに首を振ったプロフェットの顔には、うっすらと微笑があった。

「いや。ただのちょっとしたスパイ野郎さ」

「任務の知り合いか」

「実のところ、俺の下の階の住人でな」

「仲良しだな。一緒にポップコーンを作ってＤＶＤ鑑賞？」

「笑える。が、一度も会ったことはねえよ」

会ったことのない相手に向ける表情には見えない。トムは呟いた。

「チャットセックスするタイプだとは、意外だね」

プロフェットは鼻で笑って首を振り、キーを打ちつづけた。今日の彼は、いつもより若く見えた。生気に満ちて。そのことがトムには何より――ほとんど、昨夜がなかったことにされているのと同じくらい――頭に来る。

くそ。偏頭痛も最悪だが、その後に続くこの不安定な気分はもっと最低だ。

やっとプロフェットがパソコンを閉じ、トムに声をかけた。

「クリスを知っていたという男から連絡が来た。数ブロック先で会う段取りだ」

「ついてく」

「一人で行く必要がある」

「お前は俺のマネージャーだ、一緒にいて当然だろ？　俺に何の怪我もないと、そう見せるんだ。今夜のブラッド・ファイトのためにも、俺が元気だという情報を広めておく方がいい」

プロフェットは自分のサンドイッチを食べながら、頭の中でその意見を検討しているように見えた。だがトムの忍耐力は完全にすり減り、切れる寸前だ。昨晩の地下ファイトでの暴走への罪悪感も相まって、プロフェットからお荷物だと見下されている気さえしてくる。

かまうか、くそったれ。

ぐいとベッドから立ち上がると、トムはシャワーへ向かった。その間にてっきりプロフェットは勝手に出かけるかと思ったが、違った。彼は、トムが服を着るまで待っていた。むしろ着るところをじっと見守っていて、しまいにトムは顔を紅潮させてプロフェットへ向き直った。

「何だよ、昨夜のことで気まずくなったりするのか、俺たちは？」

「お前が覚えていたとはな」

「俺は全部覚えてる」

「お前が俺とヤッたのは薬のせいだ、トム。お前はどんな相手だろうとつっこんだろうよ」

自制する前に、トムはプロフェットを壁に叩きつけていた。

「勝手にそう信じやがれ」

体のきしみをこらえて、言葉を押し出す。

プロフェットを離すと、トムは銃と財布をつかみ、部屋を出た。

何の役にも立たない顔合わせだった。プロフェットは、誰かれなく嚙みつきそうなトムの隣に座って、クリストファーがどれだけいい奴だったのか、三人の若者が口々に語る話を聞かされていた。クリスには敵などいなかったとか、ファイトもクリーンだったとか、誰のことも気に入らないあの運営サイドすらクリスは例外だったとか。

「ブラッド・ファイトはどうだ？」

やっと、プロフェットはその問いを放つ。

「まさか！」ラリーという男が否定した。「ぜってえ、ありえねー。そんなバカやる必要なんかあいつにはなかったし」

二人の連れも、とびつくように同意した。「あいつは有名になってて」「自滅したがるタイプでもなかった」「いいヤツだった、マジで」

「兄貴が死んだことにはこだわってたけどな」ラリーがつけ足す。「兄貴に捧げるために戦ってる、つってたよ」

ジョンの話題に、プロフェットの喉がこわばった。とても目を合わせていられず、並んだ若者たちの肩の向こうを見やったが、今にもレストランの壁にだらしなくもたれかかって彼を嘲笑しているジョンの姿が見えるのではないかという気がしてならなかった。

ジョンの姿がないことに、ほっとしたのか落胆したのか、自分でもわからない。

（お前は完全にイカれかかってるってことさ）

いや、とうにそんな段階は通りすぎているかもしれない。プロフェットは若者に声をかけた。

「ほかに何か思い出したら、電話してくれ」

「ああ、するよ。マジでビビった、今回のことは。俺たちはファイトしたいだけだってのにな」

ラリーが答えた。一瞬、何か言いたそうにためらったが、結局口をとじる。

トムが彼の腕に手を置いた。「話してくれ」

まったく、直球か？　トミー。

「いや、ただ……今週ってか、何か最近、クリスはちょっと――」ラリーが首を振った。「何て言うんだろ、ちょっと、ヤバげだった。練習すっぽかしたり、やたら携帯で話したり、留守電チェックしてたりさ。クリスは携帯嫌いで、二回に一度は部屋に忘れてきてたのに」

「モーテルのクリスの部屋は見たが、携帯電話はなかったぞ」とプロフェットが口をはさむ。

「クリスは使い捨ての携帯を持ってた。全部現金払いでやってたからな。俺らの稼業は、税金払ってるわけじゃないし」

ラリーが、言わずもがなのことをわざわざ説明する。

「クリスのメールアドレスは？」

その問いに、三人の友人たちはそろって小さく笑い、ラリーが答えた。

「メールとか、あいつは嫌ってた。そんなに用があるんならじかに会いに来い、面と向かって話を聞くってな」

そして誰かが、その言葉通りにしたのだ。自分が何を言ったのか気付いたようにラリーは息の下で毒づき、プロフェットはその横のウィンドウにジョンの姿がちらついた気がした。

「クリスの対戦相手のリストが手に入った。そいつらの家族の名前も、病院のカルテも。きっとファイトの報復だ」

プロフェットがそう言いながら、レンタカーを片輪走行でカーブにつっこませ、トムは必死で体を支えていた。

「運転、替わろうか？」

三度目に――およそ三分間の間に――窓に叩きつけられ、トムは申し出た。

プロフェットは耳に入っていないかのようにわめき返した。

「クリスを地下ファイトから追い出したがってた誰かが、ブラッド・ファイトの成れの果てに見せかけてクリスを叩きのめした」

窓を開け放って猛スピードで走っているので、車内はちょっとした竜巻だ。その上、プロフェットは話しながら手でジェスチャーしていた。両手で。ハンドルを離して。

「替わってくれる気はないみたいだな。気をつけろ、前――」トムは後ろを振り向く。「……赤信号だった」

「お前は賛成できねえか?」とプロフェットが問いただす。

「友人たちは、クリスは誰からも好かれてたって言ってたぞ」

「誰からも好かれるなんて不可能さ」その言葉にはトムも同意せざるを得ない。「ちょいと私書箱の確認に寄るぞ」

ビルの前のスペースにねじこむように車を停めたプロフェットの手から、トムは私書箱のキーを取り上げた。

「俺が行ってくる」

「俺も行く」

プロフェットも車から下りると、オフィスに向かってずかずかと突き進み、気圧された人々を蹴ちらした。

クリストファーのキーを使って、トムが私書箱を開ける。

からっぽだ。

くいいるように凝視しているプロフェットを、トムは制そうとした。

「プロフ、ここは俺が――」

だがすでに遅い。プロフェットはカウンターの前に仁王立ちになり、受付係の若者をちぢみ上がらせていた。

「そ、そういう顧客情報は言えないんです。ほ、法律で――」

「法律？　くそくらえ」プロフェットの声は静かだった。静かすぎる。「自分から話すか、俺に口を割らせたいかだ。どっちだろうと——」

「し、知らないんだって！　その私書箱を借りてた男は、二月に一度金を払いに来てた。現金で。ほとんど何も届かなかったけど。先月、別の男にたのまれたんだ、その箱に物を入れてくれって——」

「何を」

「ただの手紙だよ！」

「なのに覚えてたのか？」とトムが問いただした。

受付の男は後ろめたそうな顔をした。

「規則違反だし。俺、そいつから百ドルもらったんだ」

プロフェットが両手を宙に投げ出す。

「で、やったんだな？」

トムはプロフェットにとりあわず、男へたずねた。

「監視映像の録画はあるか？」とセキュリティカメラを指す。

「三日分だけ……後は、上書きされるんで」

トムは自分の携帯電話番号を書きとめると、若者に渡して礼を言った。

「この私書箱のことを誰かが聞きに来たら知らせてくれ。いいな？」

五十ドルも渡す。これでトムのことも覚えておいてくれるだろう。プロフェットはいい手だとうなずきながら、まだ口の中で「時代遅れの郵便法が」とか「カスの監視カメラの役立たずが」とののしっていた。

それからトムが止める隙もなく、プロフェットは運転席へ戻ってハンドルを握り、カーチェイスまがいの運転再開となった。

プロフェットが二人の停まっているモーテルの駐車場の狭いスペースにぴたっと車を入れると、トムはほっと息をついた。見事な運転だが、停まる瞬間まではモーテルの正面につっこむかと思った。

「しかしクリストファーが携帯をしきりにチェックしたり、様子がおかしかったのはどうしてだろうな。普段の行動パターンから外れる」

「脅迫」

プロフェットはその一言だけ放って、車を下りた。トムの方が先に階段に向かったが、ぴたりとプロフェットがついてくる。トムは部屋のドアを開けると、プロフェットにつき倒される前に脇へのいてこの男を先へ通してやった。プロフェットは鋭く集中し、すべてを今すぐ解こうと必死だ。

クリスの死に心をさいなまれているのは明らかで、そこまでの痛みをかかえこむ男にトムもいつまでも怒りを保っていられず、さっき「どんな相手だろうとつっこんだ」と言われたことへの反発を振り払って、ドアを閉め、声をかけた。

「真相をつきとめよう、プロフェット。俺は対戦相手の記録を調べる。今夜のブラッド・ファイトでもきっと何かわかる」

「てめえは、今夜の試合には、行かせねえ」

一瞬でパアだ。その一言で、たちまちトムの怒りがまた沸騰した。倍の勢いで。

「何言ってるんだ、内部へもぐりこむための唯一の足がかりなんだぞ——ブラッド・ファイトを仕切る連中をじかに探れるチャンスだろ！」

「もう終わりだ」

「終わりなわけあるか、お前だってわかってんだろ！　俺にファックされたのが割り切れないんならそれはいい、だがな——」

反発は捨てたつもりのそばから、これだ。

「てめえにファックされようがなんだろうが俺がそんなことかまうかよ。問題が違う」プロフェットの声は低く、危険で、トムの背すじを冷たく滑り落ちる。「お前こそな、はじめから言っとけ。暴走の可能性があるならな」

「逆なら？　お前だったら、言ったか？」

「いいや」

「そういうことさ。物事を決めるのはお前だけじゃない、プロフェット。お前は俺のボスじゃない——俺たちはパートナーだ、もう忘れたか？」

プロフェットの声からは、いかにも彼らしい毒が滴っていた。

「忘れちゃいねえよ、お前のありがたい自己犠牲っぷりもな」

「俺はブラッド・ファイトへ潜入する糸口をつかんだ。それをお前は、今じゃ厄介者みたいに
……」

言い返しながら、トムは声の怒りを抑えることができない。今や彼が立ち向かおうとしているのはプロフェットだけではなく、こびりついて消えない過去からの声すべてだった。

（お前のせいで駄目になったんだ、クソガキ）

（お前が関わるまでこの事件は順調だった、トム）

（誰がお前みたいな〈凶運〉を保安官に選ぶ？）

プロフェットは肩をすくめた上、平然とトムに背を向けた。トムは音を立てずにとびかかったが、プロフェットはそれを待っていたのかもしれない。怒りに目がくらんで、トムは気配を殺しきれていなかった。

トムは容赦のない勢いでプロフェットに体をぶつけ、壁に叩きつける。だがプロフェットはありえない優雅さでその衝撃を受け流し、何が起こったかわからないうちに、トムの方がプロフェットに組み伏せられていた。

こんなに簡単にやられていいわけがない。だが怒りがトムを盲目にし、プロフェットをこれ

以上刺激したら危険だと判断する冷静さも、状況を見きわめる理性も失っていた。

ギプスの腕で喉を圧迫され、プロフェットの全身で床に押さえこまれて、トムはやっとこの男の本質を悟る。プロフェットの中には凄まじい、トムなど及びもつかないほどの暴力と、透徹した意志がある。それは注意深くたたみこまれ、制御され、たぎっているのだ。トムが解き放つ嵐をはるかに上回るほど。トムのかかえたものでさえ凄まじいのに。

そして今、プロフェットから牙を剝かれて——多分、恐怖を覚えるべき時だった。くそっ、と口の中で呟いたプロフェットがトムを押しやった隙に、全力で逃げ出すべき時だった。

かわりにトムは立ち上がると、プロフェットをどんとつきとばした。下がる気もないし、下がれもしない。誰からも、もういいようにされたりしてたまるか。

プロフェットがおだやかに言った。

「下がれ、パートナー。怪我させたくないんでな」

「ここは軍隊じゃないし俺はてめえの部下じゃねえ」

プロフェットが無意識の仕種で歯を剝《む》き、トムはその顔に拳を叩きこんだ。今回は標的をとらえた。頰骨というより鉄板でも殴ったような痛みが腕を走ったが、リングの上にいた時と同じく、トムは相手に満足感を与えまいと反応をこらえた。

トムの胸元がドン、とプロフェットに押され、続けて——わかっていてもよけられない——横隔膜の上を二度、正確に突かれる。息が止まり、体を折る。トムの目の前に星が散り、プロフェットにうなじを押さえこまれていた。何もかも、いとも易々《やすやす》と。

「怒りがお前を弱くしてる、トム」

その声は、この程度ですんで運が良かったのだとトムに告げていた。

「俺は、アイヴァンに勝った――」

「何を代償にだ？」

「知るかよ」

「知らねえ方がお前は幸せかもな」

「くそったれが！」

だがトムは抗うのをやめ、プロフェットも彼を押さえる手をゆるめた。それを利用して、トムは体をねじって拘束から逃れる。まだ若い頃に覚えた動きで、今もなにかと役に立つ。それでもパンチを数発も放たない内にまたプロフェットに取り押さえられてしまっていた。本当に、どういうことだ？　両手がギプスで不自由な男相手に？

本当に、怒りがトムをここまで駄目にしているのか？

「お前はブラッド・ファイトのリングには上がらない」プロフェットが反論を許さない声で言った。「また、お前の面倒を見るつもりはない」

その言葉に、トムの体が脱力し、プロフェットの手が離れた。トムは床に崩れる前に足を踏みしめ、テーブルをつかんで体を支える。息を吸いこもうとした。

認めたくないが——言葉に出しては尚更——こんなザマでは、ただの重荷だ。必死に己を証明しようとあがきながら、正反対のことばかり。

誰かに認められようなどとあがくのを、やめればいいのか。だが、そう単純か？

その時、プロフェットの携帯の着信音が鳴るのが聞こえた。メールだ。

プロフェットが「今夜のファイトはキャンセルになった」とだけ言って、トムにその携帯を放った。

トムは片手で受けとめ、まだテーブルにすがるような体勢のまま文面を読んだ。問いただす。

「お前の差し金じゃないだろうな」

「だったら？」

「お前は、クリストファーを殺した犯人を見つけ出したくないのかよ」

「てめえを踏み台にしてなら、断る」

「はっ、俺のことなんかどうでもいいんじゃないのか」

「お前のことはな。これ以上の罪悪感はいらねえだけさ」

「こっちもだよ……」

壁を殴りつけたくてたまらず、そしてその瞬間、プロフェットの言葉が完全に正しいのだ、とトムは悟った。完全に己を見失っている。

敗北感に満たされ、手近な椅子に崩れ落ちた。

「何とかするよ……立て直す。な？　次は、自分をコントロールできる。次の試合の日程が決まるまでにはちゃんと、準備も整えて、任務の役にも立つ……」

「トム。トミー」

プロフェットが彼にかけたその声は、前より優しかった。

「お前のせいじゃねえよ」

「じゃあ誰のせいだって言うんだ」

「誰だろうと、お前がそんな戦い方を覚えなきゃならなかった、最初の相手だ」

その話は――できない。

「もしクリストファーがブラッド・ファイトでやられたとすれば」トムは話題を本筋へ引き戻した。「ほかにも犠牲者がいたり、噂になったんじゃないか？　死体の殴打痕《おうだこん》から誰かつながりに気付いてもおかしくない」

「さっきのガキどもは当てにならん、まだこの世界で日も浅く、青すぎる」

トムは同意しなかった。

「そうか？　あのくらいの連中が、ブラッド・ファイトには一番取り込まれやすいだろ」

「ならここ一年の殴打による死亡事件で、条件に合致しそうなものを探したらどうだ？」プロフェットが問いかける。「お前ならその手のデータベースに入れんだろ」

「そういう仕事はナターシャにやってもらうのがルールじゃなかったか」

「お前、ルールを守るタイプか？」

「最近はそう努力してるよ」

「それで何かいいことがあったか？」

「ファック、ユー」

トムは自分のノートパソコンをひっつかみ、苦痛の呻きをこらえた。

「その意気だ」

15

「パターンに合うものはなかった」

殴打による死亡事件とブラッド・ファイトの開催場所——周辺エリアも含めて——の関連を四時間調べた末、トムはそう報告した。会場は、市の所有だが放置されている廃ビルで、誰でも侵入して地下ファイトを開催し、気付かれないうちに片付けることができる。どちらの線も行き詰まりだ。

トムがパソコン画面を見つめている間、プロフェットは肩ごしにのぞきこんできたり、周囲をうろつき回ったり、肋骨を冷やせとアイスパックを手渡してきたりと、落ちつきがない。

「そんな調子でよく軍隊にいられたな」

皮肉ると、プロフェットがちらっとトムを見た。

「必要がありゃじっとしてられるさ。だが今は必要ねえだろ」

トムは溜息をついて首の後ろをさすった。プロフェットがその手をひょいとどかし、凝り固まった筋肉を指先で押しほぐしはじめた。

トムは頭を前に垂れ、プロフェットが揉みやすいように首をさらけ出す。てっきり、せせら笑われて手が止まるだろうと思った。

だがプロフェットはただマッサージを続け、ついトムの口から問いがこぼれた。

「どうしてなんだ？」

「何がだ」

「どうして、また今さら優しくしようとするんだ、お前は……」

「先が読めない方が緊張感があっていいだろう」

「俺を惑わせておきたいだけだろ？」

「お前のためさ」

本当にそうかもしれない。トムの失態を、プロフェットがＥＥ社に報告すると脅してきたことは一度もない。勿論、許されているという意味ではないが。少なくとも、トムのしたことは。

マッサージはさらに数分続いた。プロフェットの手ですべての反抗心や戦闘意欲が体外に絞り出されてしまったかのようで、実際、トムの口をふいについて出た問いはまるで小娘のもののようだった。

「本当に、俺が、誰が相手でもヤッたと思ってるのか？」

言った瞬間、自分でひるんだ。

「それがわかるほどお前をよく知らねえよ、トミー」

間違いない。だがそれでも、さっきの嘲りはトムの心に刺さっていた。

(真実かもしれないから？)

プロフェットの手は休むことなく、トムのこめかみを揉み、肩まで下りていく。

「ギプスがなけりゃもっとうまくやれるんだがな」

「想像しただけで死にそうだ」

プロフェットはふっと笑い、息がトムのうなじに温かくくぐもった。手がトムの肩のタトゥをなぞるように動いたが、タトゥの話をするでもない。指先が、トムの右肩のドリームキャッチャーから吊られた羽根の図柄をたどった。

「悪い夢を見るんだろ、トミー」

トムは答えなかった。それは問いかけではなかった。そしてプロフェットも答えを求めず、トムのTシャツを引いて頭からはぎ取った。

「お前は、人を落ちつかせるのが上手なんだな」

「こう見えて俺は色々なことが得意なのさ」

そう言って、プロフェットの、ギプスに包まれた手がトムの胸元をすべり下り、指先でピアスをもてあそんだ。

「こんな手じゃろくに何もできねえな。舌を使ってやろうか」

あの、プロフェットが見せた受動的な服従の様子など、もうどこにもない。今トムの背後にいる男は獲物を狙う肉食獣で、目当てのものを仕留めるまで止まることのない存在だった。

「なあ、今ここでヤるなら、薬のせいにはできないぞ。ヤッてんのは俺とお前だ——もう誤魔化せない」

トムはそう警告して、体を起こすと、プロフェットへまっすぐ向き直った。

「ああ、やろうぜ。お前は好きなだけ頑張って何でも主張してりゃいい」

プロフェットはそううなって、トムの唇をキスで覆った。おしゃべりには飽きた。キスの時間だ——激しく荒っぽく暴力的なキス、優しくゆったりとしたキス、そしてその中間にあるありとあらゆるキス。とにかくトムが、太腿をプロフェットに擦りつけてくるまで。

トムに好きにさせながら、プロフェットはこのままキスだけでトムをイカせてやろうかとちらっと思う。考えるだけでエロい。だが自分の方もそろそろ限界だった。

かわりに、キスをほどくとトムに後ろを向かせ、トムの上体をぐいとテーブルに押さえつけた。足を蹴って両足を大きく開かせ、後ろに膝をつく。舌を使うと言ったのは冗談ではなく、本気だ。

尻をむき出しにして舌先を穴にねじこむと、トムはとび上がりそうになったが、すぐにおとなしくテーブルに伏せた。全身が激しく震える。プロフェットは後孔を舌で押し広げ、深く抜き差しして、後から荒っぽく乗りこなせるようにたっぷり慣らしていく。トムはテーブルに自分の勃起を擦りつけようとしたが、プロフェットが腰をつかんでその動きを封じた。

トムが悪態を吐き散らす。懇願の声がこぼれた。

プロフェットはポケットから手早くコンドームを取り出してジーンズを引き下ろし、トムが後ろを見ようともがいている間にゴムを装着した。トムの髪をつかみ、テーブルに顔を押しつけて、その尻を屹立で貫いていく。強く、荒々しく。動きをゆるめず、腰を前後に動かして、トムの——トミーの体を、自分のペニスが深く犯しては引き抜かれていく様子を見つめた。トミー。両手を上にのばして、テーブルの端をつかんでいるトミー。背中には筋肉とタトゥの美しく雄々しいラインがくっきり浮き上がり、肌は汗に濡れ光る。

「プロフ、もっと、強く……！」

勿論。こんなのはただの前戯だ。

トムが後ろに手をのばし、プロフェットをつかもうとしたが届かず、結局またテーブルにすがりついて、プロフェットに荒々しく、激しく蹂躙されるしかない。テーブルがガタガタと揺れ、トムの全身も震え、彼は悪態とプロフェットの名が入り混じった叫びを吐き散らした。特にその声が激しくなったのは、トムがイく寸前だとわかっていて、プロフェットが動きをぴたりと止めた時だった。

「てめえ……！」

トムは体を起こそうとし、腰を揺すってプロフェットの動きを求めようとする。だがプロフェットはトムの髪をつかむ手で、その頭をテーブルに押さえつけた。

「さっさと動けって！」

その、懇願のにじむ叫びには抗えず、激しく突き上げてやると、トムはすべての性感を一度に突かれたような声を絞り出した。尻を上げて応じ、ほとんど自由にならない体勢でどうにかプロフェットのペニスを深く受け入れようともがく。

プロフェットは、トムの好きにさせた。自分の下で、この男が完全に自制を失っていく様を眺めるのがたまらない。

（俺を信頼している）

男たちは大抵、プロフェットを信頼する。それが不思議でならなかった。プロフェットには、自分がろくに信頼できないというのに。

「プロフ……」

すがるような声。プロフェットはトムの髪を放すと、その頬にふれながら、トムの性感を突き上げてやる。一度も止まることなく、この男が求めるものをすべて与えてやる。尻でプロフェットのペニスをきつく締めつけ、歯を剥いて、トムは咆哮とともに達した。


絶頂に揺さぶられるトムの体を、プロフェットは無慈悲に、容赦なく犯しつづけた。ただ無力に、なすがままこの男に蹂躙されるのが、トムをたまらない快楽に叩きこむ。

その快楽を愛しながら、そんな自分が憎い。そしてトムの隠された被虐的な部分を、こうも易々と暴き出したプロフェットが憎い。

プロフェットの鋭い洞察力のせいか、それともトムが自分からヒントを与えてしまったのか。

次第に全身から力が抜け、視野がクリアになってきたその時、トムはプロフェットがまだ達していないことに気付いた。トムにのしかかっている男は、狩りの最中の肉食獣の忍耐力を見せながら、まだ固い屹立でトムを貫いたままだった。

「マジか」

「まあな」

プロフェットがうなずく、その声はかすれていた。彼も自制を失いかかっているというのが、唯一の慰めだ。限界ギリギリの筈だ。

わずかに残っていた力で、トムは尻を上げ、押し返して、プロフェットのペニスをもっと深く呑みこんでいく。過敏になるほど追い上げられた体は痛みと快感の境界を失い、トムが幾度もくり返し尻を突き上げると、やがてプロフェットが鋭く息をこぼして、トムの髪をまた指でつかんだ。

「これ、いいか、プロフ――?」

「ああ。俺をイカせてみろ、トミー。やれよ」

その挑発に応えて、トムは動きづらい体勢のまま腰を揺すった。すぐに、自分の方がまた先に達しそうな快感が押しよせてくる――だがプロフェットの限界も近い、その筈だった。

尻を強く、三度押しこむと、プロフェットがついに自制を失い、叫び声とともに激しく達しながら、トムの髪をきつく握りこんだ。その痛みが、トムを再度の絶頂へ押し上げる。一度目ほど強烈ではないが、それでもこのまま溺れてしまいたいほどの快感だった。

一体そのまま、どれくらいそうしていたのかわからない。プロフェットに半ば押しつぶされて、体の下のテーブルがきしんでいる。やがてプロフェットがトムをベッドまで運んだ。トムがベッドの中へもぐりこむと、プロフェットもすぐ後ろから、満足げなうなりをこぼして二人の体をベッドカバーの下へ押しこんだ。

トムはプロフェットの方へごろりと寝返りを打った。嫌がられるかもしれないが、どうでもいい。息をこぼして体をのばす。ぬくもりを求めてプロフェットの体に腕を回した。抱き返しはしなかったが、プロフェットは譲歩した様子でトムの背に腕をのばし、タトゥの入った肌をさすった。タトゥに覆われた傷跡の盛り上がりを、指先でなでる。

トムの体がこわばった。反射的に身を引きかかる。

「傷があるのはわかってる、T。逃げなくていい」

「逃げてない……」

「いい子だ。一発ヤられておとなしくなったか？」

「まさか。チャレンジは、歓迎するけどな」と、トムは眠そうに呟く。

「お前、首までトラブルに浸かってんぞ、トミー」

「わかりきったことをわざわざ言うなって」

16

トムは、一人きりのベッドで目を覚ました。身じろぎすると、開いたバスルームのドアの向こうにプロフェットが立ち、出しっ放しのシャワーの外でビニール袋をギプスの上にかぶせよ

う と悪戦苦闘している様子が見えた。

プロフェットの毒づく声は低く、トムには聞き取れなかったが、顔つきだけで大体わかる。両手のギプスがどれだけ鬱陶しいのか、同情するしかない。

汗ひとつかかずに人を組み伏せられるなら、ビニール袋の両手でシャワーを浴びるくらい朝飯前だろうと思いながら、トムは少しの間その様子を眺めていた。頬杖をついて見ていると、プロフェットが手首にはめようとしていた輪ゴムがパチンと切れて指をはじき、トムは笑いをこらえた。

時に、単純なことほど難しい。

やがて、何時間と思えるほど長くかかった挙句、どうにかビニール袋を装着したプロフェットがシャワーの中へ入っていった。

その時になってはっと気付き、トムはベッドから下りてバスルームへ向かった。シャワーカーテンを引き開け、プロフェットのぎょっとした目つきも「プライバシーってのは神がくれた権利じゃねえのか」とぶつぶつ吐かれる悪態も無視して、トムは手のひらにシャンプーを垂らすと、シャワーに半歩入ってプロフェットの濡れた髪に指をくぐらせた。

よじれた金髪をトムがほぐしていく間、長い時間、プロフェットは驚きに凍りついて立ち尽くしていた。それから頭を少し後ろに傾け、トムの手の中へ預ける。いかにもさり気ないが、トムの指を求める動きだった。

「いい気持ちだろ？」

トムは呟く。

プロフェットはやわらかく「ああ」と聞き取れそうな呻きを洩らした。トムはさらに頭皮をこすってから、シャワーの中へプロフェットを押しこみ、髪のシャンプーを流してやった。

「ほかにも洗って欲しい場所はあるか？」

「汚らわしい人間なんでな、主に下半身が」

「真面目な顔して言うことかよ」

「でも結局は洗ってくれんだろ？」

「お前が哀れだからだ」

「ああ、まったくさ」プロフェットはニヤニヤして、気怠《けだる》げに片目を開けた。「一緒に入らないのか、水が怖いか？」

「今はお前が優先だからな」

「いいねえ、いつもそうお願いしたいよ」

石鹸まみれのトムの手にペニスをつかまれて、プロフェットの息が詰まった。トムの手で予想外のオーガズムに――少なくとも予想外の早さで――導かれながら、その口からうなるような悪態がこぼれていた。

トムが支えてくれると信頼しているのか、壁にもよりかからず立ったまま、絶頂の間も足元

がほとんど揺らがないのはさすがだ。さらに体を洗ってやる間、トムは、目をとじたプロフェットの顔に広がる微笑を見つめた。

まだ萎えてはいないが、プロフェットの体はリラックスしていた。トムはこの機を逃さず、じっくりとプロフェットの肉体を、いくら見ても足りないその姿を眺める。記憶に深くこの男を刻もうとするように。プロフェットの肌は近ごろ陽光を浴びたような褐色だった。タトゥはひとつもない。古傷から最近のものまで、無数の傷。いつかそれぞれの物語を聞ける時がくるのかと、トムは思う。この中の、ひとつだけでも。

「話してみるか?」と、プロフェットがうながした。

「何についてだ。今お前をイカせてやった件か?」

「お前が、一体誰と戦っているのかを」

プロフェットの声には、トムを責めるひびきはまるでなかった。おだやかでくつろいだその口調が、トムの気持ちの波立ちをやわらげる。

「俺の気がゆるんだ隙をつこうとしてるんだろ」

「そりゃ、お互い様だ」

プロフェットが気怠く返す。その目はまだとじていたが、トムはつい笑みを返していた。プロフェットがつき放してくるまで、彼はいつまでもこうやってこの男を支えているだろう。プロフェットがいつまでもよりかかっていてくれればいい、とさえ思った。

「俺は暴力的な男なのさ。それでいいだろ」

「俺もさ」プロフェットが噛んだ歯の間から言う。「見たいか？　いいぞ、いつでも」

「いつも冷静沈着なプロフェット……」

「違う。お前よりうまく隠せてるだけだ」言葉を切り、プロフェットは目を開けた。「ＦＢＩから蹴り出されたのはその衝動のせいか？　それとも出し惜しみしたせいか？」

「どっちも外れだ」

「お前を助けようとしてんだよ、Ｔ。話せ」

くそくらえ、と言い返したい反発心がこみあげた。トムを一度はつき放しておいて、今さら答えを期待するなと。

だが結局、トムは答えていた。

「例の予感絡みだよ。俺のパートナーになった奴が全員死んでいったからだ」

それからプロフェットの表情をうかがったが、トムへの嫌悪感や怒りは浮かんでいなかった。奇妙なほど、この男を挑発して怒らせたい衝動に駆られる。

「それのどこがてめえのせいだ？」

「俺もそこに一緒にいるべきだったのに、いなかったんだ」

「どこにいた」

「一番最後の時には、上からの命令にも違反してた。行っちゃ駄目だと、嫌な予感がしたんでな。その勘を信じようと思った。そのくらいの判断は許されていいだろうと思ったよ」

プロフェットは、深いまなざしでトムを見つめた。

「その勘は間違ってたのか」

「正しかった」

「お前が一緒に行ってりゃそのパートナーは死なずにすんだのか」

「俺も一緒に殺されてただろう」

プロフェットは眉を寄せ、たずねた。

「パートナーには、行くなと言ったのか？」

「ああ。だがあいつは、命令に逆らって面倒に巻きこまれたくなかったんだ。俺のせいで厄介事になってばかりだったし、どちらかと言うとルール重視な男だったから」

少なくとも、プロフェットなら理解はできる筈だった。トムのように強い直感を持ち、ルールより自分の判断や勘を信じるこの男なら。

トムとプロフェット、二人が組めば危険な存在になれる。危険だが、様々に強力な。彼らは互いを理解し、補完できる。フィルはそこまでわかっていて二人をパートナーにしたのだろうか？

フィルのすることが単なる幸運や偶然だよりだとは、とても思えなかった。

「ひとつ、教えろ。もしてめえのパートナーどもがルールよりお前の勘に従ってりゃ、そいつらはまだ生きてたのか？」

「ああ」

「行くなと、お前は警告したんだな？」

「ああ」

「はっ、そいつらのどこがパートナーなんだ。お前らはいがみあってただけでパートナーなんかじゃねえだろ」

「俺にもっと何かできたかも――」

「道連れに自分も死んでやるとか？　そういうことだろ、トミー」

その答えに行きついたことがないと言えば、嘘になる。トムは言った。

「飛行機で、お前は俺を信じてくれたな」

「そうさ」プロフェットは一拍置いた。「フィルの野郎、知ってやがったな」

「俺は言ってない」

「お前にゃ聞いてねえ。フィルは知ってんだ、人のことを表も裏も知ってやがる。全部な。俺たちがやらかしてきたバカを残らずご存知の、神様みたいな奴さ。あいつはそこまで承知で、てめえをスカウトしたんだぞ。それなのに何だってお前がビクビクする？」

「ちゃんと聞いてたのか？　パートナーが三人、死んだんだぞ！　全員！」

加えるなら、トムの指導教官もトムがＦＢＩエージェントとして独り立ちした後に死んでいる。もっとも、いくら罪悪感をかかえこむのがトムの得意技でも、そこまで自分のせいには思えない。

「聞いてたよ。俺はまだ死んでねえだろうが」

「それはお前が、俺の言うことを信じたからだ」

トムはシャワーを止めながらきっぱり言い切る。プロフェットの唇がニヤリと歪んだ。笑い出しそうなのをこらえている。

「つまり、生きていたけりゃお前の言うことを聞いてりゃいいってわけだな？　了解」

「笑ってろよ」

トムはプロフェットを押しやったが、プロフェットはビニール袋に包まれたままの手でひょいとトムの手首をとらえた。

「じゃあほかにどうしてほしい。お前から目をそらすなって？　なら心配すんな、もうずっと見てるよ。お前がオフィスに入ってきた、あの瞬間から」

プロフェットが自らそう認めたのに驚いて、トムは目を細めた。

「俺もだ」

「じゃ、これで片付いたな」

「お前もジョンのことを話してくれれば、それでおあいこだ」

プロフェットは拒否こそしなかったが、身震いした。シャワーの湯が止まって冷えてきたせいだと思いたい一方、トムにはわからない。とにかくタオルでプロフェットの体の水気を取り、髪を拭いてやった。プロフェットの頬は無精ひげで覆われていた。

トムはたずねる。

「剃ってやろうか」

「場合によるな」

「何の場合?」

「お前はどっちが気持ちいい。ざらざらしてるのと?」

マジか。トムは赤面していた。本気で、赤面し、プロフェットはそれを見てあっさりうなずいた。

「今日のところはひげ剃りはなしだな。ついでに言っとくと、お前が人を殴り倒すのが大好きだろうと、俺はまったくかまわねえよ」

「好きじゃない。少なくとも、一般的な程度だ」

プロフェットは鼻を鳴らす。

「一般の連中は喧嘩自体好きじゃねえもんだ。訂正する、まともな一般人、な」

「そこに自分も入れてるんだろう」

「そりゃな」

「俺は、戦うのが好きなわけじゃない。得意だってだけだ。大きな差だ、だろ?」

「いーや」

「なんて言やいいんだよ。どっかのカウンセラーみたいなことばかり言いやがって」

「奴らには山ほど世話になってきたんでな。からかい甲斐《がい》のあるオモチャだ」

「俺みたいにか？」

「本気でか？　てめえはそこまでおもしろくも何ともねえよ」

だが言い返すプロフェットの口元は、微笑していた。


プロフェットが服を着ると、トムは自分もシャワーを浴びに行ったが、プロフェットはきっとジョンのことははぐらかして語りたがらないだろうと思っていた。だが驚いたことに、ピンと整えられたベッドで枕によりかかると、プロフェットの方から、口を開いた。

「何が聞きてえよ」

トムは服を着もせず、うつ伏せに寝そべって、プロフェットと顔を合わせる。口から「ジョンの父親のことを」という言葉がふっと出てきて、自分でも驚いた。

「ジョン・シニア？　あいつの何を」

「何か知ってるだろ」

「まあ、そりゃな」プロフェットが一拍置いた。「父親を疑ってんのか？」

「なら、言うな」

プロフェットの鋭い灰色の目が、じろりとトムを見上げた。

「なあ、もし話の最中、お前が聞きたくなさそうな何かを俺が感じたとするだろ――」

う意味なのかどうか、トムはあえて聞かなかった。かわりにたずねる。

その言葉が、プロフェットがトムをブラッド・ファイトのリングに上げるつもりがあるとい
「だから、それまでに別の手がかりをほじくり出すしかねえってわけさ」

「だから？」

「今、電話が来た。ブラッド・ファイトの再戦は明日の夜になるそうだ」

プロフェットはギプスの両手を見下ろしていた。トムを見上げて、打ち明ける。

ルールを守って生き抜いてきたこと、そして母親に金を送っていたことも。

ファーが皆から好かれ、無残な最期を遂げた若者であり、無法地帯に近い世界でプロとしての
目くらましも多い。調査で、クリストファーの暮らしぶりや最近の様子はわかった。クリスト
なにしろ、誰がクリストファーを殺したのか、まだ雲をつかむようでしかない。糸口は多く、

「あらゆる糸口を追ってみてるだけさ」

プロフェットはそう問いかけたが、揶揄《やゆ》の気配はない。

「ケイジャン・ブードゥー？」

「まだはっきりとは」

「わかったよ」

「だがもし任務絡みなら──」

「話す。だからお前も聞いてくれ」

「聞くよ、T。ただこれがブラッド・ファイト絡みだってお前の勘はあんまり買わねえ。お前をリングに上げたくないからってわけじゃなく──まあ上げたかねえがな、ただな……どうしてクリスがブラッド・ファイトに出る？　金目当てに素手で相手を殴り殺すようなところだ。俺の知るクリスは……」

「信じたくないのはわかるが、兄の死がクリスを変えた。お前もそう言ったたし、クリスの友達もそう言っていた」

「あいつらは友達なんかじゃねえよ、昔のクリスを知ってるわけじゃねえ。それにな、人間そこまで根本的には変わらん」

「自殺願望からブラッド・ファイトに参加したのかもしれない」

「違うね。そんな真似は似合わねえ。クリスは母親に送金してたんだ。援助していた母親を見捨てて死んだりするか」

「なら誰かが──何かが──彼をブラッド・ファイトのリングに立たせたのかもしれない。彼をそこに追いこんだ。そこで、不利な戦いを強いた」トムはふと一拍置いた。「お前、何か──隠してるな？」

「任務に関係ないことまでてめえに話せってか」

「お前の隠しごとの、どの辺が無関係だと思ってるのか教えてもらいたいね、プロフ？」

プロフェットの拳が握られ、トムは骨を砕くようなパンチが顔面にとんでくるかとかまえた。顔の傷なら一通り経験済みなので、そこまで不安はない。大体はほぼ元通りに回復するものだ。

だがプロフェットは深く息を吸い、きつく顎をくいしばった。トムは言葉を失う。プロフェットの目の奥、今にも食い破りそうなほどギリギリのところに狂気がせり上がっていた。痛いところを突いたのだ――トムは己をののしる。そんなつもりではなかった。

なら、どんなつもりだった？

（この男の、仮面の下が見たいと――）


息を吐き、プロフェットは天井を見上げた。トムの顔を見てこの話をできるわけがなかった。話をするだけでやっとだ。だから、傷口のテープを剥がすように、一気にまくしたてた。

「ジョンと俺は、十五歳の時から、夏中、放浪して回った。ジョンの母親は俺たちがあちこちで庭仕事をしながら旅費を稼いでると思っていた。だがな、くそ、毎日が崖っぷちで、俺たちは――今日こそ死ぬかと、いつもビビってた。あそこには何のルールもなかった。今でも大して変わっちゃいねえが、あの頃の地下ファイトの会場は廃ビルで、身元を示すＩＤも何も持って入れなかった」

「お前とジョンは、強かったんだな」

「ジョンは最初、かなりやられちまったがな。だがすぐにコツを呑みこんだ」

「お前は？」トムが問いただす。

「俺の中には生まれつき、暴力が棲んでる。後はいつどこでタガを外すか、それだけだ」

そんな己の猛々しさを、プロフェットはもう遠い昔にあきらめ、折り合いをつけてきた。

「お前は粗暴な男じゃないよ、プロフェット」

「てめえは何もわかってねえ」

「かもな。だが、今のは真実だ」

「またケイジャンの占いかよ」

プロフェットはそうののしったが、ついちらっと微笑していた。続ける。

「まあ大体、試合に出るのはジョンの方だった」

やっと、トムへ視線を投げると、トムはとてつもなく重大な話を聞かされているかのように真摯な顔で聞き入っていた。その表情に押されて、ついプロフェットは余計な説明をつけ加える。らしくもない。

「ジョンは、俺よりずっと戦いに飢えてた。あいつは俺よりずっと、戦いを必要としてた」

「理由が？」

「あいつが心にかかえたもんのせいさ。あの時は、そうだと思ってた。後になってあいつが何を――誰をぶちのめそうとしてるのかわかって、全部つながったよ。だが今思うと、やっぱり、元からあいつの中にもあったのかもな……父親から痛めつけられてなくても、ジョンはあんなふうになったのかもしれない」

「父親からの虐待か」

「そうだ。肉体的な」

続けられずに、プロフェットは言葉を切った。今でも覚えている、あれは新兵訓練キャンプをやり通した直後で、ジョンとプロフェットは二人でホテルの部屋にいた。すでに町にくり出して夜通し祝い、酔っぱらった足どりでよろよろとホテルに戻った後だった。あれは、新兵訓練のストレスに――訓練教官がとことんクソだった――酔いが加わったせいだったのだろう。とにかく、ジョンは父親の話を語り出し、とめどなく語りつづけた。父親から受けた虐待についていて語り、十代になったばかりの頃から父親がジョンの部屋を定期的に訪れてはレイプしていったことを語った。まるで無関心な口調で、自分には関わりのないことを語るかのように。かけらも傷ついてなどいないかのように。まるでジョンにもプロフェットにも、明日など来ないかのように、すべてを語った。

プロフェットは、ジョンをなぐさめたり、過去の傷をのりこえさせようとはしなかった。そもそも、ジョンは昔話をしてはいたが、それだけでしかなかった――ただのお話。それだけ。

まるで自分の過去ではなく、誰かの過去を語っているように。

それきり、ジョンはその話を封印し、己を固い壁で囲いこんでしまったが、プロフェットは幸いその壁の中に入れてもらっていた。数歩だけでも。

それにジョンは、プロフェットを愛した。ジョンには、誰かを愛せた。あの頃のプロフェットはそれが何より大切で、それだけで充分だと思っていた。

「理想の家族が、聞いてあきれるだろ?」

プロフェットはそうつけ加えた。トムにモース家のことを理想の家族だと告げたのは、そうあってほしかった昔の自分がいるからだ。それにあの時は、トムの注意をよそに向ければ、キャロルの顔をまた見ずにすむと思った。

「イカれた母親がいるのは俺の方だったたってのにな。ジョンの家は、完璧に見えたさ。完璧であってほしかったさ」

「だが違った」トムは言葉を切った。「あの日、キャロルと言い争ってたのはその件か」

「あの家に戻るのはキツい。俺のせいでもあるんだ。ジョンの葬式の日、キャロルに虐待のことを話した。弟のこともあって、放っちゃおけなかった。俺の話を聞いたキャロルは、ナイフを手に旦那を脅したんだぜ?　キッチンナイフでだ。マジかよ」

「母親は、ジョンへの虐待に気付いてなかったのか?」

「そう信じるしかねえな。でなきゃ、俺は……くそっ」

プロフェットは首を振った。

「ジョンは隠しごとにかけちゃ天才だったしな。とにかくそれから、旦那は滅多に家に寄りつかなくなった。真実を知ってからも、キャロルは離婚はしなかった。世間体のためか、生活費のためか、とにかくあの件は宙吊りさ。クリスが母親に金を送ってたのはそんな母親の立場を知ってたからかもな。あの男の虐待が、ジョンで最初で最後だとも思えねえからな」

「キャロルも、被害者だったと？」

プロフェットは肩をゆすった。

「ほぼ確実に。ああ、気配はあちこちにあったのさ、あの頃の俺にはつながりが見えなかっただけで。謎の痣や傷……俺は、ただ現実から目をそむけてただけなのかもしれない。ジョンの話を聞いてから思ったのは、自分の息子にとばっちりを食わせてなきゃ、もっとキャロルに同情もできたのにってことさ。直接の虐待だけじゃなく、母親が虐待されているのを見せられただけでガキの心は傷つくんだ」

この話題が引きおこす乱れた感情がいまいましく、プロフェットは身じろいだ。少なくとも彼を見つめるトムの顔には哀れみの類は何ひとつ浮かんでいなかったが。そんなものがあれば耐えきれなかっただろう。いや。トムは耳を傾け、すべてを聞き届けているだけで、だから、
プロフェットは先を続けた。

「俺がキャロルにあんな嫌な話を教えたのは、クリストファーがあの親父の餌食《えじき》にされないよ

うにするためさ。ジョンはな、自分が軍に入隊する寸前、父親を脅してったんだよ。最後にジョンがクリスに連絡を取った時も、父親はクリスとは目も合わせず、彼にもキャロルにも指一本ふれてないって話だった」

「お前も、父親を脅したんだな」

トムが静かに言った。

「そりゃそうだろ。ジョンがいなくなっても何も変わっちゃねえって、クリスに何かしやがったら命はないって、あの父親に教えてやったさ。奴は俺の口出しをあまり喜ばなくてね、それで俺たちはお話し合いをした。あいつは目に黒アザつけて息子の葬式に立ってたよ。そんなもんですんで幸運な野郎だ」

プロフェットはトムへ視線を投げる。

「俺がムカつくのは、ジョンがもっと早くに話してくれりゃってことさ。あれでやっと腑に落ちた。ジョンがかかえた怒りのことも」

「ジョンは怒れる男だったんだな」

「ま、俺は怒れる男にはちょいと詳しいってことでな」

「ジョンから学んだ？」

「いや、俺自身からだ」

くそ――プロフェットが時おり見せるいきなりの率直さは、いつもトムの心を撃ち抜く。プロフェットは、ひとりで秘密をかかえることに疲れているのかもしれない。トム自身、もう疲れ果てていた。

「ジョンの死は、クリスの人生を変えた。ただ、ジョンが子供の頃に何をされてたかまでは、クリスは知らなかった筈だ。ジョンが親父に殴られているところくらいは見ただろうが、最悪の部分は知らずに済んでた」

「聞いた感じじゃ、クリストファーは家を出た後もしっかり自立していたようだな」

「あいつにはもっと色々な未来があった筈なんだ。ジョンがいりゃ、弟の背中をしっかり押してやれた筈だ」

「お前じゃ駄目だったのか？」

「俺の傷口をえぐろうってか、トミー？」

プロフェットは、トムが返事を見つける前に続けた。

「キャロルに、息子の面倒は自分にまかせろと言われたのさ。ジョンを守れなかったのを悔やんでて、クリスはあんな目には遭わせないと誓っていた。それに、俺は二年ばかりあちこち動きまわってたな。ジョンを探してた……ジョンを、せめて家族のところへ帰してやりたかった。結局、それもできずに――もうその頃には、あの一家は立ち直りはじめていた。のこのこ顔を出せるかよ。俺は、あの家にとって嫌な記憶の引き金なんだ。わかるか？」

「ああ、お前が思う以上にな」

トムの言葉は静かだった。

「お前はよくできたパートナーだよ、T」

「でもいらないんだろ」

「俺は誰にとってもろくなパートナーになれる男じゃねえからな。これは真実だ」

その言葉には自虐や卑下などわずかもなく、ただプロフェットが魂の底から信じていることを告げているだけだった。

トムは、どう答えるべきかわからなかった。トム自身、理想のパートナーとはほど遠い。だが、だからこそ、彼とプロフェットはうまく噛み合ってこられたのかもしれない。

「じゃあ、ジョンの父親に会ったのは、ジョンの葬式が最後か？」

「ああ。その前もろくに縁はなかった。後から随分思ったよ、どうしてあいつのしてたことに気付かなかったんだろうってな。だが元々、俺は奴に近づかないようにしてた。陰険な男でさ。長距離トラックのドライバーで、滅多に家にいなかったし」

「お前は、考えたか？　もし……父親が、クリストファーとばったり再会して——」

プロフェットは、それを思うだけで痛むかのように溜息をついた。もう、ずっと同じことを考えていたかのように。

「クリスは背丈もあったし、父親よりずっと若く、力もあったんだぞ」

「だが怒りは、人間を激しく駆り立てる」特にお前とか——などと辛辣に言い返されるのを待ったが、プロフェットが何も言わなかったので、トムは続けた。「もし頭にガツンと入って、それでクリスが倒れれば……」

「あいつはクリスを死ぬまで殴れた。クリスに反撃のチャンスも与えず」

プロフェットが、物憂げに語尾を引き取った。トムはたずねる。

「父親が家にいなかったのは、そのせいだってことはないか？ 罪悪感から？」

「あの野郎に罪悪感だの良心の呵責だのある気はしねえがな。あいつの配送記録を調べられるか？ ガソリンスタンドや通行料の支払いも」

「もっといい手がある、道路の監視カメラをチェックするんだ」

そう言いながらも、トムは動き出そうとはしなかった。まだひとつ、知りたい答えがある。

「お前は、どうしてパートナーを持ちたくないんだ？」

プロフェットは一瞬答えず、それから曖昧な返事をした。

「最初の一人だけで充分だからだ」貫くような目で、トムをまっすぐに見つめる。「それとお前はな、これまでのパートナーはみんな死んだって最初から俺に言っとけ。その程度じゃ俺は怖がりゃしねえよ」

「お前には怖いものなんてないんだろ？」

「なかったらここまで生きちゃこられなかったさ」

「プロフェット。一体——どうなるんだと思う」

「何がだ」

「俺たちが」

「俺たちは、まず事件の調査をする。そして、お前がまだ乗り気なら、セックスもする。そして、その二つは混同しない」

「なるほど、割り切った関係ってやつか?」

トムの言葉が切れる。息を吸う。

「まあ考えようさ、どうしてもパートナーと組まされんなら役得ありの方がいいしな。お前にムカついても、ぶちのめすより、ケツにつっこんでやる方がずっと楽しそうだ」

プロフェットがニヤッと口元を上げると、底意地悪くつけ加えた。

「つっこんだ後でもぶちのめしてもいいしな」

トムは無言でプロフェットをののしってから、問い返した。

「お前は地下ファイトに出てた時、どうだったんだ?」

「勝ったに決まってんだろ」

プロフェットは傷ついたような顔をしてみせる。

「全部か」

「俺が弱いって言いてえのか、ケイジャン？」

「お前は、リングに立った俺のサポートに回って面倒を見てくれてたな。ジョンの時も同じだったんじゃないのか」

何か、かすかな表情がプロフェットの顔にゆらいで、消えた。

「得意な役回りなもんでね」

「その間、お前のことは、誰が見てたんだ？」

プロフェットは口を開き、何か気の利いたことを言おうとしたようだが、言葉は何も出なかった。目が暗く沈み、危険なものが張りつめる。

やがて、言った。

「分析されたきゃ精神科医のところに行くさ。この間のお前の口出しもろくなことにならなかったろうが」

「あの時は、お前が男とヤリに出かけちまったんだったな」

トムはそう言い返す。プロフェットの答えなどいらなかった。答えなど、わかっていた。

誰も、プロフェットを守らなかった。プロフェットは自分で自分を守り、自分の面倒を見て、何もかも一人で背負ってきたのだ。

パートナーを組んでさえ、そうだったのだろう——たよられ、一方的に守って支えるだけの関係は、消耗するものだったに違いない。誰も、プロフェットに支えが必要だなどとは思いもせず。そう見えるからといって、本当にそうだとは限らないのに。

（そう言うお前も、ここまで大したパートナーぶりだな？）

だが今、トムはここにいる。まだ埋め合わせはできる。

まずは今夜、クリストファーが殺された日の父親の居所をつきとめる。そこからだ。


十分間、室内に響くのはトムがキーを叩く音だけで、プロフェットは自分がどんな結果を期待しているのかわからない。

ついに、トムが口を開いた。

「クリストファーの死の十二時間前から、父親の姿が、ここからオクラホマまでの信号機のカメラにとらえられている。復路も同じだ。死亡推定時刻に数時間の幅を見ても、彼がクリストファーを殺すのは不可能だな」

「奴はシロか」

「残念か？」

プロフェットは肩をすくめた。どう感じればいい？　ジョンを守れず、クリスを守れず、キャロルの信頼を裏切った。皆を失望させた。誰とも組みたくなくなるのも当然だろう。誰かを守れないのはもう沢山だ。

トムがたずねる。

「これからどうする？」

「俺が知りてえよ、畜生」

17

数時間経ち、日が落ちて部屋は肌寒くなっても、プロフェットはまだトムから距離を置いて部屋の奥から動きもしなかったが、その時、ふと彼が、トムの耳についていて離れないあのメロディを口ずさんだ。

トムはつい顔を上げ、たずねていた。

「何の曲だ、それ？」

危険を呼びよせかねない問いだと、わかっていた。

予感を裏付けるように、プロフェットがぴたりと凍りついた。自分がハミングしていることに気付いていなかったのか、それもとそんな質問が初めてなのか。

「アイリッシュのバンドの曲だ。フロッギング・モリー」

それだけを答えた。

トムがｉＴｕｎｅｓにアクセスして検索すると、その曲はあっさりと見つかった。〈もしこの世を生きて去れるなら〉《If I Ever Leave This World Alive》。イントロが流れ出すと肌を寒気が走ったが、停止ボタンを押すことができなかった。

プロフェットが、かわりに曲を止めた。バタンとノートパソコンを閉じて。一気に蓋を叩きつけたりパソコンを壁に投げつけたいのを、見るからにギリギリでこらえている。

また、余計な質問をしてしまったようだ。

「一体てめえはどういうつもりだ？」

プロフェットがゆっくり、問いただす。

曲を聴いてるだけさ、とかなんとか、プロフェットを真似て斜に構えた返事ではぐらかすこともできた。かわりに、トムはまたパソコンを開くと、メールにアクセスした。

隠しておいた一通のメールを探し出し、添付の映像をクリックする。再生が始まると、画面を凝視しているプロフェットが、トムの目の前で、映像の中の男へと変貌していった。まなざしが固く、冷たく――画面の中で認識票を引きちぎられる男そっくりに――変化し、歯を剝き出し、両拳を握りしめ、弓のように全身に力がみなぎった。彼は野獣のように見えた。獰猛《どうもう》に。生きのびるために手段を選ばぬ存在に。

「いつから、この映像を持ってた」

プロフェットの声は静かで、余計恐ろしい。トムはプロフェットの過去へ一方的に踏みこみ、それを隠して、パートナーとしての信頼を裏切っていたのだ。

トムは無理に、淡々とした口調を保った。

「どう答えようが、お前はどうせ腹を立てるんだろ」

「会った時にこのことを言ってくれてりゃ、お前をもっと評価してやったかもしれねえな」

「そう思うか？　俺を疑う都合のいい口実にしただけじゃないか？」

「疑われる理由があんのか？　てめえがどうやってこんなもんを手に入れた」

プロフェットが問いかける声は、まだ抑制されていた。

「わからないんだ。俺も、これが送られてきた理由をずっと探してるんだがな。お前に説明できるような」

「何回見た？」

「幾度か」

「俺との顔合わせの後でも？」

「幾度かは」

くり返して、トムは立ち上がる。途端にプロフェットの拳がとんできて、みぞおちに叩きこまれ、トムは膝を折りながら息を求めて喘いだ。

「こいつを見ながらマスかいたのか、トミー？　それとも俺の秘密を握ってることにサカッたか?」

「そ……んなんじゃ、ない――」

トムは、体ごとプロフェットにつっこむ。浴びせられる攻撃から己を守らねばならなかった。だが、あのリングの上の戦いのようにはいくまい。プロフェットは倒れない。ここでプロフェット相手に、トムはあんなふうには暴走できない。どこまでも冷徹に戦うプロフェットの前では。

負けを認めるべき瞬間だった。そうすればプロフェットもこれ以上は放っておいてくれたかもしれない。だがもう手遅れだ。プロフェットがトムにのしかかり、トムの片腕を背中にねじり上げる。床へ叩きつけられた。

「くそっ、あのビデオを見てわかることなんて、どれもお前と何日か仕事すりゃわかるようなことだけだっ……」

プロフェットが身を起こし、トムをつきとばした。それからよろめき、壁にぶつかる。その顔に刻まれた絶望に、トムの中ですべてがつながった。

「プロフェット……ジョンに何があった?」

「その口を閉じろ、トム――」

仮面がひび割れ、むき出しのプロフェットがのぞき、次の瞬間にはまた恐ろしいほどの無表情が戻っていた。トムはその顔を強く憎む――特に、プロフェットの声に、裏切りのように残った痛みがにじむ、この瞬間。

「とにかく……もう、やめてくれ」

トムは両手を上げる。「すまない」と一言残し、自分のスウェットをつかむと、振り向かずにモーテルの部屋を出た。


プロフェットは震える息を数回吐き出した。テーブルにギプスの腕を叩きつけると、パソコンが落下しかかる。あやういところでつかんだ。

パソコンの、四角く切り取られた画面に映る静止画は、プロフェットの姿をとらえたままだ。アザルを殺してから数時間後の。あのクソ野郎。今でもあの男の臭いがしてくる。

この映像を見るつもりはなかった。決して。何のために見る？　見なくとも、この身で現実にくぐりぬけてきたことだ。

あの時、部屋のどこかにカメラがぶら下がっていたのは知っていた。救出後に受けたあの尋問が記録されていたのは。しかしこの送り主は、トムがプロフェットがパートナーだと知る前に、彼にこれを送り付けている。

フィルの仕業などではない——あの男はそういう動き方はしないのだ。それにいくらフィルでも、あの頃のプロフェットの身に起きたことを、実情の半分も知らない筈だ。

指が、再生をクリックしろとうずく一方、頭にはやめておけという警告が渦巻く。見て、新たな発見があるとでも？　一体、これを使って彼を攻撃しようとするのは誰だ？

（敵なら山ほどいるか）

腹をくくり、プロフェットは身をのり出した。クリックの瞬間、手が少し震え、それから、独特のアクセントを持つあの男の声が流れ出す。

そしてプロフェットはあの部屋に戻っていた。ひとりきりで。

捕虜にされ、やっと救出されたかと思うと、そのまま檻《おり》に放りこまれた。今度は同じ、アメリカ側の手で。

プロフェットは音を消し、画面の若い自分を凝視した。若いが、もうこの時、すでに無垢《むく》などではなかった男を。

見つめながら、ギプスに包まれた手首を無意識にさすっていた。救出前の拷問で彼の両手首はすでに痛めつけられていたが、ビデオの中でテーブルを引きずり倒したあの動きがとどめを刺した。大きな代償が残る手首は、骨が脆い。一生ついて回るだろう。だがあの時、こんなツケを払うとわかっていようが、プロフェットは同じ行動に出た筈だった。

映像が最後で止まると、プロフェットはひっくり返したテーブルのバランスを取っている自分の静止画を見つめた。耳の中にあの時の会話がはっきりと響く。カメラが回り出す前の会話が聞こえてきた。

「アザルはどこだ？」

ＣＩＡ工作員、ランシングがたずねる。

「俺が素手でぶち殺してやったよ」

「死体が発見されていない」

「食っちまったんでな」

「お前が護送していた科学者はどこだ？」

「ここにゃいねえな」

「彼も殺したのか？」

「俺は任務を果たした」

「ハル・ジョーンズの姿はどこにもなく、生死もわからん。死体がない限り、貴様がテロリストと共謀してハル・ジョーンズをあちらに売り渡したのではないかと、我々も疑うしかない」

プロフェットは、ランシングを凝視した。

「俺が自分で自分を拷問したとでも思ってんのか？　てめえは阿呆か」

そこから、尋問が一気に過酷さを増したのだった。

あのクズ野郎に胸元の認識票を引きちぎられる瞬間まで、プロフェットはおとなしくしていたが、次の瞬間にはランシングをテーブルで床に釘付けにしてやった。あのテーブルをもう少し傾けてしまえば、ランシングのうるさい口を永遠に塞いでやれたのだ。だが結局、プロフェットはあの野郎を助けた。さらに一週間ぶっ続けでＣＩＡに尋問され、やっと解放されたのだった。

その後、ＣＩＡは彼を雇った。ＣＩＡのモットーは、つまるところ「邪魔者は殺せ。それが無理なら雇え」だ。

プロフェットはさらに二回、映像を頭から尻まで見ると、ノートパソコンをパタンと閉じて、トムを探しに部屋を出た。

トムの姿は、階下にあった。建物の前の自動販売機のそばに立ち、ポケットに両手をつっこんで、夜空を見上げている。唇に煙草をだらしなくくわえ、どうやら煙の匂いからして手巻き煙草のようだ。トムの部屋と、トムの肌に絡みついている香り。

香りにムラムラきている場合じゃない。特に今は。何のためにトムを探しに来たと――。

だが何のためだ？　この男のせいでも何でもないあの一件のことを知ったから、あいつをぶちのめそうとでも？

プロフェットの怒りが引いていく。口を開き、彼は何か「来いよ、ケイジャン、メシを食いに行こうぜ」とかそんな、つまらないことを言おうとする。プロフェットにとっては最大限の謝罪。

だが最初の一言が出る寸前、首の後ろがヒリついた。次の瞬間、タイヤのきしむ音とともに車が角を曲がってきたかと思うと、窓からつき出た銃口がトムに向けられた。

「伏せろ！」

　プロフェットは怒鳴ってトムにとびつき、銃弾が降りそそぐ中、彼を地面に押し倒した。反射的な一連の動きの中、自分が撃たれたことに気付き、やはり反射的に悪態が口からこぼれた。

18

　銃撃がやんで車が遠ざかり、トムはプロフェットの重みに半ば埋もれていた。身じろぐと地面に飛び散った血痕が見えたが、プロフェットはすでに起きて動き出していた。トムに指示を怒鳴りながら自分のTシャツをはぎ取って脇腹の傷に押し当てている。

「俺は車に向かう。荷物を取ってこい。ホテルを移る」

　話す間も携帯を手にし、画面よりもトムを見ながらメールを打っていた。

　トムは二階へ駆け上がり、部屋のドアを開けたまま動き回りながら、プロフェットの姿にも目を配っていた。プロフェットはレンタカーへ乗りこみながら脇腹に腕を押し当て、傷と、おそらくは──間違いなく──武器を押さえていた。

　遠いサイレン。夜闇の中、人々がためらいがちに部屋から顔をのぞかせ始めている。トムは二分のうちに自分とプロフェットの荷物をまとめると、後部座席に投げこみ、車を発進させた。
偽名でチェックインしているので身元が割れる心配はないが、プロフェットの強硬な主張で、車を停めてナンバープレートを替えた。たまたまプロフェットが持ち合わせていた予備のナンバープレートに。それからプロフェットがカーナビを指すと、二十分先のホテルが表示されていた。二十分――プロフェットなみの猛スピードで突っ走れば。

「病院が先だ」

トムはきっぱりと言い切る。

「駄目だ」トムが持ってきたモーテルのタオルを傷に押しつけながら、プロフェットが歯の間からうなった。「信じろ。ホテルへ向かえ。人目につかないよう、俺を部屋へつれてけ」

「まったくそりゃ簡単そうだな！」

「お前のおまじないで何とかできんだろ、ケイジャン？」

プロフェットの舌がわずかにもつれた。

「ファック・ユー」

命を救ってくれた男を、トムはそうののしる。プロフェットが鼻先でせせら笑った。

「もう……ヤッただろ……」

その目がとじた。

「起きろ、くそ、俺を助けといて死んだりするな！」

「死なねえ。眠い」

「目を開けてろ！」

だがプロフェットは首を振る。トムはプロフェットの携帯が振動しているのに気付いて、カーナビからとぶ高飛車な女声の指示通りに車を出しながら、その通話に出た。

『ドクだ。奴の具合は？』

「気絶した」

「眠ってるだけだ」とプロフェットが言い張る。

『ホテルに人をやった。俺が着くまで、そいつがプロフェットに応急処置をする』

トムに返事の隙も与えず、医者《ドク》は電話を切った。トムは毒づき、運転を続ける。プロフェットを起こそうとしながら、その合間にカーナビの指示に耳を傾けた。

「寝てねェって……」

プロフェットがひどく眠そうな声で呟いた。

ちらりと見やると、もう白いタオルの上にまで血がにじみ出していた。トムはハンドルをきつく握りしめ、押しよせる動揺を振り捨てた。ラジオを付け、大音量でカントリーミュージックを流す。

「てめえ、この、クソがッ！」

プロフェットが何とか大ボリュームを超えて怒鳴ろうとする。

トムは少しだけ音量を下げた。

「眠るな」

「そのクソを止めろ、まず……止めろって」

「やっぱりカントリーは効くな」

「撃たれた男を……いたぶるとは……最低だな、T……！」

プロフェットの目がまたとじて、その息は荒く、明らかに痛みに襲われている最中で、おそらく多少のショック状態もきている。

トムは手をのばしてプロフェットの太腿をつかんだ。顔を向けると、プロフェットもトムを見つめ返していた。

「お前なら……俺をホテルまで、ちゃんとつれてくさ。だから……俺は、目をとじられるんだ」

トムを信じているから。

畜生。

トムはそのプロフェットの言葉ひとつを支えに、ホテルまでの残りの道を完全な暴走運転で走りきった。まさに記録もののタイムでホテル前に車を停めると、男が一人待ち受けていたが、タトゥに黒いレザーの扮装にごついブーツといういでたちで、荒くれバイカーのように見える。黒髪は短く、ひどく攻撃的で辛辣な顔つきだった。世間に、少なくとも誰かに、唾を吐きかけたくてたまらないような。

車から手を振ったトムに、その男は中指を立て、それからこっちに来いと合図して、指にはさんだ煙草を放り捨てると車へ歩みよってきた。

「あれが接触する相手のようだな」

トムが呟く。その声に疑念が含まれていたのだろう、プロフェットがわずかに目を開けて教えた。

「マルだ。まあ……根性悪でな。お前と、気が合うよ」

「くそくらえ、プロフ」

「その意気だ」

何だって銃で撃たれて出血している男から偉そうに励まされなきゃならないのかとは思うが、何でもいい、気合いは入った。マルの手を借り、二人でプロフェットの出血を隠すためにジャケットをかぶせ、押したり引いたりしてどうにか自分の足で立たせた。

「よし、じゃあ……行くぞ」

プロフェットはそう言って、次の瞬間、顔面からぶっ倒れた。

マルがそれを抱きとめ、何やら音のない笑いのように鼻を鳴らした。トムは彼をにらんで、プロフェットの腕をかつぎ、体に腕を回した。マルは二人のわずかに前を歩きながら、次第にあからさまになるプロフェットの脇腹の出血を人目から隠している。プロフェットはトムによりかかり、うなだれて、よろめき、見た目は酔っ払いそのものだ。

無事マルが手配しておいた部屋にたどりついて中へ入ると、マルは見るからに慣れた手つきで傷の処置を始めた。点滴、輸血、傷を覆って、抗生物質の投与と水分補給。プロフェットの状態を落ちつかせ、血圧と脈をチェックする。

トムに視線を浴びせられながら、マルはすべてを無言で行っていた。

「容体は？」

マルは斜めにトムを見て、またプロフェットに向き直った。トムはさらに二度、同じ問いをかけたが返事がなく、しまいにはマルの肩をつかんだ。

「返事をする気があるのかよ？」

そうつめよった時、マルの喉元に走った、太く盛り上がった傷が目に入った。

マルは何やら手話の仕種を閃かせ、ののしりのような手つきでそれを締めくくると、自分の耳を指した。

「しゃべれない。耳は聞こえる」

プロフェットが呟く。トムはギリッと歯を噛んだ。

「もっと早く言ってくれてもいいんじゃないか」

「それじゃ、つまらねえ……」

「まだまだ元気そうだな？」

「そう言ったろ」

プロフェットが呟く、その声はほとんど聞き取れないほどだった。

マルがうんざりと天井を仰いでみせてから、二人の方を、世紀の愚か者を見るような目で眺めた。この瞬間は、トムもマルに同感だった。

少しして、マルがドアを指さしたが、誰のノックも聞こえなかったのでトムはマルを見つめた。

ほんの数秒後にノックの音が響き、マルが実に得意げな顔をする。ドアののぞき穴からたしかめると、外にドクが立っていた。トムはこの医者と、ＥＥ社の中を初めて案内された時に引き合わされたが、ドクが新入りというものをあまり信頼していない印象をはっきり受けていた。

「トム」ドクは、彼へひとつうなずいた。「マル、お前は行け」

マルは指示通り、後ろをまるで振り向かず出ていった。去りながら、中指を立てているのが見える。あれがマルの挨拶なのだろう。それか、世界への宣言。

「ブードロウ、手伝うか、それとも突っ立って見てるか？」

ここで「見てる」とドクに答えたらどうなるのか知りたいが、つまらない真似はしない。プロフェットが小さく呻いて、どうやら眠りから昏睡《こんすい》に近い状態に移りつつあるようだ。

ドクが手早く何か点滴内に注入した。二分もするとプロフェットの頭がぐらりと傾き、息がゆっくりと落ちついたが、顔はまだ危険なほど白い。

「起きてられるとやりにくいからな」とドクが言う。

「この部屋の痕跡は――」

「うちにはクリーンスタッフもいる」ドクはトムに応じた。「こっちも初心者じゃない。さ、手伝え」

ドクはトムに血を拭き取らせながら、傷口を確認した。プロフェットは肋骨近くを撃たれており、胸にはまだ新しい別の傷もあって、どちらも呼吸で痛みそうだ。

「弾丸《たま》のある位置が気に入らねえな」

ドクの呟きに、レントゲンも撮らずに弾丸の位置がわかるのかとトムはいぶかしく思ったが、確かにドクからはそのくらい見抜けそうな戦地での医療経験が感じられた。

「肺に近すぎる。下手に何かするとEE社に戻る機内が不安だ」

銃弾を取り出すかわりに、ドクは傷の周囲から損傷のひどい部分を切除し、トムにガーゼで傷口を押さえさせ、テープで留めた。

処置がすべて終わるまで、プロフェットの呼吸は安定していた。トムがプロフェットの体に刻まれた古傷を目で追うと、応じるようにドクがそのいくつかへ手をすべらせた。

「なるべく傷が残らんようにはしてるがな。こいつは気にしちゃいないが、俺は気になる。こいつは生きてる限り一生、俺の仕事の見本みたいなもんだ」チラッとトムの手を見る。「血を洗ってきていいぞ。Tシャツは脱いでいけ」

トムは脱いだTシャツを血に染まった他の衣服の山に投げ、バスルームに入るとドアを閉めた。腕から、手から、爪の間から、血をごしごし洗い落とす。鏡に視線をやると、顎や首にも血がついていた。

「畜生」

服を脱ぎ捨ててシャワーにとびこみ、五分ほど湯を浴びた。体を手早く拭い、ジーンズに足を通す。トムはベッドルームに戻った。半ば、プロフェットが笑いながらそこにいて、トムのここまでの慌てっぷりを笑いとばすのではないかと期待して。

だが脇腹を大きなガーゼで覆われたプロフェットは、まだ意識を失ったままだった。ひどく静かだ。おかしなことに、どこか無垢にも見えた。

「くそ、プロフ……」

濡れた髪に指をくぐらせ、トムはベッドへ歩みよる。

「この馬鹿は大丈夫さ」ドクが眉をしかめて、そう告げた。「俺が手を洗っていくつか電話を入れる間、ここを見ててくれ」

トムはうなずき、椅子をベッドの傍によせたが、何を見ていればいいのかよくわからない。呼吸くらいしか確認できないし、それも静かなものだ。だが数分前と違って、プロフェットの両手はギプスが許す限りの拳にまで握られていた。

この男の代謝能力で、鎮静剤が分解されてきているのか。あれだけいつも落ちつきなく動き回っている男だ。

　プロフェットの手を握ってやりたかったが、トムはこらえた。

「もう少しでお前を死なせるところだった……畜生」

　パートナーが撃たれたのは初めてではないが、こんなのは初めてだ。こんな、目の前では。トムの最後のパートナーは麻薬の売人に撃たれて死んだ——路上で、助けようとする通行人の前で息絶えた。その時トムは三ブロック離れたところで、売人の武装グループが住居ビルを爆弾で吹き飛ばそうとするのをくいとめていた。多くの命を救った——一つの命と引き換えに。

　悪くない計算だ。自分が当事者でさえなければ。

　凶運も三度は続かないさ、と自分に言い聞かせながらトムはあのビルを出て、パートナーの死を知ったのだった。

「お前のせいじゃない」と何度も言われたが、その言葉を信じられたことは一度もない。一緒の勤務中にパートナーが三人も死ねば、自分のせいとしか思えなくなる。

（あいつは凶運だ）

　ＦＢＩを辞め、故郷で保安官補の仕事についた彼の背後で、皆がこそこそと囁き交わしていた。保安官もトムに近づこうとはしなかった。「俺はあと二年で引退だ、今死ぬのはバカらしい」と言って。

　保安官は、引退まで生きのびた。そしてトムは保安官選挙に、負けると知りつつ、立候補した。自分の傷を自分でえぐるのは、もう身に染みついた習性のようなものだ。

「お前は、ジョンは戦死したと言ったな……それだけしか――くそ、プロフ……」

それ以上、何を言えただろう。プロフェットの反応を見てしまった今、あの映像がジョンの死と深くつながっているのはもう間違いない。おそらく、プロフェットが尋問を受けていた、あの任務中にジョンは殺されたのだ。

トムはプロフェットの手を取る。握り返された、そんな気がした。

どうしてさっき、プロフェットは部屋から出てきた？　トムに怒りをぶつけるためか？　それとも、去ろうと？

トムの喉が詰まった。

しっかりしろ――。

「もし耐えきれないようなら、今のうちに好きなだけオタついとけ」ドクが告げる。「起きてからじゃ、こいつが嫌がる。もうその辺はお前もわかってるだろうが」

トムは、ドクがバスルームから出てきたことにも、そもそも中で電話をかけていたのかどうかにも気付かなかった。

「俺をかばって、銃弾を受けたんだ」

「こいつらしい。これから一生恩に着せられるぞ」ドクは点滴をいじった。「誰に撃たれた」

「顔は見なかったが、地下ファイトの連中の筈だ」

「フィルが、お前単独ではもう戻るなと。こうなると危険すぎる」

危険。そして、あまりにも個人的で、感情的。

「プロフェットは手を引かないだろ」

「多分な。だがこいつはしばらく、どこにも行けない。お前の方は、フィルが話があるとさ」

勿論、そうだ——クビにするために。

ドクが言葉を続ける。

「お前は次の任務に派遣される。俺のチェックを受けてからな」

「今回の任務がまだ終わってないのにか？」

「今はここまでだ。フィルは、今のところこの件の重要度は低いと考えてる——行き詰まりだしな」

「プロフェットにとっては、重要だ」

「そうだ。だから、他人が止めてやるべき時がある」

ドクが手渡してきたファイルによれば、トムは新たな任務で即時にエリトリアへ飛ぶことになっていた。地下ファイトの存在がさし迫った危険ではない以上、次の任務に移るのは筋が通っている。これは、緊急の対処を要する任務ではない。

(プロフェット以外にとっては)

フィルの決定に文句をつけるような愚かな真似をするつもりはなかった。トムの任務は、エリトリアへ行くことだし、多分こんな事態でのパートナーの再配置はよくあるのだろう。

トムはバルコニーへ出て、規則通り、書類を燃やした。エリトリアにはＥＥ社の飛行機で向かうので、時間を守ること以外、何の準備もいらない。

部屋に戻ると、ドクが小さな丸鋸《まるのこ》のようなものを取り出しているところで、ベッドの逆サイドへ回りこみ、よく呑みこめないでいるトムへ命じた。

「終わるまで、こいつの腕を押さえといてくれ」

駄目だ、と口から出かかる、その気持ちを、押し隠す前にドクに読まれたようだった。心に浮かんできたのは、昨夜、プロフェットのギプスに描いたドリームキャッチャー。

あのドリームキャッチャーが、プロフェットを守ったか？

そして、これから何が——誰が、プロフェットを守る？

（お前がそばにいなけりゃ、お守りなんか必要ないんだ）

ドクは、トムが何か言うのを待つかのように、手を止めていた。何が言える？　ギプスなどただの石膏だ、永遠ではない。どうしてか、それが永遠に残るかのようにトムは己をだましていたのかもしれなかった。

「プロフェットは……俺に腹を立ててたんだ」

「相応の理由が？」

トムは、彼の描いたドリームキャッチャーが切り裂かれていくのを見つめた。「ああ」

どうせ、ギプスはもう血で汚れていた。ドクが切る前から、もう駄目になっていた。トムがプロフェットを守るという決意を忘れ、己の直感に耳をふさいだあの時から。

凶運――。

その時、プロフェットが身じろいだ。薬の作用に打ち勝とうとしきりに体を動かし、眠らされたことに憤っているようにも、覚醒しようと全力で戦っているようにも見えた。

「こいつはいつもこうだ」ドクが見守る。「沼に沈んでるみたいで嫌なんだと」

トムには、その感覚がよくわかる。

「なら、どうして薬を?」

「こうでもしなきゃ口やかましくてかなわないだろ」

ドクは笑ったが、トムが笑えずにいると、さらにたずねた。

「お前もわかってるだろうが、こいつはもう大丈夫だ。いいな?」

その瞬間、プロフェットが覚醒状態へじりじりと這い上がってきた――まさにそうとしか、トムには言えなかった。深い穴や水の底から這い出そうとするように、一心に、ひたすら、邪魔するものすべてを叩き伏せながら。

「離れてろ」

ドクがトムにそう命じた途端、プロフェットがじたばたともがき出す。ドクが押さえるより早く、プロフェットは点滴を引き抜いた。ドクが低く、いたわりに満ちた声をかけてプロフェットをなだめようとしている。明らかに二人は親密だ。

それから、ドクがプロフェットの両肩に手を置くと、プロフェットの目がぱちりと開いた。ドクの両手首をつかみ、握りしめたが、ドクはたじろぎもせずそのままでいた。

「プロフ、大丈夫だ。問題ない。俺がついてる」

やっと、プロフェットがまばたきした。目の焦点が合う。周囲を見回し、しばらくしてから、視線をドクへ据えた。

「てめえ、やりやがって……」

「仕方なかった、プロフ」

プロフは部屋中すべてを、まるで何もかも初めて目にするかのように一つずつ見つめていく。何かをたしかめるように。それが何なのか、トムにはわからない。トムにわかるのは、この瞬間、本当ならプロフェットのそばに行って隣に座っていたい、それだけだ。ただ、そばにいられたなら。

トムが微笑を浮かべて「よお」と声をかけると、プロフェットはまじまじと、記憶に刻むようにトムを見つめた。

「具合はどうだ？」

「痛む」

プロフェットはそう認め、トムを見つめつづけていた。

「傷に無理をかけるからだ」

ドクがそう文句を言うと、やっとプロフェットは絡み合った視線をほどいて、ドクの方を見た。

「てめえが鎮痛剤なんか打ちやがるからだ、クソ野郎」

それきり、もういつも通りの彼に戻っていた。


眠りと覚醒の間をさまよう間も、プロフェットには話しかけてくるトムの声が聞こえていた。今、そのトムはまるで飼い犬を撃ち殺されでもしたような顔で座っていて、まったく、ありえない——この野郎は今回のことにまで責任を感じてやがるのか？

ああ、こいつらしい。

ドクが傷のガーゼをチェックしはじめて、強い痛みにプロフェットは歯をギリリと噛みしめ、下品な悪態を吐き散らす。

「そいつで気がまぎれりゃ結構なこった」

ドクは、プロフェットの悪態の弾幕——ほとんど一塊りの言葉のような、独創的な罵詈雑言の連発にも動じることなく、軽くあしらう。

それにはさすがにトムの唇にもうっすらと笑みが浮かんだが、それでもまだひどい顔色だった。

「十分のうちにここを出るぞ」ドクがプロフェットに告げた。「トムも車に同乗するが、飛行機の便は別だ」

プロフェットはトムへ視線をとばした。

「フィルが、今回の任務を保留扱いにした。俺はエリトリアへ派遣される」

トムの口調はまるで、プロフェットが奇跡を起こしてその決定を覆してくれないかと期待しているようだった。

だが今のプロフェットの状態では、フィルに対抗するどころではない。それにトムが派遣されるのなら、必要とされているということだ。ここに残って、トムが一体何をする？　プロフェットの世話係？

プロフェットはかすれ声を押し出した。

「必要なところへ行けよ」

「ああ、ここじゃ用済みらしいからな」

トムは静かに、怒りのこもった声で言うと、背を向けて仕度にかかった。

プロフェットも顔をそむけ、今のやりとりをドクに見られていたことにもそ知らぬふりを通した。何より、とにかく、今回の任務はあまりにもいびつすぎた——トムがパートナーだとか、そんな域を超えたところで。

トムはプロフェットを車に乗せるのを手伝い、空港まで運転し、プロフェットがドクと同じ飛行機へ乗りこむのにも肩を貸した。プロフェットが何か言葉をかけるより早く、トムは彼らに平凡な別れの挨拶を投げ——どちらかというと悪態のように響いたが——大股に飛行機から降りていった。

プロフェットはじっと、その後ろ姿を見送ってから、一連の光景を目撃していたドクへ向き直った。

「何も言う気はない」とドクが言う。

「うるせえ、とっとと眠らせやがれ」

プロフェットの返事に、ドクは低い口笛をヒュッと鳴らし、要求通りに鎮静剤を投与する。

次に目が覚めると、ＥＥ社の診療所で、プロフェットの体は管だの電極だのにつながれて、即座に寝返りを打ってもう何日か眠りつづけたい気分になった。

だがそこにずかずかと入ってきたフィルが、プロフェットの具合をたしかめ、当人などいないかのような態度でドクと傷の状態について話し合い、予後について説明しながらドクは長い回復期間を取るべきだと主張する。

やっとドクが去ると、フィルはベッドの横へ椅子を引き寄せた。

「誰に撃たれた」

「アイヴァンの友人さ。顔を見た——トムがアイヴァンと戦った夜、俺たちを襲ってきた連中だった。アイヴァンは地下ファイトの人気選手でな」

「何をしてそいつらを怒らせた」

　プロフェットは肩をすくめた。

「いつも通りのことさ」

「そんな言い分が通ると思うのか」

「情報を引き出そうとして、俺がやりすぎたんだよ」

　じっとプロフェットを見下ろすフィルへ、プロフェットは半ば怒りのこもった視線を返してみせた。

「ろくな手がかりがねえ。だがアイヴァンが俺たちを殺そうとしたのなら……クリスの人気を妬んで、奴がクリスを殺《や》ったのかも。くそ、わからねえよ、フィル」

「思いつめるな」フィルは一呼吸置いた。「また戻っても、空振りだと思うか?」

「俺はクリスに何があったのか知りたい」

　フィルはじっと、プロフェットを見つめた。

「いい考えだとは賛成できないが、お前が回復したら、調査は再開しよう」

　十年前のプロフェットの任務について、フィルは深くは知らない。ただその時にプロフェットがジョンを失い、人生を転げ落ちていったこと以外は。

　ＥＥ社の傭兵たちが過去にたずさわってきた任務の中でも、重要機密に関してはフィルも掘り出したがらない——誰にとっても危険すぎるからだ。フィルは己の境界をわきまえており、だが同時に自分の部下たちには、もし過去からの亡霊に足元をすくわれそうな時には、詳しい事情を伏せてでも、報告だけはするよう指示していた。

そして今、フィルはプロフェットの肩をポンと叩いて部屋から去っていく。プロフェットは天井を見上げ、独り言を呟いた。

「どうせ、ジョンの件とは関係ないさ」

「大嘘つきだな」

窓枠にもたれかかったジョンが、そう口をはさむ。

プロフェットは両手を宙に振り上げた。

「クソいまいましい薬が……」

「お前は近づきすぎだ、プロフ。一歩下がれ。全体像を見てみろよ」とジョンが忠告する。

「たまたまだろ、クリスが死んだのは」

ぞっとするような偶然。偶発的な死。プロフェットの携帯には今朝、ゲイリーから〈異常なし〉のメールが正しい認識コードと共に送られてきたばかりで、少なくともゲイリーの身柄はまだ無事だ。

「偶然なんてもんはこの世にねえんだよ」

目を向けてしまえばジョンのニヤニヤ笑いをまた見る気がして、プロフェットは天井に視線を据えていた。それでも、最後の一言を言い返さずにはいられなかったが。

「たまには、ただの偶然もあるさ」

19

トムの乗る飛行機は、テキサスから直接エリトリアへ飛ぶことになっていた。少なくとも、EE社の飛行機に乗るので、素っ裸での身体検査をまた受ける心配はない。

滑走路に立って、乗務員たちが最終チェックしているのを眺めながら、トムは次のパートナーのジェイソン・コープランド——通称コープ——の到着を待っていた。訓練中、少しだけ顔を合わせたことがある。気さくで親身な男だ。ナターシャとの電話によればコープはカリフォルニアから向かうらしく、本社に戻るよりはEE社が使うこの小さな飛行場で合流した方が早い。

『あなたが休みなしでエリトリアへ飛んでも問題ないかどうか、確認しておけとフィルに言われてるんだけど』

ナターシャから、電話口でそうも聞かれた。

問題ない、と答える以外に何ができる？　これがプロフェットの望みだ。そしてフィルの指示だ。トム自身、己を証明したい。だからトムは、プロフェットの様子を聞きたい自分を抑えて、自分は大丈夫だとナターシャに告げた。

そして今、滑走路をうろうろしながら、心を麻痺させられたならと願っている。

今ごろ本社に戻っている筈のプロフェットからは、一言の連絡もない。トムの方から電話することも考えたが、一体何が言える。このパートナー替えが一時的かどうかはともかく、新たな、失敗の許されないテストに放りこまれた気がしてならなかった。また。

あの銃撃が幾度も頭の中で再生される。何回くり返しても、何故あんな危険の予兆を感じとれなかったのか、どうしても説明がつかなかった。予兆の訪れをしばしば忌み嫌いつつ、トムはいつのまにかあの直感に当然のように頼るようになっていたのに。

そのせいなのか？

「油断した。バカみたいに、つっ立って……」

トムは呟いた。あの映像のことで頭が一杯で、映像の存在を知ったプロフェットの表情と、問いかけてきた声の虚ろさに、すべての気持ちを奪われていた。

身を守ることなど忘れていた——自分の身も、パートナーの身も。これで、ＥＥ社での公式な失態第一回というわけだ。

役に立つと、存在価値を示さなければ。コープとの二度目のチャンスももらえたのだ。たとえ本当に欲しいのはプロフェットとのチャンスだったとしても。プロフェットは、負傷はしても生きのびた、それだけでいい筈だ。ああそうだ——今回は〈凶運〉に負けず二人とも生きているが、この先トムとパートナーであり続ければ、いつかは……。

ふと気付くと、トムは自分の腕の、ドリームキャッチャーのタトゥの場所をさすっていた。

（悪い夢を見るんだろ、トミー）

「もうずっと、な」

呟いて、悪夢の根源を思うと、怒りが腹にじわりと熱く粘った。乱暴な手で肩に鞄をかついだ時、コープが滑走路を歩いてきた。

コープはトムより少し背が低く、黒髪はぎりぎりの短さまで刈られている。目も色が濃く、黒目と瞳孔が見分けられない。

「また会えてうれしいよ、トム」

コープがトムの肩を温かく叩いた。

「こっちこそ、コープ」

「装備は余分に持ってきた。エリトリア行きは初めてだったな？」

「ああ」

「俺の覚え違いでなけりゃ、この手のことも初めてだよな？　これまでの仕事は国内限定——ＦＢＩだったよな」

「そうだ」

FBI時代、国外との合同捜査に加わらないかと持ちかけられたこともあったが、トムはすべての誘いを断ってきた。およそ、チームというものに関わることはすべて。

「まかせとけ。大体は静かなもんさ。仕事がない時には色々やらされる。武器の練習、実戦演習。まあ、そう悪かない」

「そうか」

コープが間を置いた。

「今日はキツい一日だったんだってな？」

「少しな」

「皆、そういう経験はある。お前をクビにする気ならフィルはお前をエリトリアに送りゃしないよ」

二人で飛行機へ向かいながら、コープがしゃべり続ける。

「俺もプロフェットと組んだことがあるよ。フィルが全員をパートナーと組ませるって、マジになり出した頃だったな。一緒にいくつか任務をこなした。その後プロフェットは、俺とは相性が合わないと報告した」

コープは肩を揺すって、その言葉を流す。夜も眠れないほど気にしているような様子もなく、トムに聞いた。

「お前の方は何があった？」

近づきすぎた。彼に。

「俺のせいで、撃たれた」

「あーそりゃ駄目だな」

トムは鼻を鳴らす。コープが言った。

「だがな、プロフェットはパートナー解消後も何回か俺のバックアップについてくれた。お互い後腐れなしさ。あの男は、現役のＥＥ社の工作員全員と組んでるだろうな。もういない奴とも何回か」

「続かないのは、プロフェットの問題か？」

コープは秘密めかして肩をすくめた。

「色々な理由でさ。フィルもいい加減、あいつに決まったパートナーを探そうとするのはやめりゃいいんだ。人とは組めない男なんだよ」

「協調性がない？」

「そこがさ、問題でな——協調性はある。ずっとは続かないだけだ。しばらくしか。まあプロフェットはいいヤツだよ。安心して命を預けられる。いつかフィルの後釜を引き継ぐって話にも納得だね」

コープは機内へ消え、トムは詰めこまれた情報でくらくらする頭でそれを追った。

じっくり考えこんでみたが、トムの中ではどうしても、フィルがＥＥ社の後継者としてプロフェットを鍛えていることと、その一方でパートナーを押しつけようとしていることがしっくりつながらない。ほかにも何かありそうだ。誰にでも秘密はあるものだと、トムは経験上身に沁《し》みていた。

その秘密が何かとプロフェットを問いただせば、トムの秘密も話さねばならないかもしれない。無理だ――凶運を断ち切れたと言いきれない今は。プロフェットにまた危険をもたらすつもりはない。

そう決めても、こうしてプロフェットに背を向けるのは苦しかった。パートナーとして、そしてそれ以上に、あの男自身と離れがたい。

コープがカチッとシートベルトを締め、飛行機は普通の商業便ならありえない勢いで加速を始める。

「さあ出発だ、心構えはいいか？」

どうせ、選択肢などない。だがコープにそうは言わなかった。

回復期というやつが、プロフェットは心底嫌いだ。普段からない落ちつきが、さらになくなる。弾丸摘出手術後、診療所からは数日で解放されたが、ドクからのご命令は「家のベッドでしっかり休養しろ」ときた。両手首はテーピングできっちり固定され、来週にはギプスを再装着される。まあ少なくとも、その日が来れば自由に動いていい身だ。それまでは自室という檻の中のライオン同然。

しかも、暇つぶしにキリアンの部屋から何かぶんどってくることもできない。

いや、軽い物ならなんとかなるか？　プロフェットはキリアンの部屋をモニターごしにぐるりと見回し、カウチに視線を留めた。

重すぎるか。だが、うまく道具を使えば……。

パソコンのキーに手を乗せ、プロフェットはキリアンにメッセージを送ろうかどうか考える。前回、プロフェットは新しいパートナーについての愚痴をこぼしたのだった。

その新しいパートナーが、今ではコープのパートナー。胸クソ悪い。プロフェットはメッセージを打ちこんだ。

〈お前の部屋は異常なしだ〉

返事は期待せず。

だが数秒後、ポーンと音がして、キリアンからメッセージが返ってきた。

〈帰ったのか〉

〈まあな。怪我。休暇。命令〉

〈撃たれた？〉

〈ちっせえ穴だよ〉

〈だが俺のカウチを盗むのをあきらめるには充分か〉

どうしてカウチを狙っていると、こいつに知られている？

〈今日のところはな〉

〈新しいパートナーはどうだ？〉

プロフェットは返事を打ちかけ、何と答えていいかわからない自分に気付いた。逡巡はわずかなものだったが、キリアンが〈おっと興味深い〉と打ち返してくるには充分だった。

〈何も言ってねえぞ〉

〈君に言葉を失わせられる相手がいたとは〉

「カウチはぶんどるぞ」プロフェットは声に出して宣言し、返事を打った。〈あいつは問題ない。撃たれたのはヤツじゃないしな〉

〈彼をかばって銃弾を受けたか。なんとロマンティックな〉

「殺すぞてめえ」と呟き、また打ち返す。〈そんなんじゃねえ。あいつは問題ない〉

〈今、彼は？〉

〈別のパートナーと任務中〉

〈彼から連絡は？〉

〈来るとは思ってねえよ〉

〈質問と返事が違う。その感じだと二人ともあっさりパートナー解消か。なかなか素敵なパートナーぶりだったようだ〉

プロフェットは考えこんだが、その皮肉には同意できなかった。

〈俺はパートナーには不向きなのさ。奴のせいじゃない〉

〈たしかに。君や俺のような男には、一人が似合ってるよ〉

キリアンが、その言葉を自分とプロフェットのどちらに言い聞かせようとしているのか、プロフェットにはわからなかった。

20

エリトリア入りから一週間になる頃、どういうわけかトムは、同じ東アフリカのソマリアの首都モガディシュで、市外へのルート沿いに多数ある隠れ家《セーフハウス》の中で身を伏せていた。ソマリアに行きたいと思ったこともあまりないし、こんな形の訪問はもっと願い下げだ。コープと、そしてアメリカ外務局職員のショーン・ブリーンと共になど。誘拐され、身柄と引き換えに金と政治犯の釈放を要求されていたブリーンを、トムとコープが救出したのだった。ブリーンの元に遊びに来ていた十八歳の娘エイミーも、一緒に救い出した。

このソマリアに、遊びに。

トムには理解不能だったが、実際、彼女は大学進学の前にと父親を訪問していたのだし、父親と同じ外交の仕事を目指してもいた。

しっかりした娘だが、ここでは最もか弱い存在だ。コープは彼女に自分の迷彩ジャケットを着せて帽子をかぶせ、可能な限り兵士のように偽装していた。エイミーは身を震わせつつも、予想外にもちこたえている。

アメリカの主義が〈テロリストとは交渉せず〉である以上、まさにこのような事態への対応こそ、ＥＥ社設立の意義であった。

そして、ＥＥ社もまた、テロリストと交渉はしない。彼らは敵を力で圧倒し、人質を奪還する。今回はＣＩＡがフィルに連絡を入れ、フィルはトムとコープを救出任務に派遣した。

コープは陸軍特殊部隊《デルタフォース》の出身で、腕もいい。エリトリア滞在中も彼は空いた時間にトムの教習を行い、ＦＢＩと兵士の訓練の差を教えてくれた。そしてまさに今こそ、兵士として行動する時だ。

銃弾が飛び交う中、自分でこれに対処できるのかと、トムの心を迷いがよぎる。

『よくやってるぞ、トミー。ここが正念場だ』

プロフェットの声が耳に語りかけた。完全に囲まれてしまったことをコープが悟るや、ナターシャが自宅待機のプロフェットに連絡を入れ、プロフェットが彼らのサポートに付いたのだ。

『とにかくコープにへばりついて、あいつだけは撃たないようにしとけ』

「笑える」

プロフェットが、屋根にヘリの着陸ポイントがある四軒先の建物の緯度と経度を告げる間、トムの脳裏には裸でベッドに横たわりながら命令を発する彼の姿が浮かんでいた。命令が実に似合う男だ。だが、今はプロフェットとベッドと命令の組み合わせに心を惑わされている時ではない。

プロフェットは衛星画像で周囲の安全を確認しながら、トムたちをセーフハウスから次のセーフハウスへと導いた。いかに隠れ家であっても、一度に数時間もとどまるのは危険だ。もうすっかり包囲されてしまった気がした。彼らは狩られ、追い立てられ、一刻も早くこの町から脱出しなければ。

「行こう」

コープの号令のもと、四人が路地を駆け抜ける間、プロフェットの声は途切れた。だがあと一歩で到着という時にプロフェットがトムの耳の中で毒づき、道を戻って市の境界へ向かえと指示した。

ひどく高リスクの決断だったが、急な方向転換の理由はすぐわかった。独立記念日の花火もかすむほどのロケットランチャーが宙を飛び交い、迎えに来たヘリを追い払ったのだ。ひとつだけありがたかったのは、ヘリに気を取られたおかげで敵が四人には撃ってこないことだった。着陸地点にもう少し近ければ四人とも発見されていた。

トムとコープは救出した親子をつれて道を戻り、地元民とゲリラの目をかわす。銃撃戦になれば一気に敵を集めてしまう。そのまま市街地を抜け、潅木の散らばる荒れ地へ走りこんだ。沿岸部へ向かって。

何の道標もない暗闇の真っ只中。ゴツゴツと足元の悪い地を、ひたすらに進む。

とにかく、プロフェットは進めと言った。二十キロ歩いた先に、市内よりは安全な合流ポイントがあると。

市内よりは安全。つまり実際には、安全でも何でもないということだ。

八キロ——プロフェットとコープは元軍人らしく「八クリック」と呼ぶ——進んだところで、休憩を取らざるを得なかった。ひとつにはブリーンとエイミーを休ませるためだ。コープが二人の様子を見て、励まし、水分を取らせた。そしてもうひとつ、ここで足を止めた理由は、一キロ先から反乱兵たちが点々とひそむエリアに踏みこむことになるからだった。隠れ、待ち伏せする兵士たち。その間をくぐって任務をやり遂げるには、完璧な隠密状態と沈黙が必要だ。

だが、今はまだ、トムはプロフェットと話していられた。プロフェットはトムのイヤホンにだけ指示を出しており、コープには聞こえていない。コープはナターシャとつながっていて、複数のサポートによって彼らはより広い視野を得ていた。

プロフェットの声がなければ、ここまで持ちこたえることはできなかった――トムにはわかっていた。

『任務のおもしろいところは、己の世界に入れるところだ』プロフェットがトムに語りかけていた。『どこで切り替わったかわかるくらい、カチッと、一瞬でな。上空のヘリの中に座ってる時、現実のあれこれが頭にあるだろ――金とか恋人とか色々な。ところが突然、ヘリの音が雑念をなぎ払ったかと思うと、もう目の前にあるものだけに意識がピシッと集中する。そこからは、生きるか死ぬかだけだ』

トムには理解できた。昔の任務はずっと規模も小さく、ここまで血なまぐさいものではなかったにしても。

「俺は、FBIの時、いつも狩りみたいだと思ってたよ」

『だろうな』いかにも当たり前のように、プロフェットは相槌を打つ。『お前は根っからの狩人、生まれつきの追跡者だ』

それは事実だ。ルイジアナの沼沢地で生まれ育ったトムにとって、生きるということは身を隠し、追いつめ、狩ることでもあった。

『FBIじゃどんな事件を手がけた？』

「大体は銃撃事件だ。いくらかは連続殺人も」

『スティール・ストリート事件の担当だったたな』

トムの胃がぐっと重くなる。プロフェットは彼についてのファイルを読んだのだ。いつかそうするだろうとわかっていた。何か言われるかとかまえたが、プロフェットは追及せず、あっさり話題を変えた。

『荒野の真ん中でヘリに乗りこむのは、お前のこれまでの仕事とはちょいと毛色が違う。とにかく全部撃て。敵は四方八方から来るし、味方より敵の方がずっと多いんだ』

「ボブに訓練でしごかれたよ」

『おっと、あいつはキツいだろ』

「まったくだよ」

人生で初というほど、肉体的にも精神的にもへとへとに絞り尽くされた。それだけの意義はあった――あの訓練がなければ、軍隊経験のなさが、いつまでもトムの不利になっていただろう。ＦＢＩの訓練も苛烈なものだったが、これは目的が違う。

「エリトリアじゃ、偵察任務だって言われてたんだ。監視とか。飽き飽きするような仕事ばかりだって」

トムの声は、自分で聞いてもどこか弱々しく、てっきりプロフェットから何か小馬鹿にした呼び名で呼ばれると思った。

だがプロフェットは――数千キロの遠くにいるくせに、すぐそばからトムの耳に語りかけているようなこの男は、トムに言った。

『お前ならやり遂げられる、トミー。傷なんかくそくらえ、過去なんかくそくらえだ。その傷がお前を強くしてきた』

トミー。くそっ。トムは恐怖をごくりと呑みこむ。

「本当に……傷で強くなれると思うのか？」

『お前は、どう思う』

プロフェットの手が裸の背をなでていく——あのモーテルの部屋でのように——感触を、トムはまざまざと感じた。背の傷はタトゥに覆われて、見ただけではわからないし、軽くふれただけでもわからない。だがプロフェットは、何ひとつ軽く流すような男ではない。彼の仕種、愛撫、視線——いくらトムが無視しようとしても、そのすべてが重く、深かった。

「まだ、生きてる」と、彼はプロフェットに応じる。

『それだけでいい。お前の勘を使え、トム。俺は必ず聞くと言ったろ？　だがお前も、自分の声に耳を傾けないと』

「俺の勘は、お前の役に立たなかった」

『ああ、あの時はどうしたんだ？　何に気を取られてた』

お前に。

「何だろうな」

『ふむ。今から、お前は隠密行動に入る』

「わかってる」

『こっちからは話しつづける。コープが先導する。奴を見失うな。お前には俺がついてる』

ありがとう、と言いかかった時、プロフェットが『黙ってろ』と制した。

トムは心の中でプロフェットに中指を立ててやる。もう、元通りの二人だった。

地面は荒く、道のりは過酷だった。プロフェットの声に導かれながら、トムははっきりと、この男が同じ場所に立っているのを感じる。明らかにプロフェットにはこのルートを歩いた経験があり、彼の方向指示は暗視ゴーグルごしのトムの視界より正確だった。

だが突然、トムの歩みが止まった。

『どうした、T?』プロフェットがたずねて、それから続けた。『自分を信じろ』

トムはそうした。素早い数歩で追いつくとコープをつかむ。コープは振り向いて彼を見た。

『好きな方角へ向かえ。俺がついてる』

プロフェットが言った。コープは逆らわず、トムに先導されるまま細い獣道へと入っていく。

プロフェットはその新たなルートで彼らを導いた。『6・4クリックだ、T』と言われてトムは脳裏で素早くキロをマイルに換算する――四マイル。事実、きっかりそれだけの距離を踏破した末、トムは四人へ向けて一線に降下してくる鉄の鳥を、迎えのヘリを目にした。

プロフェットは、その瞬間を選んでトムに報告した。

『歩いてる間、お前が避けたルートを確認した。お前が方向転換した地点から半マイル先で敵兵が待ち伏せていた。お前の判断は正しかった。お前はやり遂げた、T』
まるでプロフェットから見えるかのようにトムはひとつうなずき、それからコープに援護をまかせると、この地獄から彼らを連れ出してくれるヘリの、低空でホバリングしている機体めがけて、ブリーンとエイミーをつれて駆け出した。

まるでホラーの一シーンのように、過去からの亡霊どもが彼をとり囲んで座っている。彼を見つめている。

ジョンがいた。ハルもいた。そして今や、クリスまで。そこから、ほとんど悲しげな目で彼を見ていた。

プロフェットはまばたきした。部屋がまた傾き出す。クリスの姿は消え、彼らはあの砂漠に戻っていた。テントの中にはハルがいて、プロフェットの隣に座ってぬるいビールをあおり、その視線の先ではジョンが、果てのまったく見えないこのスーダンの砂漠をここまで突っ走ってきたランドローヴァーを整備していた。

「五分したらまた移動開始だ」

ジョンが声をかけてくる。

プロフェットは冷や汗まみれで、二人の男を見やり、勿論これが現実でないのはわかっていたが——砂漠のど真ん中にキリアンのカウチがあるわけがない——それでも、すべてがあまりにもリアルだった。そして誰も、何も、プロフェットをこの世界から引きずり戻すことはできない。

「そう哀れな顔をすんなって」

ジョンがニヤニヤとプロフェットをからかう。それからハルの方を、例の、何もかもお見通しだという目つきで眺めた。ハルがプロフェットに「準備はできた」と告げる。

「俺はまだだ」

プロフェットの声は脆くひびき、だが彼は、ここでそんな脆い存在ではいたくなかった。

(お前はドリュース家の男だ)

生まれながらにして壊れる運命の。数えきれないバラバラの破片になるまで。

誰がそれを拾ってくれる？

誰がそんなものを拾いたがる？

プロフェットがハルと会ったのは四日前。それから仲間と共に、ハルを無事砂漠の向こうへ送り届けるための作戦を練りつづけた四日間。耳が落ちそうなほど、ハルの話を聞かされつづけた四日間。自分のことをプロフェットに知ってもらおうと。

「やめとけよ、プロフ」

ジョンがそう声をかけ、プロフェットにはこのジョンがフラッシュバックの過去の中のジョンなのか、それとも皮肉屋で幽霊のジョンなのかがわからなかったが、どうでもいい。どうせいつも同じ警告だ。「やめとけ」と。

「やめとけ――」

プロフェットがおうむ返しにした言葉は、テントではなく、部屋の壁にはね返った。まばたきし、消えていく砂漠に目をこらす前で、ハルの姿が――まだ生きたまま――薄れて消え、気付くとプロフェットは自分の寝室の床に座り、両膝をかかえて、前後に身を揺すっていた。

まったく、現場復帰の準備は万端だ。

「あれは任務だった」

プロフェットは自分にそう言い聞かせ、はっきりと幾度もくり返しながら、それでも前後に体を揺すりつづけた。その言葉が真実でも、人生でもっとも過酷な判断だったことに変わりはない。魂がねじ切れるほどつらい決断になるなど、知らなかった。

ジョンや仲間のＳＥＡＬｓ《シールズ》の隊員を、無敵のように思ったことなど一度もない。だが、覚悟はあっても、実際につきつけられた敗北は重すぎた。それに、プロフェットは数回の要人護送を経験していたが、ハルを守る任務は前例のないものだった。

ハルは出立前、プロフェットを自分の横に座らせた。プロフェットに自分のことを話して聞かせた。そしてプロフェットに、いくつかの約束をさせた。

あんな約束をしたのを、今でも後悔している。

ついに、体を揺する動きが止まると、プロフェットは床からのろのろと起き上がって電話に向かい、トムからの連絡が入っていないのをたしかめた。両手がまだ震えている——ソマリアの夜をかいくぐってトムを脱出させ、その電話を切った瞬間から、止まらない。電話を切り、机に頭をつっ伏し、起きたらあの砂漠だった。

「畜生が」

首を振った。震えも、軽いめまいも、怪我のせいだ。そうだろう？　それでいい。自分もだませなくて、一体誰がお前の嘘を信じる？

嘘なら誰にも負けない筈だ。

パソコンに例の尋問映像を表示し、もう何千回となく見たそれをじっと見つめ、トムと話した電話を見つめた。バラバラに見える物事が、どうしてか絡み合っているとでも？　ありえない。

だが、プロフェットは偶然を信じない。

トムがコープと一緒にいると知って、プロフェットはほとんど安堵を覚えた。ほとんど。完全にはほっとできない、小さな心の引っかかりの存在に、最初に無理にパートナーを組まされた時と同じくらい苛《いら》ついた。

それともこの苛立ちは、フィルが何も聞かず、あっさりトムをプロフェットのパートナーから外したせいか。フィルの方では、プロフェットがどうせ今回の負傷を盾に二度とパートナーは御免だと言い出すだろうと見越して、プロフェットに逃げ道を与えたのかもしれないが。

（いつからこんな小さいことで悩むようになった？）

そう思ったところで、ふと別の人物を連想し、プロフェットはすでに記憶を刻まれた番号を押して、やはり逃れようのない、一月おきの電話をかけた。

ハロー、と出た女の声はだるそうだった。

「悪い、起こしたな」

『いいのよ、ベイビー』

ベイビー？　本気か。プロフェットが受話器を握る力がさらにきつくなる。

「いつも通りか？」

『つまんない毎日だよ』

「友達はできたか？」

『それは、頭の中にいる友達以外、ってことかい？』

「そんなこと言ってないだろ」

『ここの連中は悪かないよ、前のところよりはマシだと思うね。仕事はどう？』

彼女は嘘をつく。プロフェットも嘘で答える。それが二人の人生だった。

「いい調子だよ」

『あんたが建築現場で働いてるなんてねえ。もっといろんな仕事ができるだろ？』

「厳しいご時世なのさ」

『あんたはそんなんじゃないだろうに』

その手の説教にはとうに飽きていたので、プロフェットは答えず、彼女に話を続けさせた。

『どこかの男が電話してきたよ、あんたを探してるって』

「何て答えた？」

『あんたの連絡先は聞いてないって』喉が詰まるような咳。『薬が足りないんだよ……』

「ちゃんと処方されてるだろ」

『クソが』

「ああ、まったくだ。俺が初めてしゃべった言葉もそれさ、母さん」

プロフェットは皮肉をこめずに言った。

「大丈夫だ、医者は状態はいいと言ってる」

『そういうあんたはどう？』

「順調さ。問題ない」

『電話してきた男、物凄く怒ってたよ』

「だろうな」とプロフェットはなるべく嫌味っぽくならないように答えた。「また電話してきたら、切ってやれ」

『ああ、わかった』彼女は沈黙し、それからたずねた。『近いうち会いに来てくれるかい？』

ありえない。決して。

「わかった」

『いつもそう言うんじゃないか』

「だな」

ほかに何を言っていいのか、何も言うべきことが残っていなかったので、プロフェットはそのまま電話を切った。

フィルに電話をかけるなど、論外だ。プロフェットは孤独で、いつもはそれで望みどおりだったが、トムに電話をかけたい欲求はほとんど手に余るほどだった。

かわりに、プロフェットはキリアンにメッセージを打った。虚構の関係の方が、はるかに楽だ。

21

トムは重厚な鉄のドアに拳を叩きつけ、一歩下がり、待った。足音は聞こえないが、のぞき穴からプロフェットがこちらを見た瞬間、それを感じた。はっきりと。

　鍵がガチャリと外れる音がして、さっとドアが開き、プロフェットがまるで怪我の痛みなど感じないかのように扉を片手で押さえた。

「下のセキュリティをどうやって抜けてきやがった？」プロフェットが問いただす。「ああ、んなことはいい。てめえに住所を教えた覚えはねえぞ」

「俺も会えて嬉しいよ、プロフ」

　数週間前、あのソマリアでの任務の間、通話を通して二人の間をつないでいた静かなぬくもりなど、もうどこにも残っていなかった。

「追跡装置を使わせてもらったんだ。お前もおなじみだろ」

「俺に発信器を仕掛けたってのか」

「そうだ」

「マナー違反だと思わねえか？」

「かまうかよ」

　プロフェットがまばたきした。

「そりゃ俺の言いそうなセリフだ、お前、俺と長くすごしすぎたようだな。だが、まだお前がここにいる理由の説明になってねえ。帰る家でもなくしたか？」

「あんなところは家じゃないと、お前も言ったろ」

　プロフェットは肩をすくめ、重い鉄扉にもたれかかった。

「お前はあれで充分だと言ってた」

「今は違う。俺をずっと立たせておくのか、それとも中へ招き入れてくれる気があるのか?」

「誰もお前に中に入るなとは言ってないぞ」

「くそっ、お前を殴り倒してやりたいよ」

トムはプロフェットに触れることなく、体を部屋の中へ押しこんだ。

「ああ、フィルにも言われてる、俺は額に〈順番待ち〉ってタトゥを入れとけってな。そうすりゃこんな時、いちいち言わずにすむだろ」

背後でドアが閉まり、ロックされる音を聞きながら、トムは部屋の中へ視線を走らせた。開けた、大きな一室だ。無機質。現代的。清潔。いくつか、きっとプロフェットが旅の間に入手した、洒落た彫刻や写真や家具が配されている。

プロフェットはトムのいる方へ歩いてはきたが、大きな空間と、それに加えて石の小さな彫刻を飾っているテーブルで、二人の間を隔てたままだった。

「何で来た」

「任務を終わらせるためだ」

「任務なんかもうねえよ。フィルにも言われたろ」

「ああ、聞いた」

プロフェットはじっとトムを見つめた。

「ほう、じゃあ何だ。予知でも見たってか？」

「そんな感じだ」お前が心配だったからだ、と言うよりずっとマシだった。「この間起きたことだが――」

「忘れろ」プロフェットはそうはねつけて、ふと止まった。「どっちのことだ？　銃撃のことか、別の方か？」

「銃撃だ」

「今も言ったが、忘れとけ」

トムはテーブルと、プロフェットの方へ数歩近づきながら、問い返した。

「もうひとつの方もか？　俺たちに起こったことも、忘れさせたいのか？」

（俺は忘れようとした。だが、無理だった――）

プロフェットが二人の間にある彫刻に指先をすべらせた。

「いいや」

もう一度、あの瞬間を取り戻したくないか？　そうたずねたかったが、口にはできない。かわりに、トムは告げた。

「俺も忘れたくないよ」

「お前がここまで押しかけてきたのはヤリたいからか、任務のためか？」

「両方だ」

「悪くない答えだ」

トムは、二人を隔てるテーブルを回りこむ。「まずいくつか聞きたい」

「そりゃあ残念だ、俺は何の答えも持ってねえぞ」

プロフェットは、トムのゆったりとした歩みが近づくより先に、遠くへ歩き出した。

だがその歩みは後ずさりで、視線はトムを見つめたままだ。トムは思わず浮かびそうになった笑みを殺し、ゆっくりと前へ歩みつづける。衝動を止められない――止めたくもない。

「俺は、お前のそんな逃げや誤魔化しにこれ以上つき合うためにここに来たわけじゃない」

プロフェットは暗い笑いをこぼし、足を止めた。

「EE社に入って三ヵ月でもうルール破りか。優等生はやめちまったのかよ？」

「ああ、くそくらえだ」

プロフェットは今やトムの目の前。二人の距離は、どちらかが相手にふれようと手をのばせば、一瞬に消える。

どちらも動かない。

プロフェットが言った。

「お前のやる気はありがたいが、俺たちはもう戻らない。俺には、お前を守れない」

「そうか？　俺をかばって銃弾を受けてくれたり、ここまで充分してもらってるがな？」

「お前、俺が助けたのを怒ってんのか？」とプロフェットが疑り深い口調でたずねた。

「自分の面倒も見られない奴だと、お前に思われたのが腹が立つんだ」トムは訂正する。「お前を守るチャンスをくれなかった。それを怒ってるんだ」

　プロフェットは首を振った。

「お前にはもう充分――」

「セックスは数に入らない！」

　トムは声を荒げる。

「セックスはいつだって数に入るさ」プロフェットは指でトムの胸板をぐいと突いた。「てめえは何だ、破滅願望でもあるってか」

「俺の願望は、この先もEE社で働くことだ。あの任務を片付け、今度こそ、お前がトラブルに足を突っ込まないように守る」

「たしか俺がお前をトラブルから引っぱり出してやったんだがな？」

「わかってる。もう、次は違う」

　プロフェットは溜息をつき、重荷でも背負わされたように天井を見上げた。

「好きにしろ。お前は俺を見つけて、部屋にまで上がりこんだ。ご満足だろ？」

「どうしていつも他人をつき放そうとする」

「どうしてって、俺が破綻した精神の持ち主で、正常な人間としての機能が欠けているからじゃないかな？」

その反問は望みをかけるような口ぶりで、ついトムの唇の端がゆるんだ。どうせ本音で言ってやしない。ただトムの反応がほしいだけだ。あるいは同意が。

それとも、皆に対するように、トムのことも煙に巻き、遠ざけようとしているのか。

「お前は面倒な男だよな」

そう言うと、プロフェットが短く、トムの劣情をそそる低い笑いをこぼした。

「今さらかよ」

「口に出してたしかめたのは、これが初めてだ」

「前にもぶつぶつ言ってたぞ」

「覚えてない」

「お前は寝言を言う癖があるからなあ、T」

「お前とパートナーになってからの癖だよ、くそ、この野郎」

トムは悪態をつく。どちらも一歩も引かず、互いがひどく近い。

「ほかには？　何か寝言で聞いたか？」

「黙秘権を行使する」

「俺がしゃべった寝言の内容を俺に教えないってのか？」

「あー、これまで掘られた男の中で俺が一番いい男だって言ってたぞ。俺のが一番でけえって」

「そうかよ」トムははねつけ、つい不埒な動きをしたがる右手をポケットにつっこんだ。「デカかった、だろ。お前にとっちゃもう昔の話なんだろ？」

「おいおい、そんな言い方するなって、トミー」

「トムだ。なあ、少し暑くないか。窓開けたり何とかできないのか？」

プロフェットがゆったりと微笑した。気怠げに。

「俺にヤられている間はトミーって呼ばれても気にしてなかったろ。ありゃどうしてだ？」

「てめえにヤられてる間はほかに頭が回らなくなるからだよ！」

「まるで悪いことみたいに言うんだな」

プロフェットの指が、自分の顎のラインをさすった。

彼は、そこにキスされるのが好きだ——トムはそれを知っている。キスして、舐めて、吸って、痕がつくほど……。

トムの思考を読んだかのように、プロフェットが手をのばし、指をトムの髪の間にくぐらせる。その時初めて、トムはプロフェットの手からギプスが外れているのに気付いた。

「ドクは、治ったって？」

「いや」

「プロフ、お前また——」

トムが言いかけた言葉を、だがプロフェットは唇に指を当てて封じ、親指で下唇をなぞりながら囁いた。

「俺は平気だ。弱さは見せられない、トミー。お前ならわかるだろ」

　ああ、トムには理解できる。

　今こそ、直面するのを恐れていた問題と——二人を対立させた最大の原因と——向き合える瞬間だと感じて、トムは大胆に切りこんだ。

「あの映像、見たか？」

　その瞬間、プロフェットの手が唇から離れ、トムは質問を後悔した。「ああ」とプロフェットが短く答える。

「見て、何かわかったか？」

「むしろお前があの映像から何を学んだか、聞きたいね」

「前にも言ったけどな、あのビデオからわかったことは、お前と会えばすぐわかるようなことだけだったよ」

「それって俺は喜びゃいいのか？」

「好きに解釈してろ」

　さっきプロフェットがしてくれたように、今度はトムの指をプロフェットの髪にくぐらせたくてたまらなかったが、トムはこらえた。だがすぐに屈し、金髪の房に指を通して絡める。互いの顔を近づけた。

「俺を抱けよ、プロフ」

プロフェットがまばたきした。その顎に力がこもり、小鼻がふくらみ、ほんの短いその刹那、トムは拒絶にそなえて心を固くしたが、その言葉は来なかった。

部屋の扉を開けた瞬間から、こうなるだろうと、プロフェットにはわかっていた。

トムのシャツの胸元をつかみ、ぐいと、強い手で引きよせた。互いの胸がぶつかり合う寸前に布地を離し、トムのうなじをつかんで、叩きつけるようなキスをした。

どろどろの、がむしゃらなキスで、舌が激しく絡み合い、トムの呻きが荒々しい熱の奔流となってプロフェットの全身にあふれ、股間がさらに張りつめた。

トムの腕が、二人の体の間でもぞもぞ動き回る。プロフェットのジーンズの前を開き、屹立をさすった。プロフェットにシャツをまくり上げられて乳首ピアスをいじられる間も、トムはその手を止めようとしなかった。プロフェットがピアスをもてあそび、焦らしては引っぱると、全身がビクッとはねる。

下着をつけていないプロフェットのジーンズを、トムが用心深く下ろした。お返しにプロフェットはトムのシャツを引いて頭からはぎ取ってやる。

すべてを脱がせて、裸にする。それしか考えられない。トムの方も似たようなものだ。

トムが、プロフェットの唇に囁いた。

「ベッド？」

「上の階」

「お前に、もしその気があるなら——」

トムはそう言いながら、プロフェットの脇腹の、銃弾の痕を指でなぞる。

「その気がないように見えるかよ、俺が？」

トムとのセックスを拒むのは、プロフェットが死んだ時くらいだろう——特に、理性ぎりぎりまで煽られている今は。

「心配なんだよ、痛むかもしれないし」

「なら気をつけろ」

それだけ言い捨てて、プロフェットはトムの口腔に舌をねじこみ、トムの思考を止めてやる。この男の悩みを止め、ただ感じさせられるというなら、舌どころかペニスもつっこんでやりたい。

しかし、キスもなかなか——そう、トムとのキスはいつもたまらない。耳元で囁くトムの声、温かく潤んだ吐息、プロフェットの肩にすがる手。そのトムの手がプロフェットの背をなぞり、服の下に入りこみ、素肌をさする。

肌と肌。ファイトの時のように。

もつれながら、二人は階段を上っていく。陽は落ち、四階は窓の外のわずかな街灯の明かり以外、ほぼ闇だ。どうでもいい。光などなくとも、プロフェットにはトムが見える。

トムの熱で体が溶けそうだ。トムにもそれが伝わっている。だが今回ばかりはそれもかまわず、プロフェットはされるがままトムに服をはぎとられて、トムの囁きを聞く。

「お前の手を感じたい」

言われるまでもない。まだ、ギプスの外れた手でトムにふれていなかった。プロフェットは手をのばし、タトゥが覆うトムの肌に手のひらを当てた。きっと今夜は——いくら理性が反対しても——たっぷりとこのタトゥを指と舌でなぞってすごすだろうと、もうわかっていた。望もうと望むまいと。惹きつけられる。まるでそれは、セイレーンの歌。

プロフェットは、点字でも読むかのようにトムの体を、肌を、丹念に読んでいく。闇の中でも、トムの目にはプロフェットの髪の金色のきらめきが見え、彼の肌をすみずみまで征服していくプロフェットの舌を感じた。

プロフェットだけが、トムをこんなふうにする。一度も味わったことのない感覚を与える。今夜、トムは完全にプロフェットに、この男だけに奪い尽くされ、駄目にされる。それもプロフェットにはわかっているのだろうか。

プロフェットは、トムの脚の間に身を屈め、トムのペニスに並ぶピアスの列を舌でなぞっている。肘を立ててその様子を見つめていたトムは、のびてきたプロフェットの指で乳首のピアスを強くはじかれ、鋭い喘ぎをこぼした。

そこからは快感に押し上げられ、その淵から幾度も引き戻されて、翻弄された。全身が快楽に屈し、トムの唇からこぼれるのはどうしようもない呻きばかりで、わずかに意味を為すのは「ファック」だの「早く」だの「プロフェット」というぶつ切りの言葉だけ、それも罵るように言っているものだから、プロフェットが小さな笑いをこぼした。

「それ、もっと――」トムは懇願する。

「これか？」

「そう……それと、もう一度、笑って……」

プロフェットは両方の望みをかなえると、トムの牡に唇をかぶせ、根元まで深々と呑みこんだ。トムは吠えるような声を立て、プロフェットの喉の奥に一気に噴出していた。

ハアハアと喘ぐ。シーツを握りしめたトムの腰を、プロフェットはがっちりと押さえつけ、最後の一滴までも吸い上げた。

「まず、一回目だ」

「もうムリ。何日かは一滴も出ねえ」

「賭けるか？」

「お前相手に？　ノるほどバカじゃねえよ、ダーリン《シャ》」

「そんな可愛い呼びかけをしてくれるとはなあ」

「可愛くない呼び方もできるぞ」

トムは脅そうとしたが、戻ってきたプロフェットの指がとんでもなく淫らな動きを仕掛けてくる。

膝をぐったりと片側へ倒したトムへ、プロフェットが呟いた。

「お前のことになると、俺は何の我慢も利かねえ」

「俺も、お前にはそうだよ。尻軽どころじゃ……」

トムの呟きは、プロフェットに聞き取られていた。まるで、当たり前というようにうなずいて、返事をする。

「何も悪いことじゃないさ」

たしかに、むしろ自然なことにしか思えない。それがまずいのかもしれないが、喉の奥で低いうなりを立てるプロフェットの舌に乳首をいたぶられ、嚙まれると、トムはすべてがどうでもよくなった。

プロフェットに怒りの気配はなく、たぎらせているのは生来の原始的な獰猛さだ。トムにはその野獣の牙を折るつもりなどない。逆だ。その獣に乗り、一体になって、わけがわからなくなるほど犯して、もっと暴れ狂わせたい。今のプロフェットにはまだ自制がある。わずかに。

最後の一歩を恐れている――トムもそうだったように。

だが、また今、プロフェットは踏みとどまり、心に壁を作った。この男のいつものやり方。トムもあやうく見逃してしまうほど自然に。いや、見ないようにしていただけか？

次の瞬間、プロフェットはトムをうつ伏せに返して、後ろから抱く体勢を取る。理由はあからさまだった。

（俺の顔を見なくてすむように。心の半分が、どこか遠くにいてもかまわないように――）

それが罪悪感からかどうか、トムにはわからないし、どうでもいい。まだそこまで踏みこみはしない。いつかその時は来る。今はただ、プロフェットをできる限り現実に引き留めておくだけだ。抗うのではなく、自然に解きほぐしていくために。

背後から、プロフェットのペニスの先端が尻にぐっと入りこみ、トムは歯の間からかすれた息をこぼした。焦らされたくなくて、プロフェットの方へ尻を突き出す。

「痛くてもいいから――」

プロフェットがトムの乳首ピアスをはじく。「だろうな」と呟いた。

それから、ピアスをぐいと引いた。キリキリと、甘い痛みがトムの全身を貫く。トムはただ受け入れた――すべてを。手と膝をついた体勢で、背後のプロフェットからひたすら荒々しく突き上げられても、どれほど一方的でも、まったくかまわなかった。

プロフェットが達するまでに、トムは二回、イカされた。

プロフェットの絶頂はほとんど衝撃のようにトムを打ちのめし、トムはベッドに崩れ伏した。プロフェットの、ドクドクと脈打つ熱を体の奥に感じる。もしこれほど力を使い果たし、満たされていなければ、あやうくまた達するところだった。

プロフェットは腰を引くと、トムの肩を軽く噛んでから体を傾け、使ったコンドームをゴミ箱へ放りこんで、またトムの上へ半ばかぶさるような体勢に戻った。

トムは首をねじってプロフェットを見る。プロフェットは頬を枕に預け、肩はトムの肩の上にのしかかり、腕はトムの背中に投げかけられていた。左脚がトムの太腿の上に斜めに重なっている。

「お前、よくあんな我慢が利くもんだよ……」

「さっき、お前をしゃぶった時に一度イッてたんでな」

プロフェットはそう白状する。トムは思わず小さくうなると体をひねり、背後に手をのばして、自分が何をしようとしているのか気付く前にプロフェットの手を握っていた。

驚いたことに、プロフェットはただトムの指を握り返し、トムの肩に頬をのせ、肌に唇を当てると、眠りに落ちていった。

トムは眠りたくなかった。プロフェットの顔をもっと見ていたかったし、安らかに目をとじた寝顔の無垢さと純粋さに息を奪われていた。その頬を、傷痕をなでて、もっとキスしたい。だがこの一瞬を壊すのも惜しい。

結局トムはプロフェットの寝顔を目に焼きつけながら、一体ここから二人の関係はどこに向かうのかと、あれこれ心をさまよわせていた。

22

プロフェットがビールとチップスを出してきた。中華の出前を取ると、テレビを流しながら二人はベッドでそれを食べる。居心地のいい沈黙が続いていたが、それを破って、トムはここへ来た目的を持ち出さねばならなかった。

まあ、第二の目的か。主目的は充分以上に果たせたし、尻に感じるヒリつきもそれを証明してくれている。

「お前が本当はクリスの事件をあきらめてないのはわかってるんだ。ただ、教えてくれ、それは気持ちのケリをつけたいからか、それとも報復のためか？」

「両方じゃ駄目かよ」

「ほしい答えは得られないぞ。楽にはなれない。言わせてもらえば、お前が自分を責めるようなことでもないけどな」

「まったく可愛いことを言ってくれるよ、トミー」

「俺は可愛くなんかないさ。どっちかって言うと、お前の方が……」

トムがわざとらしく言葉を途切らせると、プロフェットが鼻で笑ったが、トムの目は、ふいっと顔をそむけたプロフェットの頰がかすかに赤らんだのを見ていた。

「これは、俺ひとりでやるべきことだ」

「駄目だ」

プロフェットは溜息をつき、天井をじっと見つめて言った。

「この間はもう少しでお前を死なせるところだっただろうが」

「あれは、どちらかと言えば俺のせいだろ」

「俺が撃たれたことがか？」

「そうだ——」

トムは言葉を切り、思考が勝手にまとまり出す、その流れに身をまかせた。己の直感に心を明け渡す時はいつもこんな風に、静止し、体に息を満たす。そして、やっと——遅ればせながら——視界がクリアに開けていた。

「この事件は、思っていたのと違うんだな」

「ああ、そうだ」

プロフェットはトムの直感に同意したが、それ以上の話はしたくないようだった。

「どういうことなのか、次はお前が説明する番だぞ」子供相手のように、トムはゆっくりうながす。「いい加減、パートナー相手にどうコミュニケーションを取るべきか、フィルにマニュアルを作ってもらった方がいいか？」

プロフェットはぴしゃりとはねつけた。

「けっ、ベッドの中でのマニュアルかよ」

「スウィートハート、ベッドの中でなら、俺はマニュアルなしでもちゃんとお前のことを読み取れるよ」

「俺はてめえのスウィートハートじゃねえ」

プロフェットはぼそっと言い返す。スウィートハート？　本気か、馬鹿にしているのか。スウィートハート。何だと。衝撃からやっと立ち直った途端、トムが質問をぶつけてきた。

「フィルが引退したらお前がＥＥ社を引き継ぐってのは本当か？」

「どうして気にする？　出世のために、未来の上司のケツをもっと掘っとこうってか？」

「やっとお前が、狼に育てられたんじゃなく文明人らしく見えてきたところなのに……」

「残念だが、俺はジャングル育ちでな」

「聞いた俺が馬鹿だった」

「お前のユーモアセンスはゼロかよ、ああ？」

ののしると、トムからビシッと中指をつき立てられた。

「わかったわかった――ああ、本当の話だよ」

「フィルの後を継いだら、現場からは引退になるんじゃないのか」

プロフェットはとじた目を、両手のひらで覆った。この上なく単純な真実。だが、それを言えるわけがない。それにもし、その時が訪れ、トムがまだEE社に所属していれば――怪しいものだが――どうせ知ることだ。

いずれ、皆が知る。

「時が来れば、そいつは俺が自分で判断する。何でこんな話になる？　コープとの任務がそんなにキツかったか？　お前はよくやったぞ」

トムが首の後ろをさすっている、その全身がきつくこわばっていた。

「凄い緊張感だった」

「そりゃな」

「あの世界には……何のルールもなかった」

「だからおもしろいんだろ」

トムは吹き出すように笑い、それから続けた。

「コープが言ってたが、あいつとも組んだことがあるんだろ？」

「まあな」

「ほかに、コープは誰と組んだ？」

コープに聞けばすむことだろうとプロフェットは思ったが、すでに知っていて、トムはプロフェットを試しているだけなのかもしれない。随分と悪質になりやがったものだが、プロフェットから学んだんだろうから文句も言えない。

「コープは、よくミックと組んでた。今後も組むだろうが、ミックには決まったパートナーができたんでな」

仕事だけでなく、私生活のパートナー。ミックとブルーの二人は、あきれるくらい見事なペアだ。ミックのような男がブルーのような泥棒と恋に落ちるなんて、出来すぎだろう。時に人生は美しい。

「お前の望みはかなったろ、トム——お前は自分の価値をフィルに証明した。多分、自分自身にもな」

「今度はお前が心を読む番か？」

そう言い返しはしたが、トムはそんな気負いがあったこと自体は否定せず、たずねた。

「ソマリアでお前が俺のバックアップについたのは、フィルに言われて俺の状態をたしかめるためだったのか」

「そりゃ考えすぎだ。あの任務がお前にとってキツいものになるだろうと思ったのは、俺だよ。

お前がどうせ昔のグチャグチャで悩んでんだろってな。言っとくが、そんなもん、もう何年も前に始末しときゃよかったんだよてめえは」

トムが鼻を鳴らした。

「お前を見習ってか？」

「俺の忠告は聞け、だが俺の生き方は見習うな。あのな、お前が地下ファイトでキレたことはフィルには報告してないし、する気もねえ。フィルのお前への信頼は高い」

「サンキュー、ボス」

プロフェットはちらっと鋭い目をして、言い返した。

「いいか、お前のこの仕事への自信をくじこうとしてあの失敗を持ち出してるわけじゃねえんだ。とにかく、ソマリアの任務がお前にとってしんどかったのはわかってる」

そして、あの時、プロフェットがトムの隣にいるべきだったことも。

「そうだな。ああ、ソマリアは……くそッ」

「深呼吸しろ。お前はよくやった。コープと一緒にうまくやり遂げた」

「お前が最後まで引っぱってくれたからだ」

「お前が、パートナーと協力して動けたからだ。お前がすべての情報をちゃんと利用したからだ。自分の直感も含めて。だがもうそんなことわかってんだろ？　本当は何が聞きたい、T」

何が彼の心を悩ませているのか、トムはやっと正直に白状した。

「フィルに、言われた。俺は選ばなければならないだろうと……誰をパートナーにするか。この先ずっと組む相手を」

「なら、選べ」

「俺はここにいる。そうだろ?」

「俺たちの任務にもう先はない、T」

トムはじっと、プロフェットを見つめた。

「いいや、もし俺たちがパートナーに戻れば、ほかの任務だってある。それはともかく、違う、あの任務は終わってない。誤魔化すな」

「ケイジャン・ブードゥーのセンサーにピピッと来ちまったか?」

「そうだ」

トムは真顔で答えた。

まずい。トムのこの件への今以上の深入りだけは、阻止しなければ。

「てめえはどっちが目的でここに来たんだよ。俺か、任務か?」

「違いがあるか?　同じことだろ」

プロフェットは固い笑いをこぼした。

「いーや、同じじゃねえな、全然」

なら、選べ。

まるで、どうでもいいことのように。

プロフェットは自分を選べと匂わせようともしないし、わざわざそれを咎めるのも馬鹿らしい。トムはもう口をとじて天井を見上げ、ふと、頭上の照明から吊り下げられたドリームキャッチャーに気付いた。言及しようとした時、プロフェットの携帯が短く鳴った。プロフェットがちらりと電話を見やって、何か打ちこんだ。

「すぐすむ」

「フィルから?」

「いや。ずるずるだらだらと続いてる、どっかのスパイとのおしゃべりさ。それはあいつのカウチでね」

プロフェットが手を振った先には、優雅なフォルムの灰色のカウチが据えられていた。あつらえたように、部屋にぴったりだ。

「そいつからカウチをもらったのか?」

「広い意味ではな」

トムは鼻から笑いをこぼして、ドリームキャッチャーをまた見上げた。セックスと心地いいベッドのおかげで、今にもまどろめそうだ。

だがここに来たのは、選ぶ道を決めるためだ。その前にプロフェットの答えを聞こうと。

この男が、何か言ってくれるとでも期待して？

「あのドリームキャッチャー、いつからあるんだ」

プロフェットはトムに背を向けてベッドの縁に座ったまま、携帯から顔も上げなかった。

「何年かになるな」

「悪い夢を見るのか、プロフ？」

「何で聞く？　お前がどうにかしてくれるってか？」

「かもな」

「報われねえぞ」

プロフェットは任務のためなら誰とでも寝る――ある夜、トムと一緒にぬるいタスカーのビールを飲みながら、任務のためのセックスについて雑談をしていた時、コープがそう言ったのだった。

コープは、トムとプロフェットとの間に特別な何かがあるとは思っていないし、トムの心を乱そうとしてそんな話を持ち出したわけではない。単なる、プロフェットの多彩で充実したセックスライフの情報と、どんな手を使っても任務を完遂するプロフェットへの賛辞だ。たとえそれを聞いたおかげで、トムがまるで、自分もベッドの支柱に刻み付けられた記念の傷のひとつに成り下がった気がしたとしても。

プロフェットは携帯を下ろして、トムへ向き直った。

「また余計なことを考えてやがんな」

「その男に情報をやるのはまずいんじゃないか」

「俺がどこで何をしてるのか、こいつは知らねえよ」

「お前がその男はスパイだって知ってんなら、そいつだってお前が何をしてるか知ってるだろ」

「かもなあ」

「心配してないのか？」

「今んとこ」

「そいつとの火遊びが楽しいから？」

「ただのゲームだよ、T」

「そうかよ」トムは肩を揺らした。「お前の人生には何人も男がいて、もう誰が入る隙間もないんだな」

プロフェットが眉をしかめて首を振ったので、トムはさらに続けた。

「ジョン、そのスパイ野郎、ドク——」

「ドク？」

今度は、トムが首を振る番だった。

「お前はこいつら相手の方がずっと親しく――」

「はあ？　何言ってる、T、俺は奴らとは寝てねえぞ」

だから、なお悪いのだ。もっともトムには、どれに一番腹が立つのかわからない。プロフェットがその男たちと肉体的に近くなくとも、トム相手よりはるかに心を開いていることにか、プロフェットが、トムを近づけない手段としてセックスを利用している可能性にか。

この男にこうも簡単に心を読まれてしまうことにか――。

あるいは、プロフェットについていくら知っても、この複雑きわまりない男の表層だけにしか届かない自分への怒りか？

これまでこんなふうに、誰かを丸ごとほしいと焦がれたことはなかった。いびつで異様な衝動。

プロフェットが息をつく。

「あのなあ、ドクとはお前より古い知り合いだってだけだ。キリアンとの接点なんかネット上だけだぞ。まあ、テキストメッセージだけでも割とどんな奴かってのはわかるもんだが――」

トムはプロフェットをつかんで、ベッドの上へ引き戻した。

「俺に嫉妬させたいのか？　お見事だ。奴のカウチの上でお前をヤッてやる。いろんな体勢で。あのクソカウチの上にお前を押し倒してやる。録画してそいつに送り付けてやりたいよ」

「お前、結構趣味がヤバいなあ、T」

「お前のせいだよ！　マルのことは？　あいつに何があった」

プロフェットがトムへ視線をとばした。

「どうして知りたい。好みのタイプか？　奴とヤリたいか？」

「そいつのことを聞いたからってそいつとヤリたいわけじゃねえよ。俺はな」

「それを聞けてほっとしたね」プロフェットは間を置いた。「マルにあったことは、マルの問題だ。あいつに認められりゃ、いつか聞けるさ」

「あいつの喉は？　任務中の傷か」

「自分のクビのご心配か、T？」

「これでも心配性なんでな」

「知ってる」プロフェットの指先が、トムの喉仏をなぞった。「それと、違う。あれはうちの仕事での傷じゃない」

ＥＥ社で働く誰もがそれぞれ過去を持ち、その中で傭兵の道を歩むに至ったのだろう。トムはそう思う。

「俺が、ここに来たこと……よかったと思うか？」

「そりゃ、俺の携帯に発信器を仕掛けてもよかったかって聞いてんのか？」

「まあな」

プロフェットはまっすぐトムを見つめた。

「ま、ドアを開けねえっていう、簡単な手もあったからな」

またも沈黙。空気がうっすらと張りつめた。

「トム、言ったろ。俺たちは任務のために組む。感情は仕事に持ちこまない。これはただのセックスだってな」

トムはさっと体を引き、背すじをこわばらせてベッドに座った。この男がまた彼との間に壁を作ろうとしている今、とても肌を合わせてはいられない。

「ふざけてんのか、それでうまく割り切れたか？　ただのセックスだと本気で思ってたのかよ！」

「それしか無理だ」

「そんなこと聞いてない。それに俺だってこうなりたかったわけじゃない、またパートナーを殺しちまうんじゃないかってビクビクしてただけだ。パートナーと寝たのも初めてなら仕事とセックスを分ける必要も初めてで、だからな、どうすりゃいいのかわかんないのは俺の方だよ！」

「もしかしたらだが、お前にとって俺は……お前が俺にこだわるのは、寝たいとかじゃなくて、俺によりかかりたいだけかもしれないな。俺の支えがほしくて。助けを求めて」

トムは啞然とプロフェットを凝視したが、プロフェットは大真面目に言っていた。そしてその目にのぞく警戒の色からして、今思いついたことではなく、その疑念は以前から巣喰っていたようだった。

「お前、そんなこと考えて——まさかジョンの時も、彼の怒りについても、そんなふうに感じてたのか？」

「時々は。ああ」

プロフェットの言い方から、「時々」などではないと、トムにはわかった。

ああまったく、せいぜいがんばれ——こいつの心には亡霊が多すぎる。

プロフェットがぽつっとたずねた。

「お前の例の予知能力に何も引っかかってきてねえのか？」

知るか、とトムは言い返しかけたが、それは真剣な質問だった。それも二人のことなどではなく、クリスの事件について聞いている。それを悟ると、余計に「知るか」とはねつけたくなった。

それでもプロフェットの目を見ると、トムはそうは言えなかった。プロフェットの力になりたいからか、もしかしたらプロフェットの言葉にどこかで痛いところを突かれたからか？　自分が、プロフェットの支えを、助けを、欲していると。彼を必要としていると。

「何もない。感じるのは、この件がまだ全然終わってないということだけだ」

プロフェットが眉をひそめ、トムは言葉を継いだ。

「どうして俺にあの映像が送り付けられたのかも、手がかりすらない」

「送られてきたのはいつだ？」

「お前がパートナーだと知る何週間も前だ。もしかしたら、フィルが決めるより前に」

「俺は組むのには悪い相手だって、誰かがお前に警告しようとしたのかもな」プロフェットは歪んだ笑みで、肩をすくめた。「俺が撃たれたのとあの映像は無関係だ、T」

「そうだってな。フィルに、アイヴァンの友人にやられたと言ったんだろ？」

「奴らはお前に思い知らせようとした。お前は、アイヴァン相手にやりすぎた」

アイヴァン相手に暴走した――言外にそう告げられていた。

トムはふうっと猛々しい息を吐き出した。胸がつぶれそうだ。またも、彼の内に棲むこの怒りの話になるのか。トム自身、ジョンのようにだけはなりたくない――ジョンのことを話す時、プロフェットの目には痛みがあった。畜生。トムはこの男へのさらなる痛みになりたいわけではないのだ。その痛みを消してやりたい。

そう思っても、どうしてか嫉妬の刺々しい火花が心にはぜる。

「ジョンとお前はどのくらい親しい仲だった？」

「相当」

「兄弟のように？」

プロフェットは物憂げな目をトムへ向けた。

「はっきり聞けよ」

「そう聞いて、サカるか?」

「ジョンをファックしたのか」

「時々な。時々はあいつが俺をファックした」プロフェットは平然と答えた。「そう聞いて、サカるか?」

トムは顔をそむけ、背を向けるしかなかった。予想通りだ。なのに、弾丸でも叩きこまれたようなこの衝撃が、自分でも理解できない。プロフェットにとって、トムはジョンのいない隙間を少し埋めるための代用品でしかなく、トムは自ら進んでそこにはまりこんでしまったのだ。

「トミー。何を聞けば満足だ? これまで俺がファックした相手のリストか?」

「いや。お前は……何も、俺のためになんかしなくていい」

「おっと、てっきり俺の方がパートナーシップに不向きなタイプだと思ってたがなあ」

プロフェットはしみじみしている。

「お前の方だろ」

「そりゃよかった、俺にも体面があるからな。なぐさめになるか知らんが、お前もかなりイイ線まで来てるぞ、T」

トムは、プロフェットが地下ファイトの寸前に巻いていった手首のレザーブレスレットにふれた。これを、どうしても自分の手で外すことができなかった。目の前が一瞬の怒りで白く染まったかと思うと、その熱は異様な、感じたことのない静けさに変わって、トムの腹の底に据わった。

「でも、お前ならなんとかしてくれるんじゃないか？　俺を助けてくれるんだったよな、プロフ？」

その言葉に、プロフェットはかすかに眉をしかめたが、ひょいと肩を上げて応じた。

「お前が立つお手伝いならいくらでも、Ｔ」

言葉に含まれた軽い棘にもカチンときたが、何よりもプロフェットが肩をすくめ、両手のジェスチャーまでつけて小馬鹿にした仕種に、トムの中の何かが崩れた。一気に転げ落ちていく——そして今回は、何が何でも、プロフェットも道連れに。


「じゃあ、助けてくれよ」

トムの声は低く、偽の落ちつきをたたえ、彼の体がなめらかに距離をつめてくるその動きがプロフェットに危険を告げる。それはまるで、ここまでの会話から、トムがついに最後の答えを導き出したかのようだった。プロフェットの挑発が最後の藁になったのはわかっている。これまで大勢が、プロフェットの目の前で自制の限界を超えてきた——大半はプロフェットのせいで——が、誰一人、今のトムのような不気味な反応を見せたものはいない。

「おいおい、トミー。一杯飲むか何かして落ちつけ」

「何のために？　今度は、酔っぱらった俺の面倒を見たいのか？」

「じゃあもう、勝手にしろ」

プロフェットはその話題を振り払おうとしたが、トムはしつこく食い下がった。

「お前はそのくり返しなんだろ。昔、ジョンの面倒を見てやったように、俺の面倒を見た。ジョンをファックしたのと同じように、俺をファックした」

「細かいことを言えば、お前も俺をファックしたけどな?」

そのプロフェットの指摘にトムが酷薄で邪悪な微笑を浮かべる。それを見た瞬間、プロフェットの肌がどっと冷たい汗を帯び、同時に熱い欲情がこみ上げた。どう反応すればいいのか、肉体が混乱している。

身をかわすより早く、トムの重みがまともにのしかかってきた。両手をつかまれ、ぐいと頭上に上げさせられる。押さえつけられた。トムにじっとのぞきこまれ、しまいにプロフェットは目をそらしたくなったが、そんな真似をしてたまるかとこらえた。トムに「今夜、ベッドにいるのは俺とお前だけだ——誰がお前につっこんでるのか、よくわからせてやるよ」と告げられた瞬間も。

その言葉は脅し。そして約束。その二つが絡み合って重く、リアルに、プロフェットの渇望を呼ぶ。

トムの中で、自制が切れたのだ。プロフェットといると皆そうなる。きっかけはそれぞれだが。そのたびにプロフェットは、自分は一人でいた方がいいと、でなければ自覚なく周囲の人間の忍耐力をへし折ってしまうのだと、とうの昔から悟っていることを再認識するのだった。もっとも、今回ばかりは自覚もあったが。

トムに、お前だけだと、誰とも比べたりしてないと、そう言ってもよかったが、嘘になる。トムとのセックスの間、プロフェットの心は過去の中へ沈みこんでいた。感じるよりその方が楽だった。トムは、あのいまいましい直感で幾度かそれに気付いては、少しの間だけ彼を現実に引き戻してのけたが。

そして今や、トムは一瞬の逃避も許すつもりがない。

「俺をヤるのが、パートナー選びのヒントになるのか？」

どうせもう逃げ場はなくなっていたので、プロフェットはそうたずねた。トムがうなるように返事をする。

「俺がどっちのベッドにいると思ってるんだよ」

「俺のだな。今んとこな」

「相変わらずムカつくな、プロフ」

「俺の得意技でね、トミー」

プロフェットは力関係を逆転しようとしたが、ただ微笑して首を振ったトムに、胃がひっくり返った気がした。逃げ場がない。こんな状態に——心理的にも物理的にも——また追いこまれるとは思いもしていなかったのだが、もう抗いつづけるのにも疲れていた。

（せいぜい必死で信じこんでろ、これもトムには関係ないと。全部、過去の亡霊のせいだと――）

トムは集中した手つきでプロフェットの服をはぎ取っていきながら、抗おうとしないプロフェットに少し驚いているようだった。

プロフェット自身もだ。

脇腹の傷はまだ痛む。トムの重みに組み伏せられてもいる。それでも自分を守るためなら逃れられるだろうが、楽にはいくまい。きっと痛む。彼だけでなく、トムも。

今、プロフェットの身は危険だろうか？　たしかに、ある種の危機だろうが。彼が魅入られたように見つめる前で、トムがプロフェットの手首の下にすべりこませた手を動かし、腕を頭上へのばさせた。右腕、それから左腕。そしてその手で、ベッドのヘッドボードの金属バーをしっかり握らされた。

「離すなよ」トムが命じる。「握ってられないなら、その手を縛りつけるからな」

プロフェットの全身をぶるっと震えが抜け、目ざといトムがまた微笑した。

「畜生が――」

プロフェットはそう息を荒げたが、手はバーを握ったままだった。むしろ、トムが潤滑剤《ルーベ》に手を伸ばす間、指がよりきつく棒を握りこむ。すがりつくように。

「命令すると燃えんのか、T？　何だかんだでてめえは軍隊向きかもな」

「お前は命令されるとサカるんだろ?」

トムが言い返す。体を上げて、プロフェットの屹立をなでるための隙間を作る一方で、両膝でプロフェットの体をしっかりとはさみ、身動きを許さない。トムの頭が下がったかと思うと、乳首を噛まれて、プロフェットは声をこらえた。だが誤魔化したいのは誰だ、トムか、自分か?

目をとじた。トムにしつこく乳首を噛まれ、ついに屈して目を開けると、プロフェットは間近にある男の顔を見上げた。

「目をとじるんじゃない、プロフ。最初から、最後までだ。わかったな?」

プロフェットは唾を飲んだ。ごくりと。まるで喉に煉瓦でも詰まったように。

「わかったよ、てめえのゲームにつき合ってやるさ」

「これはゲームなんかじゃない。早くわかった方が、身のためだ」


プロフェットに逃げ道を与えてやるつもりはない。

今回は、これまでとは違う。初めての、顔と顔をつき合わせてするセックス。プロフェットに、自分とつながっているのが誰なのか、はっきり知らしめるセックス。これが過去ではなく、今この瞬間の出来事なのだと──今日、このベッドで、トムはそれをはっきり教えてやるつもりだった。そのための行為。

トムの全身がプロフェットにのしかかってはいるが、もし本気を出せばプロフェットが逃れるのは簡単だろう。トムも訓練を積んでいるし体格は勝るが、いざ格闘となれば及びもつかないのはよくわかっていた。

プロフェットは属してきたいくつもの組織から、幾通りもの人殺しの技を叩きこまれている。こうしてプロフェットの上に乗りながらも、優位なのはプロフェットの方だという事実に、どうしてかトムにさらに煽られていた。腰を擦り付けながら、互いに息ができなくなるほどのキスでプロフェットの口を覆う。プロフェットの腰にトムの指がくいこんだ。痕をつけたい、トムの印を、傷を残したい。プロフェットが忘れられないように、誰に抱かれたのか誤魔化せないように。

プロフェットが唇をはがすようにキスを振りほどく。トムは彼の肩に歯を立てた。きつく。

「思い出作りか?」

「俺は、ただの思い出なんかじゃない」トムが言い返す、その言葉は心と裏腹に自信に満ちてひびいた。「今夜、お前にもそれがわかる」

腰を少し上げ、二人のペニスをまとめて握りこむ。ゆっくりと、長く、しごき上げた。

「お前はそれが怖いんだろ?」

プロフェットの返事はない。

「でも俺を止めはしないだろ、ベイビー？」

トムが囁く。

プロフェットの目にはまだ怒りが宿っていたが、欲望に色濃くふちどられてもいた。あからさまに、欲情している。こらえようとしても、どうしても喉からこぼれる呻きを止められないようだった。プロフェットは答えを呑みこむように下唇を噛み、その両手はきつくベッドのバーを握りしめて、指が痛みそうなほどだ。

トムは気にしなかった——今のところは。プロフェットの体をすべり下り、その胸板を腕で押さえて膝を立てさせ、プロフェットの尻の後ろをさらけ出す。潤滑剤《ルーベ》のキャップを片手で外すと、いくらか絞り出し、プロフェットの奥に二本の指をねじこんだ。

少しひねりながら指を押しこむと、プロフェットが「ふざけんな、トミー」というようなうなり声をこぼし、トムは即座に三本目の指を足した。

プロフェットの全身が、ピンと張りつめる。肌が汗を吹いた。だがその目はトムを見つめつづけている。今や、両目に欲望のかすみがかかり始めていた。

「こいつが気に入ったか、プロフ？」

トムは指を休みなく、不規則な動きで抜き差しし、プロフェットに息つく間を与えない。

軽口は止まっていた。プロフェットの呼吸は短く、荒く、トムの体に組みしかれ、もはや愛撫にビクビクと反応することしかできなくなっている。抵抗は失せたが、それが目的ではない。

トムは、この男を彼のもとに、現実に、しっかりとつなぎとめておかなければ。

「俺の名前を言えよ、言いやがれ」

「トム」

「ちゃんと呼ぶんだ」

プロフェットの頭が左右へ揺れる。それから、何かが崩れたように、彼は声を絞り出した。

「たのむ……トミー……やめるな、いいか?」

「どこにも行くなよ」

「ああ」

「従順なお前ってのも、悪くないもんだな」

「いつまでも、こうだと、思うなよ……」

長い時間、二人は見つめ合っていた。トムは、すぐにもプロフェットが彼を振り落としてこの状況から逃れるのではないかと疑う。だがそうはならず、プロフェットはベッドのバーをつかんでいた左手を離し、トムの手のそばに置いた。トムがその手に自分の手のひらを重ねると、二人の指が絡み合った。

「今からお前をファックしてやる。とことん、激しく」

「いいね、俺の好物だ」

プロフェットが、返事を絞り出した。

トムが尻にペニスの先端を押し当てると、プロフェットが押し返し、そしてトムのものはプロフェットのきつく、熱い穴の中に沈みこんでいく。

プロフェットは残る右手もベッドから離すと、のばした手をトムの喉元に当てた。

「さっさとファックしやがれ」

「俺と争おうってのか、プロフ？」

トムの息も荒い。

「ここで俺たちがやってんのがほかの何だってんだ」

かもしれない。だが、この上なく当たり前の、なじんだ行為に思えた。トムはプロフェットの髪をつかんで押さえつけ、プロフェットの手がトムの喉元にあてがわれて、トムが突き上げる間もトムの喉仏にその手のひらがくいこんでいく。プロフェットが吠えるようなうなりを上げ、腰に巻き付けた脚でトムの尻を引きよせ、もっと深くと、強いる。トムが身をのり出し、プロフェットの手に上半身を預けるようにのしかかる間も、二人の太腿がぶつかる音を圧して、二つ分の呻きがひびき合う。

プロフェットの首に筋肉がくっきり浮き上がり、その目はまだトムから離れない——完全に我を失って、砕けるように達した瞬間にも。

「トミー……」

それは吐息のような、囁きのような。トムはプロフェットの絶頂に続いて、闇への叫びのように達し、稲妻に似た鋭い灼熱に世界がとまった。

首を押さえていたプロフェットの手が、トムのうなじをつかみ、引き寄せて、二人の顔を寄せる。トムの腰の乱れた動きに合わせて、プロフェットの全身が痙攣した。

互いの指がまだ絡み合ったままだ、と頭をかすめたのが、トムの最後の意識だった。

23

熱気が襲う。エアコンはろくに効きやしないし、窓は開けられない以上、この動く鉄の檻に閉じこめられたまま、中継点を無事越すまで息をつめているしかない。

ランドローヴァーが基地へ到着するまで、安全な場所はどこにもない。今は、荒涼とした砂漠の道をジョンの運転で、ひどいサスペンションと最低のブレーキしかないランドローヴァーで突っ走っており、SEALsの隊員たちは充分安全な距離をあけて似たような車で追尾していた。

仲間たちは本来、ついてきてはならなかった。この任務にバックアップは必要なく、与えられてもいなければ許されてもいないと、プロフェットとジョンは命じられていた。だからプロフェットはいつものようにその命令を聞き、同意した後、自分のやり方で任務にかかったのだった。

腕時計を見下ろし、プロフェットは時刻に気付いた。１６５２。

あと一分のうちに、彼の人生は覆される。一週間と一日前にはハルの名を聞いたことすらなかったのに、今やハルのせいで彼らの進路を二台の武装車両がふさぎ、ランドローヴァーの前面に浴びせられる銃弾がラジエーターにとびこんでエンジンの息の根を止めようとする。背後に目をやったプロフェットは、仲間の車からガソリンが漏れているのを見て、挟み撃ちにされたのを悟った。

伏せろとジョンに怒鳴り、プロフェットがハルを引き倒した瞬間、車の窓が砕けた。この、直感的な一動作がもしかしたらプロフェットの一生で、最も滑稽で、馬鹿げた行為だったかもしれない。当のハルですらそれがわかったのだろう、どうしてわざわざ助けた、という目でプロフェットを見ていた。

ジョンがプロフェットの方を向く。

「これは現実じゃねえよ、プロフ」

知っている。あきらめて、起きろ。

だがあの時の光景はプロフェットの前で流れつづけ、止めたくても何もできない。最悪の時が迫り、もう避けようがないのだと、心の準備をするしかないのだとわかった。

ほとんど浅い息しかできず、過呼吸に陥りそうだった。

（根性を入れろ、ドリュース）

だが車内にもパニックが満ちていく。ジョンは窓から自動小銃で撃ち返し、ランドローヴァーの向きを変えようとしていたが、エンジンが完全にイカれてしまった今、ただの発作的な愚行だ。

プロフェットは銃の照準ごしに車外を見やった。敵の武装車両は、銃撃が始まった時には十数メートル向こうにいたのだが、今や急速に大きくなってくる。こっちが動けないと確信して、近づいてきている。

ジョンが敵を足止めしようと撃ちながら、車を動かそうとしたが、エンジンが吹きとんだ。炎が上がり、車内に長くはとどまれないとわかった。

プロフェットはジョンを凝視する。もう呑気な幽霊ではないジョンを。その時、ハルがわめいた。

「誰も知らない筈だ！」切羽詰まった声でプロフェットに訴える。「俺の居場所を、誰も知らない筈だろう！　囮《おとり》も使ったのに！」

たしかに。だが結局、その囮も無駄だったのだ。プロフェットはどんどん大きくなる敵へ向けて銃口をかまえた。

全身が震えている。汗まみれだ。

何しろ、このすべては今、彼のベッドルームで起こっている——そしてプロフェットにはそれを止めるすべがない。あの時と同じくらい、今の彼も無力だ。

横は見ないようにした。今から殺す男の顔など見たくない。

「そんなこと考えるんじゃねえ、プロフ！」

ジョンの声の表層には怒りと混乱があふれ、その下には恐怖が満ちていた。

恐怖こそ、最大の敵だ。車に向かって殺到してくる連中など比較にならない。

近づいてくる。

逃げ場なし。

「戦って切り抜けるんだ！」とジョンがまた叫ぶ。

そりゃ名案だ、まったく。

最後の瞬間、ハルはプロフェットの銃を奪い取ろうとまでした。ハルの手首をつかみ、一瞬だけ、プロフェットはこのままやめようかとも思ったが……。

それも顔をハルに向け、車に押しよせてくる敵を凝視しているハルを見るまでのことだった。

ジョンも敵を見つめており、それから、振り向いてハルを見た。そして、その瞬間、プロフェットはハルの頭を二発、撃った。

とび散ったハルの血は、捕虜になっている間もずっとプロフェットにこびりついたままだった。

「こいつは現実じゃねえんだよ、プロフ」

今さら、またジョンが言い出す。彼はベッドの向こう側に立ち、砂漠の景色が薄れていく中、ベッドで眠るトムを見下ろしていた。

プロフェットは両手で頭をかかえ、深く、汗まみれの肌がひんやりとしたシーツに当たるまで、布のやわらかさが彼を完全にこの寝室へ引き戻すまで、深く、体を丸めた。

トムが、セックスの後は死んだように眠ってくれて幸いだった。でなければベッドの横に膝をつき、妄想のライフルをかまえて照準ごしに過去の敵に狙いをつけるプロフェットの姿を見られていた。

いつから、そんな体勢でいたのか。フラッシュバックを引き起こしたのは外の物音か？　とにかく、ジョンに「現実じゃない」と告げられてから二十分後——「現実じゃないんだ、くそ、さっさと立ちやがれ」と己に言い聞かせた二十分の末、やっと立ち上がれるだけの落ちつきを取り戻し、プロフェットはバスルームへ向かった。

まだ、血の臭いがこびりついている。フラッシュバックの後はいつもそうだが、捕虜の時に痛めつけられた箇所がズキズキとうずく。幻痛の中に、現実と妄想の境界が溶けていく。精神科医が喜びそうな事象だ——プロフェット自身興味をそそられるが、自分の身に降りかかってなければもっと楽しめただろうに。

トムとパートナーを組んで以降、悪夢はますますひどくなって、プロフェットは途切れ途切れに、短くしか眠らないようにしていた。ついに耐えきれなくなった夜、ドクからもらった睡眠薬に手を出したほどだ。だが薬は、心の檻に、彼をより強固で無力にとじこめるだけだった。フラッシュバックの中に深く沈みこみ、あのいまいましい尋問ビデオがＣＩＡに撮られるまでの長い時間を追体験させられる。あの日を思うと、いつでも手首が幻痛でうずいた。

フラッシュバックを起こしたのも当然か、あんなセックスの後では反動が来るとわかっておくべきだった。それでもいいと、それだけの価値はあるとあの時は思ったが、今こうしてバスルームの床のタイルに顔を押し当てていると、わからなくなる。

だがそもそも、地下ファイトのリングで戦うトムを見たあの日、もうプロフェットは過去へ、フラッシュバックの中へ引きずり戻されていた。イカれた刷り込み。素敵なマインドファック。人の頭の中をかき回して思うままにする、マインドファック。プロフェットの知る中でもそれが上手な――ここまで上手な――人間は、ほんの一握りだ。

そのうち一人は、たしかに死んでいる。その血は何週間もプロフェットにこびりついたままだった。だが、もう一人は……。

プロフェットの血が凍り、脳裏に、アザルの仲間たちがランドローヴァーの中に催眠ガスを放りこんできたあの瞬間がよぎる。プロフェットとジョンはそこに至るまで十人以上の敵を撃ち殺していたが、突如投げこまれたガス弾に、持ってはいても使ったことのないガスマスクを求めてあちこち引っかき回す羽目になったのだった。

次に目覚めると、プロフェットは縛られた手首で宙吊りにされていた。足の下にはハルの死体。アザルが言っていた。

「お前が殺したこの男について情報を話せ。さもないとお前のお仲間が死ぬ」

ジョンの声が、どこかから叫んだ。「そいつに何も言うんじゃねえぞ！」

一週間と一日前には、ハルという男がこの世に存在することも知らなかった――。

プロフェットはとび上がるように立ち、あやうく転びかかった。あちこちつかんで体を支えながら下の階に下りると日誌をめくり、ついに、ここまで見落としていた事実に目が吸いよせられた。

ハルに初めて会った日。その十年後、まったく同じ日に、クリストファーが殺されていた。

偶然に見える出来事の奥に、時にはそれ以上のものがひそんでいる。

「俺には、戻れない」

はっきりと、プロフェットは言葉を吐き出す。ミックに電話しようか――事態を肩代わりして、対処してくれと。ミックなら引き受けてくれるだろう、何の事情も聞かずに。それだけの貸しがある。

だが、それはできなかった。これはプロフェットの戦い、彼の戦争だ。ハルを撃ち殺したあの瞬間から。

あの日々――精神的なショックと肉体への暴行に打ちのめされ、死んだ方がずっと楽だと、プロフェット自身にもわかっていた毎日だった。死ぬには強情すぎんだな、とプロフェットを拷問した男はしつこく言っていた。いまいましいが、正しい。そして何より憎いのは、今や鉤爪のように心にくいこみ、プロフェットを引き裂こうとするこのパニック発作だ。

丸めた体をバスルームの壁にもたせかけ、ひんやりした感触で現実にすがりつこうとした。吸って、吐いて、心をひとつにし、現在にとどまる……。ドクに感謝だ、「肉体を癒すためにはまず心が癒える必要がある」とかなんとかスピリチュアルまがいの御託をプロフェットに説《と》いてくれて。細かいことは覚えてないが。プロフェットは一度たりともまともに聞いちゃいなかった。

(聞いときゃよかったんだよ。馬鹿が)

ＣＩＡに解放された後、プロフェットは二年の間、脱走兵として姿をくらました。二年間、閉鎖空間への恐怖とパニック発作の克服に時間をとられながら、単身で移動し、恐怖のただ中へ幾度も己をさらし続けたが、選択の余地などない、どうあってもジョンを探すしかなかった。ジョンの死体を見せてくれとくり返し、幾度求めても、与えられたのは「死体は発見されていない」という答えだけだったのだから。

ジョンの死体も。ハルの死体も。

捕虜となっていた間、アザルから与えられた最大の拷問、最大のマインドファックは、ジョンについてだった。ジョンは死んでいるかもしれない……生きているかもしれない……中東かヨーロッパか、誰も知らないような彼方で、ジョンはただ一人さまよっているかもしれない……薬にやられて、あるいは記憶を失くして……。

ジョンの生死が不明ならプロフェットが自分を殺すこともあるまいと、アザルはそう高をくっていたようだ。だが他人の予測を裏切るのはプロフェットの得意技だ。アザルの死が、ジョンの生死を今以上に変えてくれるわけでもなし。

プロフェットは立ち上がると、適当につかんだ服を着ながらパソコンへ歩みより、キリアンへとメッセージを打った。

〈仕事に行く〉

〈手を貸そうか?〉

〈いつからフリーランスになった〉

〈なってないさ。だが君に貸しを作るのも悪くない〉

プロフェットがしばし考えこむ間、カーソルだけが点滅していた。それからゆっくりと返事を打ちこむ。

〈過去を捨てられないと感じたことはあるか?〉

〈過去は捨てるものじゃない。向き合って教訓を学ぶものだ〉

「随分と哲学者じゃねえか」

ぶつぶつと、プロフェットは呟く。その時になって初めて、彼はゲイリー専用の携帯電話

――ゲイリーしか存在を知らない携帯のランプが、赤く点滅しているのに気付いた。

ボイスメッセージ。ゲイリーからのメッセージなどこれまで一度もない。プロフェットは再生されるゲイリーの声に耳を傾けた。

『お願いだ、迎えに来てくれ……』

その伝言から一分後、ゲイリーは、取り決めてある緊急用コードをメールで送信し、続けて自分の居場所らしきものを送ってきていた。

メッセージはすべて一時間前だ。この携帯が鳴った音が、プロフェットのフラッシュバックを引き起こしたのだろうか。何だろうと、すでに一時間遅れを取っている。

さらにしばらく、そこに座って、プロフェットは手にした携帯を見つめ、脳裏でゲイリーのメッセージをくり返し聞いていた。

無視するべきだ。もうプロフェットがゲイリーにしてやれることは何もない、二人一緒に殺されに行くだけだ。これは罠だ、そう感じる。もし罠でないとしても……。

（ゲイリーの存在はアメリカ国家への脅威となるか？）

その問いが心をえぐる。

今さら選択肢はない。

この、ハルの一人息子について、プロフェットにはハルと交わした約束がある。だがこうしてゲイリーからのメッセージが届くまで、よもやその約束が現実味を持つ日がくるなど、思っていなかった。

プロフェットはまばたきする。もう一度、まばたきした。視野をぱっと黒い影がよぎって、恐慌を飲みこんだ。じっと、長い時間目をとじ、研ぎ澄まされた闇を見つめた。

やがて、その目を開く。闇は瞼につれて上がり、消えた。

今からプロフェットがゲイリーの元へ向かえば――。

〈派手に燃え尽きた方が、死に方としちゃマシだろうしな？〉

そんなふうに考えているのがバレたら、それこそフィルに殺される。いや、プロフェット自身、そんな自殺衝動だけを理由に罠にとびこんでいくなど、己にがっかりだ。

だが、目的はそれだけではない。約束を果たすため。誰にも真実を打ち明けられず、誰の手も借りられなくとも。

ついに贖罪の時が来たのだ。そして今回ばかりは、フィルの反対を聞かされるより前――何よりドクにまた手首をギプスで固められる前――にすべてが終わっている筈だった。

とりあえずの自衛手段として、プロフェットは両手首に添え木を当てて伸縮性のある包帯できつく巻いた。これならギプスよりずっと楽に両手を使える。

荷物をまとめる前に、彼はキリアン宛のメッセージを打ちこんだ。

〈捕虜にされてどのくらい長く生きのびられるもんだ〉

〈生きる望みが尽きるまで〉

そうキリアンから返事が来た。

プロフェットはその言葉の真実を測る。

〈どのくらい長く捕虜を生かしておくと思う?〉

〈相手の価値による。どんな情報を持っているか。その存在が、どれほど役に立つか〉

〈俺の想定する男は、決して寝返らない〉

〈誰だろうと寝返ることがある。甘いことを言うな〉少し間を置いて、キリアンから次のメッセージが来た。〈特定の人物の話だな〉

〈ああ。あいつは生きていれば必ず連絡してくる。俺もずっとあいつを探してきた〉

〈確信が?〉

自分の手が止まったことに気付いた時には、もう遅かった。

〈俺にできることがあるか、プロフェット?〉

キーの上でプロフェットの指が惑う。それから、己を止めるより早く、その指でジョンの認識票の番号を打ち込み、送信をクリックしていた。

キリアンから返事が来た。

〈できるだけのことはしてみる。まずい状況か?〉

その問いには答えず、プロフェットはただ〈しばらく留守にする〉とだけ打ちこみ、返信が戻ってくるより早くパソコンを切った。

「お前に、またあの拷問を生きのびられるかな？　それともこいつはテロリストの手を借りたただの自殺かよ？」

ジョンがそうたずねた。

この幻覚は、例の病が悪化している兆候なのだろうか。くそったれ、この幽霊の言うことが今度ばかりは正しいと？

だが、クリストファーのためにも、行かなければ。

（お前はどうなる？）

「俺が何だって？」

プロフェットは声に出して己に反問する。三つすべての携帯電話を取ってカーゴパンツのあちこちのポケットにしまうと、今回ばかりはトムが首をつっこんでこないよう手を打つべく、寝室へ向かった。

トムが目を覚ますと、プロフェットが荷物をまとめていた。

「どうした？」

「緊急の任務だ」

プロフェットはそう答えたが、嘘だった。普段は上手な嘘つきなのに、ここまではっきり見透かせるということは余程厄介な事態に違いない。

「そうしたけりゃお前はまだ寝てていい――」

トムはベッドから下りると、プロフェットと装備品の間に立ちはだかった。

「そんなことより、今、何が起こっているのか、本当のことを知りたい。俺を信頼してくれ、プロフ」

「てめえにそれを言う資格があんのか？」

そのプロフェットの、冷ややかで落ちつき払った仮面の表情を、トムはにらみつけた。こんな偽の表情より、猛々しい、むき出しの顔が見たい。怒りですら今の顔よりましだ。

「俺はお前を信頼しただろう！」

「違うね、うわべだけだ。心を開いたと、自分で思いこめる分だけさ。お前は俺にそれ以上踏みこまれずにすむよう、上っ面の話をちょっと聞かせてくれただけなんだよ」

「どうしてそんな態度をとってるのか、わかってるぞ」

トムが静かに言うと、プロフェットの内側で何かが凍りついた。

「……だろうな、ブードゥー」

「今夜、あんなふうにお前を抱く前から、こうなるだろうと思っていた。お前がまたつき放してくるだろうと。やめてくれ――そんなことはしないでくれ。やっと、俺たちの……」

「はあ？　何だ、俺たちの記念すべき第一歩か？」プロフェットはゆるい笑みを見せる。「言ったろ、ただのセックス、それ以上のもんじゃねえってな。仕事は仕事だ、お前とは何の関係もない。こいつが俺の流儀さ」

昨夜、己をさらけ出し、無防備だったのはプロフェットひとりではないのだ。それが――どうにか飼いならしてきた怒りの炎に、トムは、今や心が喰われそうだ。

「これ以上どうすりゃいいのか、俺には――わからない。お前が俺に何を求めてるのかもうわからないよ、プロフェット」

「何も」

顔面を張られたようで、トムは怒鳴り返した。

「お前、自分にそんな嘘をつくほど馬鹿だったか？」

「てめえこそ、ここが引き際だとわからないほど馬鹿じゃねえだろ」

「わかってるから引かないんだ」

プロフェットの動きがぴたりと止まり、目が冷たくなって、容赦ない声で言った。

「今は、足手まといの面倒を見る暇はねえよ」

その言葉は深く、覚悟していたよりも、そしてありえないほど深々と、トムをえぐった。その言葉は、これまでプロフェットが、いい仕事をしたとトムを評価した言葉のすべてが嘘だったと示していた。

「何もほしくないって？　ならその通りにしてやるよ」

言い放ち、トムはジーンズをぐいと腰に引っぱり上げるとシャツと靴をつかんで階段を下り、あっという間に部屋の外へとび出した。外で靴を履き、プロフェットが追ってくるわけがないとわかっていたので、振り返りそうな己を必死でこらえた。

あの男の石頭は、トムをしのぐかもしれない。トムだって相当に強情なのに、あきれたものだ。

トムはバイクにまたがると、両手をハンドルバーに叩きつけ、苛立ちにあふれた息をついた。

何だと思っていた？　来ればすべてがうまくいくとでも？　プロフェットが本物のパートナーとして受け入れてくれると？

バイクのエンジンを吹かすと、ドドッという音がソマリアの任務で耳になじんだマシンガンの音にあまりにも似て響き、プロフェットの言葉がぱっと脳裏に広がった。

（俺は組むのには悪い相手だって、誰かがお前に警告しようとしたのかもな）

「どうせパートナーなんか欲しくもなかったんだろ？」

プロフェットの言葉の抜け殻に言い返し、トムはバイクを出した。

数ブロック走り、信号で止まってアイドリングしながらシャツの袖をぐいとまくり上げると、トムの目が、手首の革のブレスレットに吸い寄せられた。

してやられた――その瞬間、それが見えていた。

（俺たちはもう戻らない。俺には、お前を守れない）

（この間は、もう少しでお前を死なせるところだった）

彼らは互いに互いを支え、よりかかる重荷なのだ。トムはプロフェットの、プロフェットはトムの。それは欠点ではなく、ただの事実だ。

すべての直感が、戻れと叫んでいる——そしてトムは対向車線にはみ出して違法なUターンを切り、急いで戻ったが、もう遅かった。プロフェットの車は、停めてあった引き込み道からもう消えていた。

トムは携帯をつかみ出し、プロフェットの携帯に仕込んでおいた予備の発信器がまだ動いているのを見てほっとした。

（それで、どうする気だ？　あの男の問題に首をつっこむのか？）

だが、何かがおかしい。嫌な予感がする。

そして彼は、自分の直感に従うとプロフェットに約束したのだ。

あんな野郎との約束を守る気か？　何のために？

まるで恋に惑う愚か者のように、トムは立ち尽くす。胸が騒いだ。発信器の移動を十分ほど見守るうちに、不安はどんどんと耐えがたいパニックにまで膨れ上がっていく。プロフェットは大通りを南下していた。

不意に、発信器の信号が消えた。

「くそッ！」

あの発信器を切るには誰かが取り外す必要がある。結局のところ、プロフェットに信用されていなかったわけか。

携帯にかけてみたが、当然、そのまま留守電につながった。

「プロフェット、俺だ。どこに向かってるのか連絡しろ」

それから三時間、悪態をつきまくり、うろうろと歩き回り、さらにバイクであてもなく走った末、プロフェットから住所を記したメールが届いた。トムは、長い時間それを見つめてから、自分の車に乗りこんでカーナビにその住所を設定した。

何かが、ひどくおかしかった。ただ、ひとつ確かなのはプロフェットがその場所にいるということ、そしてもうひとつ、このメールを送ってきたのがプロフェット本人ではないという確信だった。

24

プロフェットに送りつけられたGPS座標によれば、ゲイリーは、大学入学前の最後の引越先から四十キロほど離れたところにいるらしい。

母の死後、ゲイリーの足取りを追うのはひときわ難しくなった。それでもプロフェットの忠告に従い、ゲイリーは定期連絡だけはきちんと入れていた――渋々と、ではあるが。プロフェットの方でも気を回し、週に一度、単純なコードを携帯にメールするだけですむようにしてあった。同じコードが送られてきたり、一つ違いの数字の並びがいくつも含まれていれば、ゲイリーの身に何かあったとプロフェットに伝わる。

ゲイリーの父親が実はどんな研究をしていたのか、ゲイリーと話し合ったことはなかった。だがプロフェットの知る限り、ゲイリーは母からすべての事情を聞かされている筈だ。ゲイリー――若き天才である彼には、本来なら研究者として輝かしい未来が約束されていた筈だが、父親の研究内容をわずかでも知る可能性のある彼はテロリストの標的であった。それがなくとも、決してゲイリーは、どこの研究機関からも信用されない――そのことはハルからも、何があろうとゲイリーの身を守ると約束させられた時にしつこいほど力説されていたし、何が言えただろう。なにしろハル自身、何年にもわたってそんな人生を生きてきた。必要とされながら、その存在が危険だと見なされれば抹殺される、そんな立場で長年生きるというのは、想像を超えた重荷に違いなかった。

「息子の身柄をしっかり隠してくれ。どんな手段を用いても。いくらあいつに嫌われても」

とハルは、力をこめて言った。

「あいつはあんたを憎むだろう。憎まれてなきゃ、やり方が甘すぎるってことだ」

あれは、重すぎる約束だった。どうして父親が息子にそんな人生を背負わせられるのか、プロフェットには理解できなかったし、理解したくもない。

指定された行き先は、人里離れた場所の使われていない倉庫だった。倉庫の片側は林、反対側は数マイルにも渡る荒野。周囲に車の姿は見えなかったが、どうせ来ることは知られていると、プロフェットは倉庫の数メートル先に車をつけ、建物へ歩みよりながら、狙撃手の影や爆弾の罠などに目を配った。必要とあらば幽霊のように気配を絶つこともできるが、今回の相手は彼を待ち受けている。運転する間にも、このすべてが罠だという確信は深まるばかりだったが、帰り道はない。

身代金の要求もなし。ほかの何かを要求してくるでもない。ただゲイリーからの、迎えに来てくれというメッセージ、そしてこの十年で初めて使われた緊急用のコード――それも、クリスの死を追うようにして。

うち捨てられた建物の裏口には、鍵もかかっていなかった。用心深く一歩入る。内側は迷路のように入り組み、どの通路がどこへつながるのかさっぱりだ。

最悪の事態を覚悟して、進んでいく。光の届かない部屋の中央で足を止め、何ひとつ見えない中、すべての感覚を研ぎ澄ました。

（いずれ、常時こうなる。お前に耐えられるか？）

もし今日を生きて切り抜けられるなら、何だろうと越えられる気がした。

不意に、凄まじい轟音が響き渡った。両耳に腕を押し当て、耳をつんざく音を少しでも弱めようと無駄に抗いながら、プロフェットは床に崩れる。一分ほどで音は止まったが、耳がまだガンガンした。まるでグレネードの着弾のように、周囲の人間に一時的な聴覚失調を引き起こすのだ。視覚を麻痺させる威力もあるので、この程度ですんだのはありがたいのだろう。

その視覚をためすように、目の前にパッと光がともって、ディスプレイがついた。プロフェットは幾度もまたたき、片手を目の前にかざして突然の光の圧力に目を慣らそうとした。たちまち、映っているのが、アザルの弟のサディークだと悟る。この男を何年も追ってきたのだ。アザルは野戦服と濃いひげを好んだが、サディークは兄とはかけ離れた洗練されたスーツとネクタイ姿だった。

何もかも、はじめから、仕組まれた罠。過去へとつながる巨大な記憶の罠にプロフェットは足をすくわれ、自ら転がり落ち、追憶と後悔のたぎる渦の激流へとそのまま吸いこまれていったというわけだ。

「どうやってゲイリーを見つけた？」

プロフェットは画面へ問いかける。

サディークの表情は、いつものように読めなかった。

『それが心配か？　自分がしくじったかもしれない、そこが？』

プロフェットは歯をくいしばってうなずき、刺さる光ににじみそうな涙を押し戻した。

「ああ」

『お前はしくじってないさ。ゲイリーの方から我々に接触してきたんだ』

最大の不安が、現実のものとなったのだ。あの状況で、ゲイリーこそが最も読めない要素だったのだから。それでもプロフェットは、それが真実だと信じきれない。

「てめえ、ゲイリーに何を言いやがった？」

サディークが微笑んだ。この男を遠くから狩りつづけた歳月の中、盗み撮りで見たのは真顔ばかりだったので、サディークの笑顔を見るのはこれが初めてだ。その微笑のせいで、次の一言が余計に冷たく、プロフェットの背すじを凍らせた。

『すべてを』


トムは狂ったような猛スピードで車を走らせ、三時間かかるところを二時間にまで縮めたが、幾度かあやうく事故を起こすところだった。

フィルに電話するべきか、あるいはコープに知らせることも考えたが、結局はやめた。

これは、パートナーだけの問題だ。プロフェットに対してそのくらいの借りはある——まあ、今はぶちのめしてやりたいくらいあの男に腹が立っていたが。

すべての影にビクついて、そのせいで、パートナーを守りたいという思いにまで背を向けるところだった。ここが生と死の境目。これは彼の任務。そして彼の運命。そう、トムは感じる。

さらに、銃を抜いて駐車場を横切る時、後頭部につきつけられた銃口も感じた。ぴたりと足を止めて相手の反応を待つ。銃身をつかんで反撃もできたが、ほかに何人いるかもわからない。

「来てくれて嬉しいね」

「こちらこそ、楽しみだよ」

トムは噛んだ歯の間からそう返す。

「銃の安全装置をかけ、ゆっくりと地面に置くんだ。それから遠くへ蹴ってくれるとありがたい。何か妙なことをしようとしたらお前のパートナーがツケを払うことになる」

相手の顔を見たかったし、事態がクリストファーの死にどうつながっているのかも知りたかったが、トムは質問できる立場にない。今はまだ。

男に命じられるまま、彼は銃を蹴った。

「ほかに武器は？」

「ある」

「どこだ？」

トムが身に付けた武器の位置を並べ立てると、別の男が近づいてきて彼からすべての武器を剝がし、空港で受けたあのボディチェックよりも徹底したやり方でトムの体を調べ上げた。それがすむ頃には建物内部へとつれこまれていた。古い倉庫の中は、いくつの階層に分かれているのかも不明だ。空調と電気がついているあたり、ただ放棄されていた倉庫というわけでもないようだが。コンクリートの壁と汚れた床の、がらんと広い一室に引き立てられると、トムは両腕を頭上で縛られ、両足首を床につながれた。身に帯びていた武器は目の前に積まれて小さな山を作っている。

黒い戦闘服に身を包んだ黒髪の男が、トムを無感情に眺めた。

「大したものだな、ミスター・ブードロウ」

「いやいや、トムと呼んでくれてかまわんさ。そちらは何とお呼びすればいい？」

「しかもパートナーと同じくらいへらず口のようだ」

黒戦闘服はそう、嬉しくもなさそうに言った。

トムのシャツはボディチェックで前が開いたまま、だらりと垂れ下がっていたが、幸いズボンはきちんと戻されていた。

「俺のパートナーはどこだ？」

たずねたトムへの返事は、顔面へのパンチだった。

「黙ってろ」男が脅す。「お前のパートナーは今たっぷりとお楽しみの最中さ。さて、次はお前が楽しむ番だ」

ディスプレイの光が消えるとほぼ同時に、プロフェットの意識も途切れた。

目を覚ました時には、催眠ガスの影響で吐き気とめまいがしていた。両手を縛られ、そのロープを天井の配管に通されて上から吊るされている。それでもまだ、足の下に置かれた椅子に立っていられたのだが、プロフェットが目を開けるや、たちまちその椅子が取られ、爪先立ちでないと届かない低いスツールがあてがわれた。爪先でバランスを取り続けないと手首がへし折れてしまう。また。

眠っている間にそこまでの曲芸を要求されなくて幸いだった。

またパッと画面がつき、目を光が刺す中、ディスプレイの真ん中にサディークが映った。背後の壁の模様から、プロフェットはそこがスーダンのハルトゥームにあるこの男の家だと気付く。

『よく眠れたかな?』

「くそくらえ、サディーク」

『相変わらずのようだな』

「そっちもな」

プロフェットは吐き捨てた。彼がサディークを狩ろうとした十年間を、サディークはプロフェットを苦しめることに費やしてきた。彼はプロフェットを嘲りつづけた――ジョンの居場所についての手がかりを鼻先にちらつかせては、消して。

今回もまた——プロフェットは、ついに今回の全体像を見た気がした。

「言えよ、サディーク、どうしてクリストファーを巻きこんだ？　これに関わってる連中は皆、自分が何に足をつっこんでいるのかよくわかってた。どんな世界かわかってて、自分で関わったんだ——アザルもな。だがクリスは無関係だったんだぞ。てめえはもっとマシな奴だと思ってたよ」

サディークは肩をすくめた。

『彼は、自分の役割を果たさなかった。簡単なことだったのにな？　お前に電話して、助けに来てくれと言うだけですんだことだ。ところがあいつはそれを拒んだ。だから選択肢を与えたんだ——私の部下と戦ってみろとな。勝てば自由にしてやると言った』

プロフェットの胸が罪悪感にキリキリと締まる。十年という歳月を経てさえ、そして己の命がかかった時でさえ、クリストファーは兄の親友を裏切るまいとしたのだ。

「それで、てめえはクリスに薬を盛りやがったんだな」

『しばらくはおもしろかったが、あの子が勝ちつづけるのを見るのには飽きてね』

「クリスに電話してたのはてめえだな……あいつが死ぬ前に」

『ああ。兄のジョンについて、そしてジョンが捕虜になった時の状況について大変に興味深い情報があると言ってやったよ。私のつかんだ限り、軍はあの時の詳細を家族にも話していないだろ？　ところがクリストファーは、何も知る必要はないと言ってきた。彼が譲歩しないのなら、我々としても別の手を打つしかないということだ』

勝てば自由にしてやると――。

クリスは薬で朦朧として、どうすることもできずに殴り殺された。薬を盛られたと知った時、彼にはわかった筈だ。これが自分の最後の戦いになると。

畜生。プロフェットは短く目をとじる。心をえぐる痛みの鮮烈さに、一瞬、肉体の痛みがかき消された。

『そうそう、クリスにこれも言ってやった。お前が非協力的で情報を明かさなかったおかげで、ジョンを痛めつけなければならなかったとな』

サディークは間を取って、さらに続けた。

『勿論、ジョンの死体を誰もその目で見ていないことも。お前がそれを知っていることも、話しておいたよ』

やりやがった。

「この最低野郎が――てめえはやっぱりとんだ卑怯者だ」

『卑怯でも勝つ方がいい。君のパートナーもそうだろう？　トム』

人の頭を引っかき回そうと、仕掛けてくる。マインドファック。エサには食いつかず、プロフェットは問いを叩きつけた。

「ゲイリーはどこだ！」

『彼は今、少し忙しい』

「もしあいつに何かやりやがったら――」

『本気でそう思うほど君も馬鹿じゃなかろう、ドリュース下士官』

「馬鹿だったら？」

『だが、違う。アメリカ海軍は、あのような過酷な役割は特別な者にしか与えない。特別な才を持つ者には特別な任務が与えられるというわけだ。君は選ばれた、まさに選び抜かれた存在だったよ。きわめて抜きん出たリーダーシップ、不気味なほど正確な分析能力、最終目的を見据えて必要な行動を取るその決断力でな」

サディークがひとつずつ並べ立てるその言葉は、プロフェットの軍人時代のファイルに記されている筈のまさにその言葉だった。あの、極秘扱いのファイルに。

テロリストの声が、それを羅列する。イカれた履歴書のように。

『だが君は不思議に思ったことはないか？　何故キャリアの浅い君にあれほど重要な任務がまかされたのか。何故君が、ハル・ジョーンズの命を――彼の生死を、その手に託されたのか』

「お前はどう思うんだ？」

プロフェットは吐き捨てるように言い返す。

『それはね、軍が、君ならあの命令を、感情に左右されずに果たすだろうと考えたからだ。別の言い方をするならば、君には人としての良心が欠如していると、軍がそう評価していたと言えばいいかね?』

プロフェットはじっとサディークを凝視し、腹の底で何かが重く固まっていくのを感じながら、表情を淡々と保った。

『だが我々二人とも、他者へのより深い共感やいたわりを持つ者こそ、あのような苛烈な任務をやり遂げられるのだと知っている。そうだな』

サディークが得意げにうなずいた。クソ野郎。

『そのいたわり深さこそが、君を私の前につれてきてくれる鍵だと思っていたよ』

「てめえの兄貴の首をへし折った時は、そんないたわり深い気分じゃなかったぞ」

プロフェットはそう言い捨て、周囲の男たちが駆け寄ってくる中、次の殴打にかまえた。

『やめろ!』

サディークが命じて、男たちを下がらせる。

『まだ話が終わってない』

サディークは軽く首を傾け、プロフェットを見つめた。

『君を見ていると、彼を思い出すよ。アザルをね。怒りにあふれ、猛々しく、世界のすべてに挑もうとする』

「俺とあのクズが似てるとか冗談だろ」

サディークの目に暗い怒りが燃え上がったが、声はおだやかなままだった。

『あらゆる行動には結果が伴う。お前は私の兄を奪った、その代償を支払うことになる。ゲイリーは、父親の研究成果を喜んで我々と分かち合ってくれたよ。ああ、ここまで何年もかかると思った通りだった。私の気が長くて幸いだったよ。特に、愛した者の復讐がかかっていたからな』

「気長なのは俺もさ。特に、仲間の到着を待っている時とかな」

サディークの表情がかすかに変わった。ほとんど見てとれないほどの変化だったが、たしかに一瞬のさざ波が走る。この男は、プロフェットの言葉が真実かもと惑うくらいには、プロフェットの評判をよく知っているのだ。

(たとえ動けなくても、てめえを釣り上げるくらいは簡単さ)

ジョー・ドリュースの好きなセリフのひとつ。

父親のことを考えたのは何年かぶりだ。だがあの男は、ずっと何かの形で彼の中にいたのだろう。プロフェットが覚えておきたい姿で。若い兵士、詐欺師——プロフェットが十歳の時に家族を捨て、六年後に盲目となって自殺した男。彼の最期を、プロフェットは、折りにふれプロフェットと母の様子を見に訪れていた父の詐欺仲間から聞いたのだった。

その詐欺やペテンの技術のおかげで、後のプロフェットは、まともな仕事を得られるまでの間を食いつなぐことができた。人を欺くその力が、後の仕事でもプロフェットの命を救ってきた。

ジョー・ドリユースだったらどうする？

今やその問いが、プロフェットの目の前に巨大な旗のように垂れ下がっている。それこそが、この迷路の唯一の出口かもしれない。

「俺を殺せば、ゲイリーに核の開発はさせられないぞ」

だがサディークの視線はもうプロフェットに据えられてはいなかった。むしろ彼の目はプロフェットの後ろを見ていたが、振り向けば体のあちこちが悲鳴を上げる。プロフェットはじっとこらえて、次にどんな拷問が来るのかと待った。

トムがずるずると引きずられ、プロフェットの目の前につき倒される。縛られ、猿ぐつわを嚙まされたトムにスツールの前から見上げられた瞬間、プロフェットは凍りついた。

ヤバい。

表情を素早くとりつくろったが、すでにサディークにも、トムを引きずってきた男にも見られていた。両方とも、ニヤリとプロフェットへ笑いかける。

サディークの笑いが、実に不気味だった。

『彼はどうだ？　わかってて足をつっこんだのかな？』サディークがトムを指す。『ゲイリーの方は間違いなく自ら飛びこんできたがね』

プロフェットは目をとじる。五年ほど昔、ゲイリーが大学二年生になったばかりの頃――そして彼の母が死ぬ直前――の電話でのやりとりがよみがえった。

『俺は普通に生きたいんだ！』

「お前には母親がいる。住む家もある。いい教育も受けている」

プロフェットは、ゲイリーへぴしゃりと言い返したのだった。

「お前もそろそろ、その程度のことは理解できていい頃だろう」

『大人になれって？』

「ハルも同じことを言っただろうさ」

『親父のことをよく知ってるみたいな口を叩くじゃないか』

「ああ、よく知ってるよ」

一日二十四時間、丸一週間。プロフェットはハルの懺悔を聞かされつづけた聴罪師《ちょうざいし》であった。まるでハルは、あの旅を自分が生きのびられないとわかっているかのように洗いざらいしゃべり続け、そんなことをすると悪運を呼ぶといくらプロフェットが制しても、決して黙ろうとしなかった。

「引き返したいか？」

ある昼すぎ、ジョンがたずねた。ハルを次のポイントに移動する直前、車を停めていた時で、すべてが崩壊したまさにあの日だ。

「そうしたいがな。もう作戦は動き出してるし、どうしようもねえ。引き返したところで何も変わらん」

あの時、その自分の言葉を、プロフェットは百パーセント信じていた。今も信じている。プロフェットの判断は何も間違っていなかった——何より受け入れるのが難しいのは、もしかしたらそのことかもしれない。

ひとたび回り出した輪を止めようとすれば、巨大な反動とダメージは避けられない。止めようとすれば、事態を悪化させるだけだ。

そしてあの日、ハルを殺した瞬間、ハルの背負っていた重荷がすべてプロフェットの背にのしかかった。ハルは、そこまで見越していたのだった。

プロフェットの一部は——小さくない一部は——その点で、ハルを憎んでいた。

今、プロフェットは目の前に映るサディークの姿を見つめる。

「お前がクリスを殺したのは、俺がハルに会ったのと同じ日だ。吐き気がするくらい感傷的なやり口だな」

サディークが微笑む。

『とてもね。その同じ感傷的な理由で、君は十年前にアザルに受けたのと同じ拷問を今から受けることになる。そして君の友人の方は、ジョンが受けたのと同じ罰を受けるのだよ。君たちアメリカ人はきわめて象徴主義だからね。正直……とても、おもしろいよ』

「トムをつれ去って生死を教えない気か？」

プロフェットが声を荒げると、サディークは微笑んだ。そう、こいつはそうするつもりだ。

くそ――畜生。プロフェットは首を垂れ、ここでの勝負を失ったことに、サディークよりも自分へ怒りを叩きつけた。動揺のあまり、何より恐れる悪夢をさらけ出してしまった自分自身に腹を立てていた。

もしトムが、プロフェットの知らないどこかへ連れ去られたまま――。

プロフェットはずっと彼を見つめているトムを見下ろし、こんな状況に陥ってほしくはなかったと願った。どうにかしてトムに近づく者すべてを叩き伏せたいと願った。だがそれよりも何よりも、トムに信じてほしいと願った――必ず、どんな犠牲を払おうとも、プロフェットが彼を救うと。

そしてトムは……この男は、プロフェットを見つめてうなずいたのだ。ほかの誰も気がつかないほどかすかに。だがプロフェットには伝わった。

サディークが通信を切り、戦闘服姿の男がトムを引きずって去る。

それが、拷問開始の合図だった。プロフェットは一分ずつを数えながら時間の経過を測り、数字が乱れはじめてからも数えるのをやめなかった。意識を失わず、心の焦点を保つための、それが唯一の方法だった。努力も虚しく、幾度か失神はしたが。意識のない時間は最長でも五時間、とプロフェットは判断する。それなら拘束されてからまだ四十八時間は経過していないし、アメリカ国内にいる。どうして移送されてないのかはわからないが、いつまでもこのままとはいくまい。

軍に入隊してから、五感すべてを磨いてきた。その感覚が幾度となく彼を窮地から救ってきた。だが拷問中は、その鋭い感覚がかえって仇となる。プロフェットはわざと目をとじていた。そのせいで余計に数多く、そして激しく殴られているのはわかっていても。数を数える。ハミングする。歌う。相手が悲鳴を聞きたい時には笑ってやった。敵の心をかき乱しにかかる。そうしていれば、痛み以外の何かに集中できるというものだった。

トムの目にはまだ、手首のロープで頭上のパイプから吊るされていたプロフェットの姿が焼き付いていた。敵はプロフェットの弱みを知っている——プロフェット自ら明かしてしまったアキレス腱。

トムはすべての会話を聞いていた。はじめは壁の前に吊るされて、スピーカーごしにプロフェットの声を聞き、その後はじかにプロフェットの前に引きずり出されて。

今は、独房のような部屋に放りこまれていた。鉄扉がひとつ、それも中には鍵がない。外から鍵をかけられている。窓なし。警報装置。さっきプロフェットがいた部屋のように壁に大きなディスプレイがあった。

画面は暗いままだったが、男たちがわざわざ音をオンにしていってくれたので、トムの耳には今もすべての音が届いていた。

プロフェットの身に何が起こっていようとどうでもいい、という醒めた態度を取るのが大事なのはわかっていた。サディークに、二人がそこまで親しくないと見せかけられれば、互いの利用価値も減る。

だがトムは、彼が目の前に引きずり出された瞬間のプロフェットの表情を見た。そして、トムに見えたということは……。

最悪だ。だがプロフェットの気持ちはよくわかった。今、拳が肉を重く乱れ打つ音を聞きながら、無表情を保つのは至難の技だった。時たまプロフェットの不明瞭なうなりが聞こえるが、ほとんど、殴られている間のプロフェットは不気味なほど静かだった。殴打が止まると、その時とばかりに何かぶつぶつと呟いたり、歌ったり、ハミングをはじめる。それが刺激になって、次の時にはさらに激しく殴打されているようだ。

プロフェットの表情を思い描くのは容易だった。その顔を思って、気力を振り絞り、トムは両手をくくった丈夫なロープをほどこうと手を動かしつづけた。

突然、前の壁に掛かったディスプレイがチカッと点き、映ったのは見たことのない黒髪の男だったが、声には聞き覚えがあった。プロフェットに話しかけていた男だ。プロフェットがサディークと呼んだ男。

『少し話さないか、ミスター・ブードロウ』

「いいね。まずは挨拶からどうだ。ファック・ユー」

『君もドリュース下士官から色々学んだようだな。彼の友がそれで救われたことはなかったがね』

ジョンのことに違いなかった。

「今回救われないのはてめえの方だ」

『その自信、気に入った。長持ちしないだろうがね』男は一瞬間を置いた。『君はどれほどドリュース下士官のことを知っている？　彼のために死ねるほどか？』

トムは男を見つめ返した。

「あいつのために、あんたを殺せるくらいには」

サディークは悲しげに、それが間違った答えであるかのように首を振った。

画面が消え、背後の鉄扉がギイッと開く。トムは、二人の男たちがプロフェットを運びこんでくるのを見つめた。上半身裸のプロフェットは背中で両手を縛り合わされ、頭はがくりと垂れ、その姿を前に、トムは必死で無関心な表情を保った。

プロフェットの体は勢いよく床へつきとばされ、二回転した末、トムにぶつかった。うつ伏せの姿勢で止まる。プロフェットの頭が上がり、殴られた顔が見えた。左の頬は腫れ上がり、目元は黒ずんでいたが、顔への打撃はそれほどひどくはなかった。

「お友達だぞ」

片方の男がトムに言う。トムはプロフェットの方向へ唾を吐き、次の唾をその男へ向けてとばした。男は顔をしかめる。トムの方へ踏み出したが、もう一人の男がその腕をつかんだ。

「商品にはさわるな。サディークの命令以外は」

そう確認する。

トムは笑ってもう一度唾を吐きかけたが、二人の男は立ち去り、ガチャンと扉が閉まった。

ほぼ間違いなく、この再会イベントは今以上にプロフェットをいたぶるために仕組まれたものだろう。そんな余地がまだプロフェットにあるとして。

プロフェットがまたたき、ごろりと肩を下にして転がり、ディスプレイの隣にあるカメラへ背を向けた。

「お前が、何人か見えるよ」

「一人も見えないよりはいいさ」

どうしてか、そのトムの返事に、プロフェットは「ああ。お前が思う以上にな」と小さく笑った。

その意味を、トムは問い返さなかった。今はプロフェットにわずかでも意識があるだけでいい。

「お前は、脱出しろ」

そう呟くプロフェットの顔はトムへ向けられ、口元はカメラの死角で、声はほとんど聞こえないほどだ。

「それは、忘れろ」

「一緒にな」

「戦う気か？」

「俺は、殺されやしない。あいつは俺を生かしておきたいのさ」

トムは床を見つめ、唇を動かさずにたずねた。

「画面の男が――ジョンを殺したのか？」

「サディークは、ジョンを拷問した男の弟だ」プロフェットは一息ついた。「お前が見た映像は、また別だ。あれは、その後。ＣＩＡにやられた」

トムはじっと前を凝視し、表情を引き締めた。誰かが今の二人の様子を見れば彼とプロフェットが対立しているように見えるだろうし、それが狙いだ。プロフェットの声はあまりに静かで、マイクで拾えるとは思えない。

「奴らは、俺をいたぶるために生かしておくさ……恨まれてんだよ」

手をのばしてプロフェットにさわりたい、せめてその手を握ってやりたかったが、相手への情や己の弱点を見せれば状況を悪化させるだけだ。それがなくとも充分な窮地だ。

「どういうことだ？」

プロフェットは首を振り、トムの怒りが燃え立つ。この男は、ここに至ってもなお、自分が何のためにすべてを捨てようとしているのか、明かそうとすらしないのだ。

「俺のゴタゴタさ。お前のじゃない」

「ここまで来てか？」

プロフェットはトムを見つめているだけだ。もう避けがたい運命だと屈したのか、それとも——トムが何か、まだ見逃しているのか？

「どうして、ただお前を殺さない」

「いずれは、殺すさ。だが今は……俺を、もてあそんでいるのさ。もう、俺を探す必要がないからな。俺が永遠にあいつを追いかけると知ってる。俺が、お前を見つけるために、あいつを追いつづけるとわかってる。ジョンを探したようにな」

「……畜生」

「お前はさっさと逃げろ。どんな手を使っても」

プロフェットがそう言った時、扉が開いて男たちが戻ってきた。トムが戦うべくはね起きるのにもかかわらず、凍るような冷水を二人に浴びせかける。

「やめろ、トミー」

引きずり出されていきながらプロフェットがそう言ったのが聞こえた。

だがすでにトムの目の前は赤く染まっていた。プロフェットにもわかっている筈だ、彼の凶暴な怒りがいつまでも抑えられるわけはないと。

数分後、さっきの黒い戦闘服の男が、手錠と鎖を持った男と一緒に入ってきて、彼らの言葉がトムにも聞こえた。

「離陸準備をしろ」

二人をどこかへ移す気だ。

ぱっと、ＦＢＩの基礎訓練キャンプの自己防衛クラスで教わった言葉がよぎった。「拉致された後、決して別の場所へ移送されてはならない。場所を移されたら、死ぬと思え」

移されるのが彼らの片方だけなのか、二人ともかはうかがえなかった。

全身が痛みにうずいていたが、もう遠い昔、トムは痛みを意識から切り離して身を守るべく戦いつづけるすべを学んでいた。生きようともがいた子供の頃と、今と、まるで変わらない。生きのびるために、トムは真正面の男へ突進していった。

25

「ゲイリー、大丈夫か？」

部屋につれて来られたゲイリーへ、プロフェットはまずそうたずねた。

ゲイリーを最後に見たのは彼が十六歳になったばかりの時だったが、たとえ大勢の中からでも一目で見分けられただろう。それほど、どこもかしこもハルに似ていた——黒い目も癖っ毛の黒髪も、肩の感じや細身の体軀、そしてやや左に偏った笑みも。

ふたたび配管から手首のロープで吊るされて、低すぎるスツールにぐらぐらと爪先立ちさせられているプロフェットを見た瞬間、ゲイリーは青ざめた。何か言いかけながら一歩出たが、横の見張りに肩を引き戻された。

そのゲイリーの表情——後悔と恐怖、プライドと怒り——を見ただけで、プロフェットにはサディークの言葉が嘘ではなかったのだと、ゲイリーが自らプロフェットを、そしてアメリカを売ったのだとわかった。これまでプロフェットが守りつづけてきた約束が、終焉へ向けて、もっと暗く、救われないものへと変容していくのが見えた。

「何も言うな」とプロフェットはゲイリーに忠告する。

「あんたはまだ自分のが偉いと思ってるんだな」

ゲイリーは憤然と言い返した。プロフェットに歩みよる彼を、今度は見張りの男たちも自由にさせていた。もう芝居の段階は終わったのだ。

「あんたには今、何の力もないんだよ！」

「力は肉体だけでなく精神にも宿る、ゲイリー。そこに自由に立つお前よりも、拘束された俺の方がこの状況に対して力を持っている。なあ、お前は、今、本当に自由なのか？」

プロフェットは声を静かに保ち、抑えた口調で、話しかけた。ゲイリーにはいつもそうやって接してきた。

「あの子は不安定なんだ」とハルはあの、運命の日の昼下り、テントの中でプロフェットにそう説明した。「天才的。アンバランス。寛容さが身に付いてくれれば、うまくいくんだが」

埃をまき上げて砂漠を疾駆する車内でも、ハルは息子について語った。道程につれて、ハルは己の人生のすべてを語り尽くし、迫りくる死を悟っていたかのようだった。ハルには見届けてくれる人間が必要で、プロフェットを己の教誨師《きょうかいし》として選んだのだ。

そして、プロフェットにはせめて、すべてを聞き届けてやることしかできなかった。

今、ハルとの日々が彼に背負わせたあの最後の約束を、プロフェットは果たさなければならない。

「ゲイリー――」

「それは俺の本当の名前じゃない！」と若者は叫んだ。その声が部屋に響きわたたって悲しげな残響がのびると、自分でぎょっとしたようだった。

「お前の名前は、今は重要じゃない」

「たしかにね。重要なのは俺の持つ情報だよな。やっと、そいつが役に立つ時が来たよ」

「駄目だ」

「駄目？」ゲイリーは苦々しく笑った。「こんな状況でもあんたは、アメリカ政府が俺の父親を殺したってことを認めたくないわけか？　政府には親父を救う気なんかなかったんだ！

〈テロリストとは交渉せず〉ってのはまったくご立派なお題目だよな、自分の親父の命が天秤にかけられるまではな！」

円を描くようにうろうろと歩き回るゲイリーには、何年も前、プロフェットが世界から隠した時の、痩せた少年の面影が強くにじみ出ていた。あれからずっと、この怒りは彼の中でくすぶり、根を張ってきたのだろう。この裏切りは、あるいは、避けられない結末だったのか。

「政府がテロに断固とした対応を取るのにはちゃんとした理由があるんだ、ゲイリー」

「はっ、くそくらえ。あんたもだ！　母さんがあんなに長いこと苦しんで死んだのだって、あんたや政府のせいだろ！　あんたたちは、俺の夢を、何もかも奪ったんだ。いや、奪いそうになったって言おうか？　やっと俺にも人生を取り戻すチャンスが来たんだ、絶対、つかんでやる」

「俺はそれを見逃すわけにはいかないんだよ」

「じゃあどうする？　俺を殺すか？　父さんを殺したみたいに！」

ゲイリーが吐き捨てた。プロフェットはゲイリーを見つめ、それからその事実の暴露で心から重荷が外れたかのように、ふうっと息を吐き出した。

「ああ、知ってるよ」ゲイリーが言う。「ついにすべての真実がわかったんだ」

「サディークに協力してるのなら、お前はやっぱり何もわかってない」プロフェットは間を置いた。「お前は、サディークのために働かされるだろう、ゲイリー。アメリカに敵対して」

「サディークは、あんたを呼べば、俺を自由にしてくれると言ったよ」

ゲイリーはそう、自信ありげに言おうとしたが、不安がちらりとのぞいていた。見張りの男たちが彼を囲むように立つと、その不安はさらに濃くなった。

「これで話は終わりだ」と、貧弱な主導権を取り戻そうとしながら告げる。「俺はもう行く」

見張りの一人がニヤッとした。うなずく。ゲイリーの両腕をつかんで背中にひねり上げた。

ゲイリーは、十年分の癇癪の爆発が致命的な――そして愚かな――結果を招いたことにやっと気付いた様子で、バタバタと暴れ出した。

「俺は協力なんかしない――」

「もうしてるだろ」

「あんたたちのために起爆トリガーなんか作ったりしない！」

ゲイリーが叫び、そしてスピーカーからはサディークの静かな笑いがひびいて、海の向こうから届くその声が不気味な霧のように彼らを包んだ。

『君に協力させる手段などいくらでもある。今の君には見当もつかんだろうな、ゲイリー。だが、すぐにわかる』

「彼を離してやれ」プロフェットがくいしばった歯の間から言う。「俺をつれていけ」

『実に気高い』サディークは冷ややかに返した。『君が、私の役に立つどんな情報を持っていると？』

「山ほど」

サディークが彼を眺めた。

『たしかにな。だが君には君の役目がある。苦痛に満ちた役がね。さっさと殺すのは易しすぎる』

その言葉は真実だろう。それに、ゲイリーを救うにはもう遅すぎるのだった。ゲイリーは知りすぎている。サディークの世界に一歩踏みこんだ瞬間、彼は己の魂を売り渡したのだ。出口はない。

「プロフェット……？」

ゲイリーは心細そうに見えた。プロフェットが彼と母親を初めて家からつれ出し、隠れ家へ移したあの二月の雪の日にも、彼はそんな顔をしていた。少年は父親の写真を握りしめて離さず、母親にはとてもできなかったので、プロフェットがゲイリーの手から写真をむしり取ったのだった。

「そいつらの言う通りにするんだ、ゲイリー。いいな？　必ず迎えに行く」

「俺に、こいつらのために働けって言うのか？」

「お前の身の安全のためだ、坊や《キッドゥ》」

それはハルがゲイリーを呼ぶ時の愛称。そしてプロフェットとゲイリーの間の暗号──〈一生かけてもお前を見つける〉と。

ゲイリーの動きが一瞬止まったが、サディークには気付かれなかった。この男はプロフェットの反応を楽しむ方に気を取られていた。

『さて、君にはチャンスを与えよう、ドリュース下士官』

サディークが告げる。

『君の道義心を測るテストだ。こういうのを何と言ったかな、〈トロッコ問題〉？　とにかく君には、二人のうちどちらかしか助けることができない。片方はアメリカ国家に多大な災厄をもたらしかねない若者。もう一人？　この建物のどこかで死にかけているただの傭兵だ。数百万の命を救うか、ただ一人を救うか。どちらを選ぶ、ドリュース下士官？　ああそうだ、君がどちらかの元には必ずたどりつけるよう、ちょっとした心づかいをしておいたよ』

画面はぷつっと切れた。黒い戦闘服の男がゲイリーを引きずって行きながら、プロフェットの爪先を支えていたスツールを蹴り払う。ゲイリーは肩ごしにずっとプロフェットを振り向きつづける。扉が閉じてやっと、プロフェットはこらえていた苦悶の叫びを放った。

手首からぶら下げられた体勢を立て直そうと、頭上のパイプをつかもうとしたが、うまくいかない。なんとか片手をパイプにかけ、指先をすべらせると、尖った金属の刃のようなものを探り当てた。サディークの「心づかい」だ。

どんなやり方をしようと、どうせ痛みは凄まじい。プロフェットは両足を振って、自分を吊るロープを前にずらした。金属片は頭上のロープを断ち切るのに丁度いい角度で設置されていた。だが落ちれば地獄のような激痛だろう。

前後に体を揺すりながら、プロフェットは消えた画面を凝視していたが、そこにチカッと何かが映し出された。映っているのはもうサディークの姿ではない。かわりに分割された画面の片方には、縛られ、外を見張りに引きずられていくゲイリーの姿が映っていた。その向こうにヘリが待っている。

一瞬して、もう半分の画面にも映像が出た。ガスの霧でくぐもった部屋に、床で気絶しているトムの姿が見える。

(どちらを選ぶ?)

だがこれは選択肢などではない。ただの、心を壊すマインドファックの一手段。プロフェットが上げた苦痛の咆哮は、むなしく壁にはね返った。

ロープがちぎれていくとまず両手が離れ、世界が焼けるような痛みが両手首を貫いた末、幸い、やっとロープが切れた。体が床に打ちつけられ、手をついて起き上がろうとしたが、叫びそうになった。手首が、勿論両方とも、また折れていた。ほとんど動かせないが、これより悪い状況も経験済みだし、それで戦ったこともある。

どちらへ向かうか、迷いもためらいもなかった。鍵のかかったドアを蹴りつけ、きしませると、二発目の蹴りでドアを蹴り破った。廊下に並ぶ閉ざされた扉を同じように——ドアノブを握れないので——蹴り開けながら、トムに届けと大声で呼んだ。

もしあのガスが何のガスかわかってさえいれば、ゲイリーを助けてからトムを解毒するだけの時間の余裕があるとわかれば、そちらを選んだだろう。トムならプロフェットにそれを望んだだろう。何より、それを当然だと思っただろう——ここまでの状況はさすがのトムにも見通せなかっただろうが。

だが、時間はない。残る扉はあと二つ。その手前の扉を蹴り開けた。己の鼓動が激しく打ちはじめたことにもまるで気がつかなかった。倒れたトムの呼吸はあまりにも弱く、そのことだけにプロフェットの意識が奪われる。自分のTシャツをまくり上げて口と鼻を覆い、プロフェットは息を詰めて、奥にある二つの窓を蹴り割ってガスを逃がした。新鮮な空気を一息吸い、トムを振り向く。

壁の画面がまたたき、ヘリへ乗せられるゲイリーの姿が映った。一瞬、ゲイリーの、呆然と凍りついた恐怖の表情が見えたが、それを最後に若者は見張りに引き立てられていった。

(彼を裏切った——今度も、また)

プロフェットはその罪悪感を苛々と押しこめ、トムの腕の下に自分の両腕をつっこむと、激痛をこらえて肘を曲げ、自分までガスで昏倒する前にトムを部屋から引きずり出した。トムの体を引いていくその一秒ずつが、プロフェットの人生で一番長い時間だった。そしてその間ずっと、彼の頭の中を回っていたのは、たとえこうしてトムを一度は救わせても、サディークがトムを生かしてここから出すわけはないという不安だった。

トムを廊下へ出し、ドアを閉めてガスを封じると、プロフェットは汗まみれで、震えながら、その場に半ばへたりこんだ。

視界の端に影が落ちた。まだガスでぼやけた目を上げ、プロフェットは見張りの一人が立っているのを見る。必死で立ち上がると男の腹に頭突きを叩きこみ、廊下へ押し倒した。

そのまま、世界がぐるぐると回り出し、すべてが闇に呑みこまれた。

26

プロフェットは起き上がった。

まだ同じ通路にいたが、トムの姿はどこにもない——しまった。

足音を聞きつけて、動きを止める。身がまえて、戦闘態勢を取った。

膝をつき、床を蹴って前にとび出すと、角を曲がってきた男に体当たりする。全力で戦うだけの、決して退けない戦いだった。たとえ片方の肩が脱臼していようが、両手首が折れていようが。

相手の男を床へ叩きつけ、肘で押さえつける。だが一瞬にしてプロフェットは横へ投げとばされ、気付くとうつ伏せに倒れていた。

「救い主を殺すのはどうかと思うぞ」

耳元に囁く声に聞き覚えはなかったが、イギリス訛りにピンと来て、プロフェットは問い返した。

「キリアン？」

「トムは安全だ。逆らうのをやめて気絶のふりをしろ。君を運び出す。まだ見張りが残ってる」

トムをつれての脱出は楽にはいくまいと思っていたが、やはりプロフェットの懸念は当たっていたようだ。もしキリアンが来なかったら――。

だが、彼は来た。そしてプロフェットは、トムの安全のためならあらゆる助力を利用するつもりだった。目をとじ、ぐったりとして、彼はキリアンに運ばれるのにまかせた。

見張りの誰かがキリアンに話しかけるのが聞こえたが、キリアンが「こいつは俺にまかせとけ。廊下で気絶してたんだ、どうしてあんなところへ行くまで見逃した？」とアメリカ風の発音を上手にこなして答えた。

相手は何か反論してきたが、すぐにプロフェットの耳に聞き慣れた、ゴボッという喘鳴《ぜんめい》が届き、沈黙が落ちた。

「残りはヘリに乗った」キリアンは慎重にプロフェットを下ろして、喉を切り裂かれて倒れた死体の横に立たせる。「ゲイリーをつれてな」

プロフェットは目の前の、黒い髪と目をした、思ったよりも背が高く、期待通りに端整な男の顔を見つめた。

「滑走路につれてけ」

キリアンがプロフェットを止める。「あきらめろ」

「おい、俺とお前の二人がいりゃ、あいつらを止められるだろ」

「もう済んだ」

その一言でプロフェットは、キリアンがここに駆けつけたのが純粋な隣人愛からではないと悟る。

「てめえ——ヘリに爆破工作しやがったな！」

「ああ」

「ふざけんじゃねえぞ！」

「やらなきゃならないことだ。つらい選択を、君のかわりにしてやった」

「ゲイリーのせいじゃねえ」

プロフェットはうなった。同時に、キリアンが正しい判断をしたこともわかっていた。結局のところプロフェット自身も、二度魂を売った。ハルへの対処についてアメリカ政府から命じられた時と、ゲイリーについて、ハルにまったく同じ約束をさせられた時に。

キリアンは首を振り、だがプロフェットを理解しているようだった。もしかしたら、少しわかりすぎるほど。

「そこは問題じゃない、君もわかってるだろう。君を行かせるつもりはないし、もう手遅れだ」

たとえ頭でわかっていても、キリアンが――そして自分が正しいと、プロフェットは絶対に信じたくはなかった。だがここでキリアンと争っても無意味だ。プロフェットは壁にもたれたが、キリアンは彼を押さえる手を離さず、言った。

「これが正しいとわかってる筈だ」

「さっきまではな。だがゲイリーはもう自分が間違っていたと知ってる。今のあいつは無理強《むりじ》いされてるんだ」

「時に、やり直せない選択もある」とキリアンが言い切る。

「そんなの信じてたまるか。てめえだって信じちゃいねえだろ、どんだけ冷酷ぶったツラをしてもよ」

「君は信じたくないだけだよ」

キリアンが、奇妙なほど優しい声で応じ、プロフェットの目の上にかかる髪を払った。プロフェットの傷だらけで腫れ上がった顔を見つめて、彼は呟く。

「すまない、プロフェット」

その瞬間、爆音が建物を揺さぶった。

プロフェットが目をとじると、キリアンの鉄のような握力が少しゆるんだが、今やその支えがなければプロフェットは立っていられない。

「あいつのせいじゃないんだ」と、くり返す。

キリアンが軽くゆすって、プロフェットの目を開けさせる。

「いいや、ゲイリーが自分で犯したあやまちだ。君は、今日を生きのびろ。また次の戦いが待ってる」

「どうやって……ここが」

「追跡装置だ」

まったく、どうしてプロフェットの周囲の連中はどいつもこいつも彼を追跡しようとするのだ？　プロフェットは呻いた。

「プライバシー侵害だぞてめえ」

「せめて、自分を助け出してくれた相手に、礼の一言もあっていいと思うがね」

キリアンはプロフェットを自分によりかからせながら廊下を歩き出した。まだプロフェットの鼻腔には金属的な血臭が絡みついていたが、それでもキリアンからはいい匂いがした。

「トミーはどこだ？」

キリアンがプロフェットを見つめた。

「さっきも言ったように、パートナーは無事だ。今、医者が診てるよ。意識もある。君がそうしろと言うと思ったので、彼を先に脱出させた」

　プロフェットは何も言わず、足を交互に前に出すことに集中しながら、キリアンに支えられなくとも自力で歩けるふりをしようとしていた。

　キリアンが口を開く。

「言っておくとな、彼の方では君を先に助けろと言い張ったぞ」

「あいつがよく気を変えたな？　どうやった」

　小さな、満足げな笑みがキリアンの唇にともった。

「殴り倒した」

「何しやがったって？」

「落ちつけ。致命的なダメージはない筈だ。多分」

「お前殺されるぞ」

「毎日言われてるよ」

　キリアンはプロフェットを、正面扉の前に置かれた古い金属の折りたたみ椅子に下ろした。

「すぐ迎えのヘリが来る。運転ができる状態じゃなさそうだから、君の車は家に運ばせておく」

　キリアンに怪我をチェックされながら、プロフェットは彼の顔を眺めていた。キリアンの指がプロフェットの顔をたどり、首筋をなぞって——肩の脱臼を探り当てた。

「はめてやろうか」

初めてのことではない。プロフェットはできる限り痛みにそなえた。

爆発的な激痛に、一瞬息が止まる。キリアンが彼を支え、話しかけているのをぼんやりと感じて——やっと、荒く息を吸いこむと、痛みは世界を呪う程度にまでおさまってきた。

そろそろと肩を上げ、下ろしてみる。しばらく痛むだろうが、動かないよりマシだ。キリアンが注射器を見せる。

「鎮痛剤は？」

「やれよ」

キリアンは一瞬止まってから、プロフェットに鎮痛剤を注射した。

「君は、生きて出てくるつもりはなかったんだな？」

それは質問ではなかった。

「てめえはいつの間に工作員から占い師に商売替えしやがった」

まったく、鋭い、すべてを見透かすようなこの目に見つめられて会話をするより、テキストメッセージをやり取りしているだけの方が百倍は楽だ。

「どうしてこんな自殺行為に出た？　お前にはわからない、とか言うなよ。君のパートナーはどうか知らんが——」

「あいつはいい奴だ」

「だろうな」

「何が言いたい？」

「いい奴がいいパートナーになれるとは限らない、プロフェット」

「今日のことは、そんな話じゃない。昔の亡霊さ」

「しかし今も続いてる？」

「ああ」

「なら、どうして今、死のうとする？」

遠くからヘリのプロペラ音が聞こえてくる中、キリアンがしつこく食い下がった。

「死のうとしたわけじゃねえよ」プロフェットはそれだけを答えた。「それとな、お前に来てくれとたのんでもねえ。今回の件は元からお前らのレーダーに引っかかってたみたいだからな、恩着せようとすんなよ。てめえは人助けに来たわけじゃない」

キリアンの眉がひょいと上がったが、まだどこか愉快そうな顔をしていた。もし可能な体調だったら、その顔にパンチを叩きこんでいたところだ。特に、キリアンが次の言葉を放ってからは。

「そう信じたいならそれでもいいさ。だが君のパソコンや携帯に侵入するのがそんなに楽な仕事だったと思うか？」

「違うとでも?」

「いいだろう。とにかく重要なのはそこじゃない。ここに来るのは、俺も命がけなんだ」

「たまんねえだろ? 楽しくてしょうがねえだろ、そういうの」

「だから、重要なのはそこじゃない」

「うちの社に就職の口でも利《き》いてほしいのかよ?」

「それも違う。職はある」キリアンはプロフェットを見つめた。「カウチは返してもらうぞ」

「人でなし。畜生、だから人に借りを作るのは嫌いなんだ」

「わかるよ、君には二つ貸しになってるからな」

「さっさと取り立てろ、こっちもいつまでも有り難がってはやらねえぞ」

キリアンはそっと笑って、虚空をまっすぐ見つめていた。何も約束する気はないらしい。プロフェットに告げた。

「目をとじて休んでろ」

その言葉に甘えたかったたが、ここまで人生で培った経験がプロフェットにそれを許さない。ドクだったら疑いの余地なく、もっと強い鎮静剤をプロフェットに投与しただろう。全身がドクドクと一つの大きな脈を打っていて、あまりいい状態とは言えなかった。

キリアンは注意深くプロフェットを見ていたが、やがてたずねた。

「今回の件の裏について、話してみる気はないか?」

「できない」

その拒否を、キリアンは、トムにはひっくり返っても真似できない自然さであっさり受け入れた。今のプロフェットの混沌とした頭では、どちらがいいのか判断などつかないが、キリアン相手の方が楽だということだけはたしかだった。このスパイ野郎はわかっているのだ、これがプロフェットにとってただの任務ではなく、人生を賭けた戦いだと。

「俺の手で片付ける」彼はキリアンに告げた。「何もかも」

「君ならそうするだろうな」キリアンが立ち上がった。「待ってろ。担架を持ってくる」

反論も出なかった。椅子にまっすぐ座っているだけでやっとだ。

「おいおい、あいつのおかげで気を楽にしてもらったからって、現実はなんも楽になってねえぞ」

ジョンが、いつものように何かにもたれたポーズで言った。今回は近くにいて、壁に肩を預けて周囲を見回し、首を振った。

「お前はいつも〈トロッコ問題〉でしくじる。何を犠牲にするか。今回のは高くつくぜ？」

「てめえの方がマシだとでも？」とプロフェットは言い返す。

「そんなことしか言えねえのかよ」

「いいから……その口を、とじてろ」

プロフェットはジョンにそう言った。まばたきするともうジョンの姿は消えている。プロフエットの頭はすっかりイカれているようだ。まともじゃない。キリアンに打たれた鎮痛剤のせいだと、信じられればいいのだが。

ヘリの中につれていかれたトムは、機内でプロフェットの世話をするキリアンの様子に歯噛みしていた。プロフェットはボロボロの姿だったが、それでも意識を失うまいと全身全霊で戦っている様子が、いかにもこの男らしかった。じき、気を失う筈だ。そうすればトムにキリアンをぶち殺すチャンスが来るかもしれない。せめて、さっきくらった一発のお返しくらいは。トムは顎をなでた。骨は無事だが、数週間は痛むだろう。しかもこれで気絶したわけではない、キリアンは倒れたトムの頸動脈を指先で押さえて気絶させたのだ。殴る必要などなかった筈だ。

ムカつく野郎だ。

キリアンが背中にトムの刺々しい視線を感じたらしく、肩ごしにトムへ声をかけた。

「後は、俺の指示に従ってくれればすむ」

「お前やお前のお仲間に命令される筋合いはないね。大体、どこのどいつだよ」

トムは怒鳴り返す。

くるりと振り向いたキリアンの両目は強い光を帯びていた。

「俺は、君がプロフェットのベッドにいた時にプロフェットと会話していた男だ。それ以上の自己紹介が必要か？」

「あいつに近づくな」

「彼を自分のものでいるつもりだとは知らなかったね」

「俺のパートナーだ」

トムがその言葉をうなった時、プロフェットがふっと目を開け、トムをまっすぐに見て、呟いた。

「トミー？」

思わずトムはニヤリとする。キリアンは背を向け、トムにはありがたいことに、ヘリから下りていった。トムはプロフェットのそばに行くと、ヘリのプロペラのうなりに負けないよう身を屈めて口を寄せた。

「ああ、今からＥＥ社に戻るところだ」

「いいね」プロペラの目は焦点がぼやけていた。「畜生、また薬で……」

「ああ、俺も投与されたよ」

ヘリが離陸した。トムはプロフェットの横に座ると倉庫から無事に飛び立つ間、プロフェットの体を支える。プロフェットの手に自分の手を重ね、二人はそれきり、ＥＥ社のヘリポートまでの数時間の飛行中、黙ったままだった。

着陸すると、プロフェットは待機していた担架を拒否し、トムの肩を借りてヘリから下り、診療所へ向かった。

二人でよろよろと、舗装されたヘリポートから芝生を横切ってEE社の建物へ向かいながら、トムはやっと口を開いた。

「サディークは、お前は間違った選択をするだろうと言った。いつも、間違った方を選ぶと」

「間違っているのは奴だ。結局のところ、全部罠なのさ。どれを選ぼうと無事に逃すつもりなんかなかった」

少しの間、トムは黙って歩きながら、プロフェットは今回の選択で何を失ったのだろうと考えていた。プロフェットがトムを選んだのは間違いだったと、トムもそう思っていたが、お互いその選択を後悔はしないのもわかっていた。

「俺を選んだのは、それでか？」

「ダブルトラップだ。どっちに動こうが、どこかでしくじる」

「これで、どうなる？」

「これからは俺だけじゃなくお前の首にも賞金がかかるのさ。こっちの世界へようこそ、T。クソまみれの川を俺と一緒に流されるしかねえぞ」

どういうわけか、その想像は今日一番、トムの心を温めたのだった。

27

二十四時間後、ドクはやっとトムの解放を言い渡した。

「プロフェットはまだ残る」とだけ、ドクは知らせてきた。「お前は帰れ。家で休め。じきにフィルから次の任務の連絡が来るだろ。一週間後から長距離移動を許可する」

一週間。座ってただあれこれ考えるだけの一週間。

「もっと早く仕事に出たいんだ」

「俺の方はどこかでうんざりするほど口淫《ブロウジョブ》されたいね。人生、うまくいかねえもんだな？」

「くそったれ」

ドクが笑った。「俺にそのセリフを浴びせて初めてＥＥ社の正式な一員と言えるらしいぞ」

だが果たして、この件の後も自分がＥＥ社に残れるのか、トムには自信がなかった。クリスの件から手を引けというフィルの命令に反したのだ。プロフェットの命令無視はまだしも、トムはまだ立場の不安定な新人だ。プロフェットほどの自由裁量が許されているとは思えないし、今回は関わっただけでルールを破っている。ＥＥ社がいかに工作員の自主判断を重んじると言っても、一線を踏みこえた気がしていた。ほとんど初めて、パートナーに恵まれたかもしれないこの時に。

「お前の首は無事だよ」

「マジで、ここの連中はみんな人の心を読むのか？」

トムはカッとして言い返す。

「ああそうなのさ。家に帰れ、映画でも見てろ。グダグダ悩むな」ドクは一拍置いた。「あいつは大丈夫だから」

「手ひどく殴られたんだ」

「誰にも会いたくないそうでな」

「誰にも――それとも俺に、か？」

ドクの無言が、トムにとってはそのまま答えだった。

「かまうかよ」

トムはドクの横をすり抜け、大岩のようなこの男が彼を止めようと動かなかったことに内心ほっとした。

部屋にずかずか入ってきたトムを見ても、プロフェットは驚いた顔もしなかった。彼は、最後に見た時よりはるかに状態が良さそうだった。

「お前は家に帰ると聞いたがな」とプロフェットが言う。

「まあな」トムはベッドへ近づいた。「そっちは?」

「あと一週間だとよ。ひでえ話さ」

　トムはうなずき、たずねた。

「あの映像が撮られたのは、ジョンが死んだ後だったのか?」

　プロフェットは静かな目でトムを見つめた。一瞬、嘘ではぐらかされる予感がしたが、結局プロフェットは答えた。

「ジョンが死んだかどうかも、俺にはわからない。死体を見てない。拷問で死んだと言われただけだ」

「それでお前は、自分が生きのびたからにはジョンも生きてるかもしれないと、考えてる」

「俺は二年間、脱走兵となった。ジョンを探すためにな。だが痕跡ひとつ見つからなかった。誰も、ジョンに何があったのか知らなかった」

「あきらめてないんだろ?」

「情報は入るようにしてある。できる時に探ってもいる。だが、もしジョンがまだどこかにいるなら——死体をこの目で見るまでは……」プロフェットは息を吐き出した。「あいつなら、俺を絶対見捨てない」

「くそ、プロフ……」

　プロフェットが受け入れるなら、トムはこの男を両腕で抱きしめていただろう。だが、拒まれるとわかっていた。今は。

「お前のせいじゃない、なんて下らん気休めを言わないでいてくれて助かるよ」

「俺はただ、ジョンがどうなったか、お前が少しでも真相に近づければと思ってるだけだ」

プロフェットがうなずいた。「キリアンが調べてくれてる。非公式にな」

その目がチラッと、キリアンの名を聞いた瞬間にトムがうっかり握りしめた拳を見やった。

「あの男やお仲間を巻きこむのはいい考えか？」

「キリアンは単独で動いてる」

「あいつをよく知ってるんだな？」トムは問い返して、溜息をついた。「俺をつれ出した時のあいつは、単独行動じゃなかったよ」

「ああ、お前は医者と一緒にいると、あの倉庫で聞いたよ」

「最初のうちな。はじめ目を覚ました時は酸素吸入と点滴をされてたが、すぐにまた意識をなくしてな。次に目を開けると、今度は別の男がそばにいた」

プロフェットが眉を寄せた。

「どんな男だ？」

「朦朧としてたからな……黒いニット帽で髪の色は不明。目は緑、白人、俺より背が少しだけ低い。でかい時計をはめていた。高いが頑丈そうな。そいつが、何も言わずに、ただ俺を見つめていた。何というか、刑務所の看守かっていう目つきだったよ」

「朦朧としてた割には上出来じゃないか」プロフェットが嫌味っぽく言った。「フィルにその男についても報告したのか？」

「報告書の中で」

プロフェットは目をとじた。

「なら、もうそいつのことは気にするな」

トムは気にしていなかった。それでなくとも心配ごとなら山とある。プロフェットのことも含めて。

「サディークがどこにいるか、お前は知ってるのか？」

「目星はつけてる」

「じゃあお前が治ったら、そこへ向かおう」

プロフェットが首を振った。

「いや、これはお前の仕事じゃない。俺の仕事だ。終わってねえんだよ、T。決して終わらない。少なくとも今回クリスに何があったかはわかった。地下ファイトのせいじゃなかった。俺だったのさ、全部」

プロフェットの顔は猛々しく、怒りが刻まれ、そして不思議なほど美しかった。

トムは手のひらを清潔なシーツにすべらせながら、この手でプロフェットの手を握れたらと願う。だがそうはしなかった。

「秘密の必要性は、俺だって誰より身にしみてる。だがお前は、こうなった今でさえ、まだそんな上っ面のことしか俺に言おうとしないのか？　キリアンの力は借りられるのに？　俺にどうしろって言うんだ、プロフェット。一体これ以上、どんな──」言葉がトムの喉に詰まった。

「くそ、忘れろ。もういい」

プロフェットは眉をぐっと寄せていたが、その顎が少しこわばり、ほとんど渋々たずねた。

「お前、キリアンが嫌いだからそこまで俺に執着してんのか？」プロフェットは、唖然としたトムの顔を眺める。「正直に答えられねえんだろ」

「くそったれ、プロフェット！　俺のかわりに答えを決めるな！　お前は俺のことをそこまでわかってない。お前はわかってるつもりでも、ただの思いこみだ」

プロフェットは唇をムッと引き、顔をしかめて言い返した。

「本当かどうか聞いただけだ、そうならいいとは言ってねえだろ、トミー」

「信じたいように信じてろ」

もはや、ジョンの幽霊──それも生きているかもしれない幽霊──どころか、しっかり生きているあのスパイ野郎まで、トムのライバルだときた。

「そうやって現実から目をそらすなら、お前の目は見えないも同然──」

そう言い放ったところでプロフェットの奇妙な目つきに気付き、トムの言葉が途切れた。同時に何か、つかみどころのない記憶が露光不足の写真のようにぼんやり脳裏をかすめる。問いが口をついた。

「大丈夫か？」

「ああ？　目が見えてねえだけだよ、気にすんな」

「くそったれが、プロフェット……！」

結局また、こうなるのか。

「そのまま返すよ、トミー」

「この先、一生ひとりでも知らねえぞ」

「わかってるさ」とプロフェットは無感情に応じた。

「誰のせいでもない、お前が自分で招いたことだ」

「それもわかってる。出てくならドアを閉めてってくれるか？」

プロフェットがおだやかにたずねた。

トムは言われた通りに、いやそれ以上にしてやった。砕けそうな音でドアを叩きつけ、閉める。ＥＥ社のオフィススタッフたちが動きを止め、半秒ほどトムを見つめたが、すぐに全員仕事に戻った。

プロフェットと一緒に働いた人間には、ありがちな反応なのだろう。

トムは、だがそのまま立ち去りはしなかった。気分が落ちつくまでオフィスの空室にとどまる。もしプロフェットが――また――わざとトムを挑発してつき放そうとしているのなら、どうして毎回その罠に引っかかってしまうのだ?

トムはプロフェットのいる診療室の方へ戻ると、ドア横の小さなガラスのパネルを通して、ベッドの縁に座ったプロフェットがギプスを再装着される様子を見つめた。ドアは少しだけ開き、プロフェットは不気味なほど静かだった。不機嫌な沈黙ではなく、闇に塗りつぶされたような重苦しい沈黙だ。そのくらいの区別は、もうトムにもつく。

プロフェットは両手を前に出し、左手首にはすでにギプスの装着が終わっていた。ドクが作業を止め、プロフェットの首の後ろに手を置く。うなだれたプロフェットに語りかけるドクの声が聞こえた。

「息を吐け」それから「できるだけ可動域は残すし、必要ならお前が自分で切れるようにしておいてやるから」さらにつけ足す。「誰にもう、お前の自由は奪えない」

それが何の話かトムにはわからなかったが、プロフェットの背負うものはトムが理解している以上に根深いということだろう。ここまで、あまりにもプロフェットが一方的にトムの面倒を見てきたせいもあって、今さらやっと、プロフェットに残る古傷の凄惨さがトムにも見えてきていた。

数分後、トムが思いきって部屋に入っていこうとした時、ドクが片腕でプロフェットをハグした。トムの腹の底に嫉妬がたぎった。

いや、嫉妬以上のものだ。プロフェットは限られた人間しか自分に近づけない。その友人たちはプロフェットを囲む盾であり、壁なのだ。その壁で、誰をも拒む。

その生き方は、きっともう変わるまい。

トムは歩き去った。一度も振り向かずに。


ドクはプロフェットをせっせとなだめており、プロフェットは好きにさせておいた。実際、それなしで再びギプスをはめられる気がしない。サディークに捕らえられていた時にはどうしてかパニック発作が起こらず、今さら時間差で押しよせてきたのは、プロフェットにとって幸いだった。トムにとっては、もっと幸いだった。

「パートナーが心配してたぞ」とドクが告げる。

「そりゃめでたいね」

プロフェットは体をひねって、たじろいだ。点滴の管が胸にまとわりつき、ギプスに手首を固定されている上、この間の銃創もあり、少し動くだけできつい。これだけの代償を払って、すべては無駄だった。

ハルとの約束も果たせずに。あの約束がプロフェットにとってすべてだったのに。

「お前はそうやって静かにしてると、とんでもなく危ないんだ。わかってるか？」

「まあな」

ドクとは、海軍にいた頃からのつき合いになる。作戦行動を共にしたことはないが、己の、腕と肩の負傷が仲間の足を引っぱりかねないと判断して自ら一線から退いたこの男に、プロフェットは深い尊敬を抱いていた。現在のドクはＥＥ社の工作員たちに目を配り、負傷が体に与える影響について彼らに説いている。選択肢を示し、体へのダメージが取り返しのつかなくなる前に、専門知識を生かした新たな人生を考えられるよう道を教える。

ドクがたずねた。

「トムが見てたのは、わかってるんだろ？」

「まあな」

「俺との仲を勘違いしたままにさせとくのか」

プロフェットは肩をすくめた。ごっそりと、内臓をえぐりとられたように疲弊している。ドクですらそれに気付いたのだろう、それ以上聞いてこなかったのはそのせいに違いない。

「俺は、あいつを近づけすぎた」

その言葉にも、ドクは何も問い返さなかった。

普通の人間なら、誰かを近づけ、心の中に入れるのはいいことだろう。プロフェットにとっては、そうはいかない。

目をとじると、自分とトムの二人がよりそい、もつれたシーツの中で絡み合っている姿が浮かぶ。のしかかるトムの重み。トムがプロフェットの名を呼び――次はもっと、叫ぶように……。

「随分ハマっちまったもんだな」とドクが言う。

「黙ってろ」

ドクはその通りに黙った。もう片方のギプスの装着も終えるまで。

「一分、休みをやる。その後で、フィルが会いたいと言ってる」

プロフェットはうなずいた。枕に頭を戻す。まるで自分が幾百ものかけらに砕けていくようだ。トムとのセックスの時のように。息が肺からすべて押し出され、目の焦点を失い、自分も世界も、何もかもがバラバラになって、二度と戻れないと思い知らされるのだ。自分が変えられてしまったと。

それが、そこまで最高だったか？　あいつに心を許せたか？

そうじゃなかった筈だ。

だがもう、あんなふうにすべてが砕け散る思いを味わうことはない。プロフェットには、選択の余地がない。

（探すのをあきらめりゃいい。もう、やめればいいだけだ）

だがその決断は、プロフェットひとりのものではないのだった。

むっつりとした顔のフィルが大股に部屋へ入ってきた。

「具合は大丈夫か？」

「何日か経てばな」

「結構」

プロフェットはその先に続くだろうフィルの言葉を待った。これまでフィルの命令への不服従は山ほどやらかしてきたし、普通なら許されない範囲を幾度も越えてきた。今回に関しては、少なくともあの倉庫の掃討とヘリの爆破はキリアンの仕業だし、ＥＥ社に迷惑がかかることはない。それでも、それがフィルに対して何の言い訳にもならないのはわかっていた。

フィルはプロフェットを凝視していた。プロフェットは身じろぎしたくなるのをこらえながら、この男ににらまれて、これまで幾人の新人海兵隊員たちがママを恋しがったことかと考えていた。

ふたたび口を開いた時、フィルの声はずっと険しくなっていた。

「お前はあやうく、うちの工作員を一人死なせるところだったんだ」

「俺を追っかけてきたりするからだよ」

「未許可の任務でな」

「クリスに関する任務の一環だ」プロフェットは反論した。「あの倉庫にも、ＥＥ社の関与がたどられるような痕跡は残してねえよ」

「お前の知る範囲ではな」

「何が望みだ、フィル？　俺のタマでも皿に乗せてさし出せってか？」

「俺にも、情報と状況を逐次知らせるんだ」

どうせ守れない約束をするかわりに、プロフェットはただうなずいた。

「それと、お前は傷病休暇の最中だったんだ。療養期間中は副業も控えろ」

プロフェットはまたうなずいた。

「あと、お前は今日から傷病休暇だ。また」

プロフェットはぐっと歯を嚙み、うなずいた。口を開いて何か言ってしまうよりははるかに安全だ。

フィルが声を落とした。

「一体、本当は何があった、プロフェット？　一体何が起こっている？」

「つまんねえことさ」

「お前は誰がクリスを殺したのか知ってるんだな」

「まあな」と答え、続けてプロフェットは「流れ弾だったのさ」と口にして、内心自分でひるんだ。だがフィルなら、プロフェットがそんな切り捨てるような言い方をしたかったわけではないと、理解できるだろう。

フィルには伝わっていた。だが同時に、もう忍耐も限界という様子だった。プロフェットがやっと見やると、フィルの首筋に浮き上がった、必死で理性を保っているような筋肉のすじが見えた。

「一体何が起こっているのか俺は知らん、プロフェット。だがEE社をお前に継がせるにも、そんな調子ではお前を信じられん」

プロフェットは声を出せる気がしなかったが、フィルの方も返事を期待しているわけではないようだった。

28

さらに二日間、プロフェットは診療所にとじこめられていた。三日目に、ドクは不承不承プロフェットを解放したが、両手首を新たなギプスで、前にも増してがっちりと固められていたし、両腕は何かを呪いたくなるほど痛んだ。肋骨と頭も。だが、帰宅許可を得るために何事もないような顔で押し通した。

家はしんとしていた。キリアンの部屋に仕掛けられた警報装置のライトの点灯を見て、あの諜報員がまたどこかへ出かけていると知る。

ほっとしながら、かすかな落胆もあった。

パソコンを開いたプロフェットは数日前のキリアンからのメッセージを発見した。

〈たのまれていた情報を入手した〉

プロフェットの指がキーボードの上で凍った。椅子にゆっくり腰を下ろすと、視界がかすんでくるまでそのメッセージを凝視する。

やがて、返事を打ちこんだ。

〈教えろ〉

キリアンから返事が来るまで、三十分ほどあった。

〈悪い、移動中だったんでね。ＤＮＡの照合が一致したという報告が残っていた〉

〈死体が出たのか？〉

返事はなかった。プロフェットはさらにメッセージを送る。

〈いつ死んだ？〉

〈検死の限り、君が彼の死を聞かされたのと同時期に、監禁下で死んだようだ。もう自分を責めるな〉

まったくだ。そんなことが可能だと？　さらに打ち返す。

〈誰が隠蔽した〉

〈俺に答えられないのはわかっているだろ。もうやめろ〉

プロフェットは鼻でせせら笑った。やめろと言われたところで、執念に火がつくだけだ。行きつくところまで掘り下げるしかない。この件に、逃げ場などない。

それにキリアンが告げている内容が真実なのかどうか、たしかめるすべもない。とはいえ、この嘘で彼にどんな得がある？

〈誰だろうと、嘘で何かを得るもんさ、プロフ〉

ジョンの声が耳にこだまする。そして今回ばかりは、幽霊の言葉は適確だった。

プロフェットはあえて相手のシナリオに乗ることにした。キリアンに〈借りができたな〉と打ち返す。

〈そうさ。貸しは役に立つから楽しいね〉

その時やっとプロフェットは、キリアンのリビング中央に戻っているカウチに気付いた。この野郎――。

〈お前、倉庫でさっさと名乗りゃいいのに、わざと俺と格闘しただろ〉

〈君のことを知りたくてね〉

〈それでどうだ、ご感想は？〉

〈想像通りだった〉

〈そりゃいいのか悪いのか、どっちだ〉

プロフェットの問いかけに長い間が空いてから、キリアンの返事が戻ってきた。

〈上々〉

プロフェットは声を上げて笑ったが、その後、キリアンが本気らしいと気がついた。どう返事をするべきかと、テーブルの表面を指ではじく。

ためらいを察知したかのように、キリアンがさらにメッセージを送ってきた。

〈いつか、お互いに在宅のタイミングが合えば、そのカウチを楽しいことに使えるかもな〉

プロフェットの頭にさっと浮かんだのはトムのことで、思わず声に出さずに毒づいた。キリアンへ打ち返す。

〈楽しみだ〉

それから、まるで証拠を消すようにノートパソコンの蓋を閉めた。蓋をしたいのは、思った以上にキリアンに心を揺さぶられている事実に、か。

誰とも関わり合いになりたくないと言いながら、逆のことばかりだ。そしてプロフェットはまだ、トムがパートナー選びについてどんな結論を出したのかも知らない。どうせしばらくは動けないが――だから、何だ？　すべて、もう手遅れ……。

手首のギプスを逆の手で握りしめ、プロフェットは今朝のことを思い返していた。ドクとの話が終わると、社内の精神科医との面談があり、そこで彼女からこの休暇をどうすごすかと聞かれたのだった。

「聞きたいのは、前回の傷病休暇といかに違うすごし方をするか、ということだけど」とサラは補足した。「たとえば、溜めている書類を処理するとか」

「なんでそんなひどいことを言う？」

「楽しいじゃない」彼女はニッと笑ってから、真顔に戻った。「プロフェット、真面目な話。フィルとしてはあなたの復帰を望んでいるけれど――」

「言ってやろうか。その許可が、あんたには出せない」

「出さないの。出せないんじゃなく」

「どんな理由で？」

サラは椅子に座ったまま背すじをのばして、彼を見つめた。

「あなた自身がそれを私に言える日まで、復帰の許可は出せません」

「あんたら精神科医の話は複雑怪奇すぎる。人質交渉よりひでえよ」

プロフェットはそう言い捨てて立ち去り、その後、復帰についてどうにか言いくるめられないかと、フィルのオフィスに足を向けた。

多分、それが、大失敗だった。

「人生に失敗はない、チャンスあるのみだ、って言わねえのかよ」

とジョンの幽霊が部屋の向こうからプロフェットをせせら笑った。

無視しようと目をとじたが、かわりに今日のフィルとのやりとりがプロフェットの頭の中で勝手に再生された。今日ずっと、こびりついて消えない光景。

「俺がいいと言うまで、お前はずっと傷病休暇中だ」

フィルは、プロフェットが部屋に一歩入った途端、そう切り出した。

「それと、はっきりさせるために言っておく――お前にはまた新しいパートナーがあてがわれるが、それはお前のわがままを聞いてやったからじゃない。お前の、その責任感の欠如したやり方に、トムをこれ以上引きずり回されてはかなわんからだ」

プロフェットは鼻にも引っかけないかのようにニヤリとしたが、フィル・バトラーのその言葉は心を貫いた。しかも、もう山積みの罪悪感の上にさらにのしかかる。

「別に俺は、ほかの誰かにしてくれと言った覚えはねえがな」と、曖昧な返事をした。

「つまり、何が言いたいんだ？」

決断の余地など奪ってほしかった。だがフィルはそれより一枚上手で、プロフェットをそんなに簡単に楽にはしてくれない。

「つまり、毎回毎回、俺だけが決めるのも飽きてきたってことさ」

フィルが、ゆっくりとうなずいた。

「よかろう、今回お前に選択肢はやらないが、トムには選ぶ権利を与える。彼が誰を選んだかは、後で知らせる」

「ご勝手に」

プロフェットは尊大に肩をすくめて呟いた。だがその瞬間に、やりすぎだと自分でもわかっていた。何よりまずいのは、自覚してなお、それがどうしたとしか思えない投げやりさだった。

ほんの一呼吸で、部屋の空気が凍りつく。フィルが立ち、木か指のどちらかが砕けそうな力で机の端を握りしめていた。

「常に余計な口を叩かないと気が済まないのか、プロフェット?」

「俺の流儀でね」

「ここを継がなくてすむよう、お前があらゆる逃げ道を探していることに、俺が気付いていないと思うか? お前がいずれどんな状態になるのか、お互いよくわかってるだろう。俺はそれを受け入れた、だが——」

「そいつはおめでとう、フィル」

プロフェットは自分の声に含まれた凄まじい毒に、フィルが一歩、殴られたかのように下がって、初めて気がついた。それでも自分を抑えられなかった。

「あんたが俺の病気を受け入れてくれて最高だね。俺をいつか引退に追いこむあの病をな。だがその瞬間までは、俺は自分の仕事をする」

「ここでは許さん、ここにお前の仕事はない」

プロフェットはフィルを見つめていた。

「お前は、どこへでも行け。そこで、かかえた問題を片付けたら、戻ってこい。この間の件がどういうことだったのかお前は言わないし、報告書は穴だらけだ。トムのはもっとひどい。それに、あそこに現れた男の正体に俺が気がつかなかったと思うのか? トムは相手を知らないだろうが、俺には一発でわかったぞ」

「キングは、俺が呼んだわけじゃない。俺とは関係ない」

「毎度そうだな、プロフェット」フィルの言葉に、ぐさりとえぐられた。「何だろうが、まだケリがついてないんだろ。だが、お前のここでの仕事は終わりだ。俺がこれまで言ったことは忘れろ。この休暇は無期限だと思え」

「くそったれが、フィル」

それだけを言いたかったのに、きっと表情からすべて読まれたのだろう。フィルの顔がふっとやわらいだ。

「プロフェット――」

だがプロフェットはもう限界だった。ここまで、フィルのために力を尽くした。すべてを。だが結局、誰だろうといずれは――長すぎれば――プロフェットを持て余す、という事実をまたつきつけられただけだ。

片手を上げ、フィルのそれ以上の言葉を止めると、プロフェットはＥＥ社の身分証を財布から引き抜いてフィルへつきつけ、受け取れと迫る。

「終わりだ」

永遠のような時間の後、フィルは身分証のカードを彼の手から受け取る。何か言おうとした。

「プロフェット、待て――」

だがプロフェットはそれ以上の言葉が耳に届く前に、部屋を出ていった。

トムが自宅療養を命じられた五日後、フィル・バトラーから連絡があった。一分一秒が長く、苦しい、空虚な五日間。プロフェットに連絡したい衝動に耐える五日間。

そして今、フィルのオフィスに立ち、トムの胃はきつくねじれていた。ここでプロフェットに会えるだろうと、半ば予期し、半ば期待していたのだが。

「座りたまえ」

フィルの指示に従う。

「プロフェットは家に戻した」

「はい」

フィルはじっとトムを見つめた。「あいつが惜しいか？」

「驚かれるようなことですか」

「大方の連中がプロフェットはたよりになる男だと口をそろえるし、自分たちから配置替えを要求することもないが、皆、プロフェットがパートナー解消を決めるとほっとしていた」

トムは少しの間、その言葉を嚙みしめた。

「プロフェットには、誰とも、長くつき合う気はないんですね」

「そうだ」

るか。


「何か特別な理由が？」

「それは当人に聞くべきことだ」

つまり、理由があるのだ。何事にも理由がある。後は、トムにどこまで追いかける決意があるか。

「俺をコープと組ませた、あれは、テストだった？」

フィルがうなずいた。

「君らがお互いうまくやれるかどうかをたしかめたかった」

「プロフェット相手の時はそんな手間はかけなかった」

「あの男とうまくやれる奴などいないからな」

「ならどうして彼をパートナーと組ませようとするんです」

「生死がかかっているからだ」

謎めいた言葉だったが、それ以上の説明はないと悟り、トムは聞き返さなかった。トムの頭を回る疑問はただひとつ——誰の生死だ？　トムか、プロフェットか。だが結局、そこに何の違いがある？

（背を向けろ、まだ可能なうちに。お前も。プロフェットも）

プロフェットは正しいのかもしれない——一人のパートナーに長くこだわらず、傷のつかないうちに別れる。

望みをかけたくなる。

とりかえしのつかない傷を負わせてしまう前に。

今回は幸運だったのだ、まだ今のうちで。トムは自分を幸運だなどと考えたことはこれまでなかったが、プロフェットが無事だったということは、少しは自分の凶運も変わってきたかと望みをかけたくなる。

フィルが、トムの目の前に二つのファイルを並べた。「選べ」と告げる。

トムは、ファイルに書かれた名前を見つめた。一つのファイルにはプロフェットの、もう一つにはコープの名。

これはフィルが、もっと前にトムにさせようとした選択だ——だが結局、トムは迷いをかかえたまま逃げた。無許可の任務とプロフェットのところへ。

「お前がどうしてプロフェットのところへ行ったのかはわかる」とフィルはあの日、プロフェットの担架に付き添ってEE社の診療室に足を踏み入れながら、言った。「忠誠心は評価する。うちで働く者には大事な資質だ」

そして今、ごくりと唾を呑みこんだトムの脳裏に、両手首の拘束で吊るされていたプロフェットの姿が浮かび、ちらちらと、あの尋問映像での野獣の笑みがかぶる。そして、プロフェットが達する瞬間にトムの名を口走る、あの呼び方も。

(二度と会えなくなるわけじゃない。パートナーじゃなくなるだけだ。その方があいつも安全だ)

一瞬の思案の後、トムは、コープの名が記されたファイルを取り上げた。トムの心を読んだようにフィルがうなずく。

「いい判断だ」

その筈だ。プロフェットにとって。

何故なら、生まれついた凶運は誰にも変えられないのだから。凶運の星に生まれついた人間は、永遠に、それを背負って生きるしかない。

ヘル・オア・ハイウォーター1
幽霊狩り

2015年12月25日　初版発行

著者　S・E・ジェイクス［S.E.Jakes］

訳者　冬斗亜紀

発行　株式会社新書館
〒113-0024 東京都文京区西片2-19-18
電話：03-3811-2631
［営業］
〒174-0043 東京都板橋区坂下1-22-14
電話：03-5970-3840
FAX：03-5970-3847
http://www.shinshokan.com/comic

印刷・製本　株式会社光邦

Printed in Japan　ISBN 978-4-403-56024-8

「ロング・ゲイン」

マリー・セクストン

〈翻訳〉一瀬麻利　〈イラスト〉RURU

ゲイであるジャレドはずっとこの小さな街で一人過ごすんだろうなと思っていた。そんな彼の前にマットが現れた。セクシーで気が合う彼ともっと親密な関係を求めるジャレドだったが……。

定価：本体900円＋税

「わが愛しのホームズ」

ローズ・ピアシー

〈翻訳〉柿沼瑛子　〈イラスト〉ヤマダサクラコ

明晰な頭脳で事件を解決するホームズとその友人・ワトソン。決して明かすことのできなかったワトソンの秘めたる思いとは？　ホームズパスティーシュの名作、ここに復刊。

定価：本体900円＋税

Monochrome Romance